晚清官員收藏活動研究

以吳大澂及其友人為中心

白謙慎

中華書局

自序

本書由三篇長文組成。上篇原題為《晚清文物市場和官員收藏活動管窺》,最初發表於 2015 年臺北的《故宮學術季刊》,收入本書時,基本結構沒有改動,但做了較多的增補,並訂正了一些訛誤。中篇《信息、票號、運輸:收藏活動的網絡因素》,曾在 2016 年秋浙江大學舉辦的中國收藏與鑒定史國際學術研討會上宣讀。下篇《吳大澂的收支與收藏》,發表於《浙江大學藝術與考古研究》第四輯(2019)。

三篇論文涉及的問題各異,卻有共同的指向:收藏活動的社會機制。此處所說的社會機制(social institutions),既包括藝術買賣的市場機制,傳遞信息的驛站和異地轉帳的票號等機構,也包括官場贈送和收受各種禮金的「陋規」和習俗等。簡言之,本書研究晚清官員收藏活動得以展開的種種社會因素。

1990 年代我在美國學習時,藝術社會史正是最有影響的研究範式之一,受其影響,我也關注與藝術相關的種種社會因素。《傅山的世界》《與古為徒和娟娟髮屋》《傅山的交往和應酬》在國內刊行後,我也被人們稱為藝術社會史學者。學界這樣看待我的研究,大致沒錯,但卻容易忽略這一事實:我長期練習書法篆刻,熟悉它們的藝術語言。在藝術社會史的研究中,鑒賞知識不應或缺,否則我們將很難對古代的藝術現象做出合乎歷史情境的解釋。

本書雖以晚清官員收藏活動為題,但仍有不少相關議題未曾深入討論。譬如說,我在討論文物市場的價格時,雖然涉及了收藏活動和藝術品味之間的關係,但簡略粗淺。收藏活動和藝術創作之間的關係,向來為研究者所重

視，我曾發表過《吳大澂繪畫三題》（見蘇州博物館編《清代蘇州吳氏的收藏》）一文，討論吳大澂的繪畫藝術。傳世的吳大澂畫作，臨仿前賢之作佔有很重要的比例，我在文中也有探討，但所涉尚淺，今後擬專文詳細分析。

此外，我還曾發表過一篇英文論文，討論晚清官員收藏活動中的心理問題（"Antiquarianism in a Time of Crisis: On the Collecting Practices of Late Qing Government Officials, 1861-1911," 載法國學者 Alain Schnapp 等編 Traces, Collections, and Ruins: Towards a Comparative History of Antiquarianism: Comparative Perspective）。如果在和平年代，政府官員積極參與收藏活動，可能會比較少地招致訾議並引起內心不安，因為收藏活動本身就可以被視為太平盛世的象徵。即便在內困外憂的時代，如果一個收藏家不是政府高官，而是家境優渥的士紳，或是富商，他也不必為自己的收藏活動承擔道德責任。但是，對於政府官員特別是高官來説，國家危難之際的收藏活動確實可能面臨「玩物喪志」這樣的問題。可以説，在晚清，政府官員的私人收藏活動和他們的社會職責之間可能存在的衝突，由於大清帝國面臨的危機而被凸顯出來了。我們在吳大澂和他的友人們留下的文字中，能見到他們關切「玩物喪志」這個問題。處於國家危難之際的晚清官僚們，怎樣才能為自己的收藏活動尋找理論依據？怎樣才能擺脫「玩物喪志」的焦慮，更為心安理得地開展收藏？我的論文回答了這個問題。由於此文尚沒有中譯本，討論的問題也和社會機制無涉，此次沒有收入本書。

近十餘年來，收藏史研究相當活躍，出版的論文和

書籍不少。西方學者的一些理論著作也被譯成中文刊行，社會區隔理論、炫耀性消費理論常被引入收藏研究的闡釋中。但在涉及晚清官員的收藏活動時，這些理論的適用性值得慎重思考。說起炫耀，顧文彬的怡園、李鴻裔的網師園、沈秉成的耦園、吳雲的聽楓樓足以顯示他們的社會地位和財富，可這些收藏家在蘇州的真率會雅集卻是相當封閉的群體，他們的收藏並不為世人所熟知。社會精英的文化生活方式通過何種管道向下輻射，值得進一步研究。把藝術趣味作為社會化形塑的結果，很容易忽略人們在藝術中對審美和智識的追求以及這些追求中的愉悅。本書雖然不涉及這些問題，但並不意味着它們在我的思考中缺席。

本書是「吳大澂與中國文人文化的現代命運」研究計劃的一個部分。這一研究計劃已經進行了二十多年，曠日持久。2018 年的夏天，我和哈佛大學亞洲出版中心的編輯約定，盡快完成英文書稿交他們審核，誰料秋天浙江大學校方就命我主持藝術與考古學院的籌建。如今，新學院已經成立，而我的書稿卻要延宕數年才能完成了。只能權將本書作為一個階段性的成果奉請讀者們批評指正。

本書準備的過程中，得到了薛龍春、梁穎、秦明、李軍、張鵬、陳冠男、姚進莊、張宏星、沈辰、楊崇和、翁以思、李俊、孫中旺、吳亦深、陳碩、陸豐川、楊妍和數位匿名審稿人的幫助，編輯馬希哲為本書的出版也付出了許多精力，在此謹表誠摯的謝意。

2019 年春

目錄

文物市場與收藏

一、導言：收藏史研究的文獻問題

　　在近十餘年的中國藝術史研究中，收藏史得到了前所未有的關注，研究成果也格外豐碩。僅以對明代中晚期的大收藏家項元汴的研究為例，近十年中，研究成果激增，出現數部專著。[1] 此外，其他的知名收藏家諸如豐坊、華夏、李日華、孫承澤、曹溶、梁清標、周亮工、宋犖、高士奇、安岐等，也都有專門的研究。上述這些書畫史上的著名收藏家學者們都耳熟能詳，除此之外，一些在過去被忽略的收藏家如清初的王鐸、王永寧、張應甲等，也隨着研究的不斷拓展和深入，得到了不同程度的關注。

　　但是，在收藏史的著作中，學者們較少涉及文物市場的研究。這當然是文獻缺乏所致。研究晚清的收藏活動，如涉及文物市場，依然很有挑戰性，因為它不可迴避藝術

---

* 請讀者注意：本書用阿拉伯數字表達的年份，只是中西大致對應的年份，有時中曆的歲尾應是西曆下一年的年初，但為方便起見，本書仍以通常的中西對應年份繫之，而不繫於西曆的下一年。書中用中文書寫的月份，皆農曆月份，故不用阿拉伯數字。還請讀者注意，只有乾嘉時期及以後的歷史人物，本書才列出他們的生卒年。

1　它們是葉梅在首都師範大學完成的博士論文《晚明嘉興項氏法書鑒藏研究》（2006），李萬康的《編號與價格：項元汴舊藏書畫二釋》（南京：南京大學出版社，2012），楊麗麗的《天籟傳翰：明代嘉興項元汴家族的鑒藏與藝術》（臺北：石頭出版社，2012），沈紅梅的《項元汴書畫典籍收藏研究》（北京：國家圖書館出版社，2012），封治國的《與古同遊：項元汴書畫鑒藏研究》（杭州：中國美術學院出版社，2013）。

品的價格。但是在中國古代文人的正式著作中，很少提到藝術品的價格。晚清以前，雖然也有一些收藏家（如項元汴）記錄下他們購買書畫和古器物的價格，但今天能見到的這類記載少而零散，難以依據它們構成有效的論述。收藏家們很可能有記錄購買古董的帳目，但這些帳目未必能保存下來。[1] 相對幸運的是，晚清文人喜歡寫日記，現在還能讀到數量可觀的晚清日記，其中有一些關於藝術品價格的記錄。由於年代還不太久遠，仍有許多晚清文人的信札存世，其中也有涉及藝術品交易的內容。但是，這類記載通常十分簡略，如「某某山水軸，三十金」。我們並不知道所談作品的尺幅，加上在大多數情況下沒有實物或圖片，我們無法判斷藝術品的品質，對價格和藝術品之間的對應關係也就不甚了了。如果我們希望找出藝術品價格變動的一些規律，最理想的做法就是追蹤同一件藝術品在不同時期的賣價，而要做到這點非常不容易，因為能夠根據書畫上的題跋和文獻記錄追蹤的例子極少。

1　蘇州大收藏家顧文彬（1811－1889）在 1871 年六月二十三日致其子顧承（1833－1882）的家書中寫道：「歷年所得書畫價有賬一本，即日寄來。我欲將書畫之來路及價值之多寡，詳登一冊，留貽後昆，俾知得之艱難，物之珍貴，希冀不至視若弁毛耳。」（顧文彬著，蘇州市檔案局、蘇州市過雲樓文化研究會編：《過雲樓家書》點校本，上海：文匯出版社，2016 年，64 頁）在同年十二月初四日致顧承的信中，顧文彬又提到：「家藏書畫已手錄一冊，小注兩行，一是我估之價，一留待汝估之價添入。我估之價未免稍浮，然亂後書畫日見其少，則價亦應日見其增。後人如能待善價而沽，雖散去亦無憾。令二、三孫各抄一本，仍寄來，因大、四孫尚未錄存副本耳。」（同上，102 頁）顧文彬所說的書畫帳冊，看來並未能存世。但是，這起碼說明了，編制所藏書畫的帳目，很可能是很多大藏家的習慣。像項元汴這樣的商人很可能也有類似的帳冊，只不過沒有保存下來而已。

存世文獻還存在着一個不平衡現象。那些提及藝術品價格的信札，如果出自名人之手，保存下來的機率大，否則不然。如晚清官員吳大澂（1835－1902）寫給蘇州文物商徐熙（翰卿）、陝西文物商楊秉信（實齋，約 1831－1909 年後）、山東文物商裴儀卿的部分信札保留下來了，但是這些文物商寫給他的信札卻佚失了。文物商們在當時肯定有自己的帳簿，但也沒有保存下來。

類似的情況也存在於不同的收藏群體中。鴉片戰爭和太平天國運動以後，上海成為經濟和文化中心，那裏居住着數量相當可觀的收藏家。可是，今天我們很難見到 19 世紀下半葉上海收藏家的記錄。這大概是因為上海收藏家多為買辦和商人，不是官員和文人。這也是本篇研究官員收藏活動的原因之一：官員們留下了比較多的文獻資料。

文物市場還具有一般商品市場所不具備的特殊性。文物通常不可批量生產（錢幣、陶瓷等情況有所不同），書畫更是如此，除去贗品，文物商所賣的應該都是獨一無二的原作（碑拓的情況稍微不同，但也不是簡單的複製品），文物商開價，差別可以非常大。吳大澂在致王懿榮（廉生，1845－1900）的信中說，山東濰縣的王石經（西泉，1833－1918）曾經給他看過一些古董，開價比他人高出許多。[1] 會賣東西的文物商，能把價格賣得高些。有時，同樣一件東西，張三賣給李四可能和王五賣給孫六的價格會差很多。

1　「王西泉來此三日矣。挾古鈢古布各數十，皆索重值。固可愛，價則相去太遠，恐不能成。渠不知甘丹大陰譏氏等大布，敝處已得三四十（價極廉），尚欲居為奇貨，殊為可笑。」國家圖書館藏《吳大澂書札》（稿本，編號4803），第三冊，葉 3－4。

文物商的能力、買家的知識結構、賣家對自己藏品的理解程度及經濟境況（是否急於售出），都會對最終的成交價有所影響。1874年六月十九日，顧文彬在致兒子顧承的信中說：「新得明人字幅，每幅只兩元，此等便宜貨不能援以為例。」[1] 連顧文彬也認為如此低的價格並不能反映市場的一般行情。所以，有時在現實中出現的成交價之間的巨大差別並不能比較準確地反映出市場的規律。

研究晚清的文物市場，還有一個不得不考慮的因素：計價的貨幣。晚清的貨幣體系比較混亂，人們在交易的時候，有時用銀子，有時用洋元。各地銀子的成色和重量、計價方法也不完全相同，不同時期洋元和銀子的比價、銅錢和銀子的比價也不同。此外，晚清硬通貨白銀的幣值還會受到國際貨幣市場價格變動的影響。這些都是我們在研究市場價格時需要考慮的因素。[2]

由於上述困難，筆者對晚清文物市場的描述和分析是嘗試性的。本篇主要研究同治、光緒年間的文物市場和政府官員的收藏活動。由於光緒在位時間較長（1875–1908），本書所涉及的不少人物在中日甲午戰爭之前就已去世，吳大澂在甲午戰爭之後不再購買金石書畫，並開始出售自己的收藏，所以，更準確地說，本篇研究的時間段大約是1865–1895這三十年。

本書的中心人物吳大澂，不但是晚清活躍的收藏家，

---

1 顧文彬：《過雲樓日記》，394頁。

2 在上面提出的這些問題中，有一些李萬康在《中國古代繪畫價格論稿》（北京：人民出版社，2012）一書中已有所討論，讀者可參閱。

而且他的身世、生活經歷使他有機緣和同治、光緒年間許多重要收藏家交往密切。他的家鄉蘇州是當時中國最富庶的城市之一,數百年來一直是文人文化的重鎮。吳大澂的外祖父韓崇(字履卿,1783－1860)是道光、咸豐年間頗有名氣的收藏家,並和當代一些著名的收藏家如陳介祺(壽卿,1813－1884)、吳雲(平齋、退樓,1811－1883)等都有交往。吳大澂家境殷實,他的父親也收藏書畫。受家庭和文化環境的影響,吳大澂從少年時就開始了收藏活動。在吳大澂的時代,顧文彬、潘曾瑋(1818－1886)等蘇州士紳都熱衷收藏。蘇州府下屬的各縣,也都有着悠久的收藏傳統。吳大澂長期在京為官的友人常熟翁同龢(1830－1904)也是活躍的收藏家。

良好的地理和人文環境,也使蘇州成為一些喜歡風雅的官員退休後的定居之地。同治、光緒年間,著名收藏家、歸安人吳雲定居蘇州。其後,另一位歸安人沈秉成(仲復,1823－1895)和四川人李鴻裔(眉生,1831－1885)等,致仕後也定居蘇州,在那裏建造園林並收藏文物,並和吳大澂有密切的交往。

晚清官員沿襲着中國文人士大夫悠久的收藏傳統,以金石書畫為主要收藏對象。從18世紀到19世紀,金石收藏的品類和規模都有擴展,封泥、陶文、磚瓦、佛像、陶範等,得到收藏家們的青睞。限於篇幅,以下將圍繞着商周青銅器和明清書畫來討論晚清官員的收藏活動。

由於下文將涉及金石書畫及拓本在晚清市場的價格問題,有必要在此對晚清的幣制和物價做一簡要介紹,使讀者對古董價格的貴與賤有個參照指標。晚清幣制比較複

雜，除了同時發行的銀兩和銅錢外，還有銀元。銀元和銀兩的比價相對穩定，一個銀元約合 0.7 兩銀子。錢則比較複雜，因為有多種稱為「錢」的通貨。晚清（特別是光緒以後）的銀兩與銅錢的比價一直變動，這點在李慈銘（1830－1894）的日記中多有反映。[1] 本書所引金石書畫價格，多以銀兩和銀元為計算，涉及銅錢的很少，通常在拓片中才有這種價格。葉昌熾（1849－1912）曾說，他用了「百錢」買了《智城山碑》，[2] 這「百錢」如果是「制錢」的話，這通拓本的價格不到 0.1 兩銀子（當時一兩銀子約兌 1760 文制錢）。1875年，翁同龢花了四百兩銀子從琉璃廠購買了王翬的《長江萬里圖》長卷，這筆錢本是準備用來購買住房的。[3] 由於翁已是政府高官，我們推想，他當時能用四百兩在京城購得一處還算體面的普通四合院。1876 年，盛康（1814－1902）在蘇州以五千六百五十兩買下著名的園林 —— 留園。[4] 最珍惜昂貴的拓本的價格可以和當時這些地產的價格做一比較。那些普通的拓本則可以同日常生活用品相比，以顯其價格之廉。研究晚清京師物價的邵義曾這樣寫道：

> 在清朝京師，小民的日常交易金額在 12 文制錢以下的數目甚多。比如：一斤菜值二、三文制錢，一個

1　參見張德昌：《清季一個京官的生活》，香港：香港中文大學出版社，1970 年，233－244 頁。

2　葉昌熾著、柯昌泗評：《語石　語石異同評》，北京：中華書局，1994 年，71 頁。

3　翁同龢：《翁同龢日記》第三卷，上海：中西書局，2011 年，1160、1164、1165、1166、1168 頁。

4　顧文彬：《過雲樓日記》，392 頁。

雞蛋賣三文制錢，一塊燒餅和一個菜包子各值兩文制錢，茶館的茶資為二文制錢等等。[1]

　　如此推算，那張值「百錢」的拓片相當於 50 個菜包子。對普通民眾來說，不算便宜；對官員來說，不算昂貴。

　　接下來的問題是：當時京師的官員的收入如何？關於晚清京官收入的研究，近五十年來成果不斷。早期以張德昌先生的《清季一個京官的生活》最為具體而著名。近年的研究中，張宏傑先生的《給曾國藩算算帳：一個清代高官的收與支（京官時期）》[2] 最為深入。無論是專書還是論文，學者們都指出了京官的俸祿很低，除了一些補貼外，他人的饋贈和外地官員的各種「敬」成為重要的收入來源。由於非制度性和穩定性的收入佔據重要的份額，同級官吏的具體收入多少經常取決於官員的職位、人脈、手段和廉恥觀（願不願意、敢不敢索要或收受各種「饋贈」），很難找出一個定律。以李慈銘為例，根據張德昌先生的統計，李在1875 年至 1880 年的年收入總在四百兩至九百餘兩；1884 年後，超過一千兩，收入上有較大幅度的上升是在他於 1880年成為進士後。前此，他在京師的官位很低。不過，他在京師的文壇享有聲譽，這應能為他帶來額外的收入。如果李慈銘的收入可以作為參照的話，我們基本可以肯定，對於普通官員而言，購置價格不高的書畫和碑拓，應無問題。

1　邵義：《過去的錢值多少錢？——細讀 19 世紀北京人、巴黎人、倫敦人的經濟生活》，上海：上海人民出版社，2010 年，176 頁。

2　張宏傑：《給曾國藩算算帳：一個清代高官的收與支（京官時期）》，北京：中華書局，2015 年。

二、青銅器收藏

　　清代中期以後，收藏青銅器漸成風氣。收藏活動也刺激了陝西等地古器的挖掘。一些今天看來極為重要的青銅器，如散氏盤、大盂鼎、毛公鼎等，都在清代中期以後出土。同治年間，北京的官員中出現了收藏青銅器熱，引領風尚的是戶部侍郎潘祖蔭（1830－1890）。潘祖蔭開始有規模地收藏青銅器在 1871 至 1872 年之間，他曾自述：

> 　　同治辛未、壬申年間官農曹，以所得俸入盡以購彝器及書。彼時日相商榷者，則清卿姻丈、廉生太史、香濤中丞、周孟伯丈、胡石查大令，無日不以考訂為事，得一器必相傳觀，致足樂也。[1]

　　潘祖蔭所說的清卿即吳大澂，廉生即王懿榮，香濤即張之洞（1837－1909），周孟伯即周悅讓（1847 年進士），胡石查即胡義贊（1831－1902）。

　　吳大澂在 1868 年考中進士，欽點翰林院庶起士，可是他在京師並未久留，八月告假回蘇。1870 年臘月，吳大澂回到翰林院，次年參加考試，順利通過，列一等第三，授職編修。也就在翰林院任職期間，吳大澂開始收集吉金文

1　潘祖蔭光緒九年為吳大澂《說文古籀補》（1894）所撰敍。

字，他曾說：

> 余弱冠喜習繪事，不能工。洎官翰林，好古吉金
> 文字，有所見輒手摹之，或圖其形存於篋。積久得百
> 數十器，遂付剞劂氏，擬分為二集，以所見、所藏標
> 其目，略仿《長安獲古編》例，而不為一家言。其不
> 注某氏器者，皆潘伯寅師所藏。此同治壬申（1872）、
> 癸酉（1873）間所刻也。[1]

王懿榮此時也在北京供職，他雖年輕，但嗜收藏，
「時篤好舊槧本書、古彝器、碑版、圖書之屬，散署後必
閱市」。[2] 他還精於鑒定，在京師的收藏圈十分活躍，不少
官員請其掌眼。潘祖蔭因公務繁忙，多倚重王懿榮為其奔
走，打聽古董的消息。1872 年，王懿榮給潘祖蔭寫了一封
相當長的信，報告青銅器的市場行情：

> 頃自敝還，真興盡而返也。松竹合有字無字六七
> 器，以重值歸西人（含英與之通消息，亦云不錯。銅

---

1 吳大澂：《恆軒所見所藏吉金錄》（1885 年吳縣吳氏刻本）序。顧廷龍先生撰《吳
   愙齋先生年譜》，根據序中所說「洎官翰林，好古吉金文字」，將吳大澂開始
   喜好吉金文字的時間訂於 1868 年吳大澂被選為翰林院庶起士的時間。但吳大
   澂這一年在京師逗留時間甚短，而在 1871 年初返回北京任職翰林院前，鮮有
   收藏吉金的記錄。從上引潘祖蔭在為吳大澂的《說文古籀補》所撰敍可知，
   潘祖蔭開始有規模地收藏青銅器在 1871 至 1872 年間，吳大澂開始關注吉金文
   字似乎也在此時。
2 王文章纂輯：《王文敏公年譜》，載呂偉達主編：《王懿榮集》，濟南：齊魯書
   社，1999 年，465 頁。

價一時烽起。昨尚與之酬酢，只此一宿，光景變局如此）。內乃作器彝，陽文父癸爵及一有字卣，又數爵，今早一齊取去。彝且在後，而陽文爵不得見矣。筠青數器少可者並二卣，均不在家。詢其夥，云被人借去陳設。及在旁聞他舖言，云俱在敞內新設之講書堂議價矣。西人醫士某（布姓），今日計收器至千餘金，有字無字一氣合賣，並古泉亦收。前偽盤五百餘字之偽物（圖 1-1、1-2），既歸聚和成，聞清閟又加價買回，以待西人。然松、筠各器僅存此數物，尚非上上品，而又為西人豪奪。從此並拓本亦不得有，真可浩歎也。要急，恐其居奇；而稍涉觀望，又入外夷。如之奈何！德寶破鏡，云係寄賣，而為其夥碰傷四五片者，暫不出，留以擋原主。[1]

　　信中之「敞」乃「廠」之異體，指琉璃廠，「松竹」、「含英」、「筠青」、「聚和成」、「清閟」、「德寶」皆古董舖名。[2] 王懿榮告訴潘祖蔭，他剛從琉璃廠逛了一大圈回家，向潘祖蔭報告在各個古董舖打聽到的行情。其中最為重要

1　上海圖書館藏《王懿榮書札》（稿本），上冊，葉 11（頁碼係筆者所加）。此札無日期，但此札的前兩札提到潘祖蔭將沙南侯獲碑拓片兩軸請吳大澂和張之洞題跋，信箋和此札相同，應書於同一時期。潘藏兩軸今存上海圖書館，吳大澂的題跋寫於 1872 年孟冬。所以，可以訂此札寫於 1872 年。1870 年代潘祖蔭寫給吳大澂、吳大澂寫給王懿榮、王懿榮寫給潘祖蔭的信札，今天還有不少存世，為當時的收藏活動留下了十分珍貴的記錄。

2　在王懿榮的其他信札中，他還提及「筆彩」、「蘊真」、「宜古」、「尊漢」等古董店。從晚清官員的日記中我們知道，「論古齋」也是當時琉璃廠一個甚為活躍的古董店。

*
圖
1-1
1-2

晉侯盤（即王懿榮信中所說偽盤）©

2006 Victoria and Albert Museum 藏號：174 － 1899

晉侯盤銘文

的消息是，一位元姓布的西方醫生正在大力收購青銅器，以至於青銅器價格一夜之間飛漲，有的店舖甚至把已經賣出的假貨「加價買回，以待西人」。此時，在京的官員收藏家面臨着一個艱難的選擇：如急於購買，古董舖勢必趁機漫天要價；而稍有遲疑，東西又將被西人購走。

信中所言布姓醫士，即英國醫生 Stephen Wootton Bushell（1844－1908，圖 1-3），中文通常譯為卜世禮、卜士禮，有時也譯成布紹爾。卜世禮 1868 年獲倫敦大學醫學博士學位，同年，前往北京擔任英國駐華使館醫師，並兼任京師同文館醫學教習。[1] 他在 1870 年代初大肆購買青銅器，確實給京師收藏界帶來了一個很大的震動。但是，這一震動似乎並沒有持續多久。因為在以後的信札中，王懿榮沒

圖 1-3

卜世禮

1　卜世禮在中國居住長達三十二年，其間不僅精通了中文，還撰寫了許多關於中國藝術、錢幣學、地理、歷史等方面的論文。1900 年退休後回到英國，此後出版了《中國美術》（*Chinese Art*，1905－1906）、《中國瓷器》（*Chinese Porcelain*，1908）、《中國陶瓷圖説》（*Description of Chinese Pottery and Porcelain*，1910）等著作。1908 年在英國密德薩斯（Middlesex）逝世。此信息引自網絡。據臺灣大學盧慧紋教授相告，卜世禮確實買下了五百多字銘文的偽作「晉侯盤」，後捐贈給了 Victoria and Albert 博物館。卜世禮撰寫了《中國美術》一書時也用了「晉侯盤」的例子。見 Stephen W.Bushell, *Chinese Art*, Second Edition, Vol 1, London: The Board of Education, 1924, pp.72-6, pl.49-50。感謝盧慧紋教授以《略談卜世禮（Stephen W.Bushell，1844－1908）——西方研究中國藝術史的先驅》一文未刊稿見示。

有再提到這位布醫士。從卜世禮的英文簡歷來看，他興趣廣泛，1874 年開始在中國各地旅行，興趣轉向少數民族文字。在藝術領域，他後來更多的精力放在陶瓷的收藏和研究上。為甚麼卜世禮沒有繼續收藏青銅器，究竟是財力不逮，還是覺得青銅器太艱深，真偽鑒定不易，有待進一步研究。1877 年，吳大澂在致韓學伊（繼雲）的一札中提及，「都中吉金皆為潘伯翁所得」，[1] 可見在 1870 年代，京師最大的青銅器買家還是潘祖蔭。

不過，1872 年確實是青銅器價格迅速上漲的一年。在此前一年的十二月十四日，顧文彬（此時在寧波）在致其子顧承的家書中說：

> 救閑所藏銅器，得價不過千金，今有數倍之利，尚不肯售，愚哉。[2]

救閑即潘祖蔭的叔叔、蘇州收藏家潘曾瑋。當青銅器價格成倍地瘋漲時，他還不願出售自己的藏品營利，顧文彬認為他「愚哉」。潘祖蔭也在 1872 年寫給吳大澂的信中憤憤地抱怨古董價格的飛漲：

> 市儈居奇，種種可恨（古泉一個不成，已盡斥矣），盡已揮斥矣。囊已罄，而索值者動輒盈千累百，

1　稿本，藏者不詳。此札末尾有收藏者注「丁丑」（1877），從內容來看，也是吳大澂在 1877 年春末回到北京的那一年寫給韓學伊的。

2　顧文彬：《過雲樓家書》，106 頁。

真不顧人死活也。[1]

1872 年七月二十八日，吳大澂寫信給在蘇州的收藏家李嘉福（笙魚，1829－1894），向他打聽在南方的一個自乾嘉以來就流傳有緒的周代重器虢叔鐘（圖 1-4）：

> 笙魚六兄閣下，一別兩年，時光苒苒，企懷良友，我勞如何？近想履綏介祉，金石娛情，至以為頌。弟近日蒐羅吉金拓片，與二三同志互相考訂，閒得小品數種，無可為知己告者。前聞書森云，吾兄新得一器，如蓮瓣，款識極精。想係匜之小者，可否拓寄數紙？如可見讓，乞示價值為幸。或有他器字文精確者，並望留意寄示拓本，即可議價。如銅質有破碎處，亦乞注明為要。尊藏黃山弟四燈尚在否？聞虢叔大林鐘在蔣寅舫處，需價若干，吾兄知之否？如晤退樓、養閒丈，均勿提及為禱。[2]

---

1 《潘文勤公與簑齋尚書手札》（顧廷龍抄本，蘇州博物館藏），葉 1a。潘祖蔭此札的書寫時間可以訂在 1872 年的四月以後。因為他在信中提到了「齊罍拓收到」，齊罍拓指的是吳雲所藏的兩個齊侯罍的拓本。1872 年三月初七日，時在北京翰林院任職的吳大澂在致吳雲的一通信札中代潘祖蔭求齊侯罍的拓本：「伯寅師求拓兩罍真本，如破例為之，亦乞惠寄一分，並祈將師西敦蓋請嵐翁拓寄一紙，至感，至感。」上海圖書館藏《吳簑齋尺牘》（稿本）。此札有月日無年份，因札中提及曾國藩去世一事，可繫於 1872 年春。

2 國家圖書館藏《吳大澂書札》（稿本，編號 17678），葉 3。此札有日期「七月廿八日」。由於李嘉福住在蘇州，吳大澂於 1870 年冬離開蘇州返翰林院任職，信中提到「一別兩年」，所以將此札的書寫時間訂為 1872 年七月二十八日。

*
圖
1-4

虢叔鐘　阮元舊藏
現藏北京故宮博物院

蔣寅舫即蔣光焴（1825－1892，字繩武，號寅昉，亦號吟舫），蔣光煦（生沐，1813－1860）的從弟，著名藏書家。退樓即吳大澂的老師吳雲，養閑丈即上面提到的潘曾瑋，潘祖蔭的叔父，兩人皆為住在蘇州的收藏家。吳大澂應該是受潘祖蔭的囑託，[1] 向南方的友人打聽虢叔鐘的情景，探詢蔣家是否願意出售。因為擔心吳雲和潘曾瑋也有意於此，蔣家居奇抬高價格，所以才囑咐李嘉福打聽虢叔鐘消息時，不要讓吳雲和潘曾瑋知道。

當吳大澂打聽到虢叔鐘的價格並向潘祖蔭報告後，潘祖蔭給吳大澂寫了一封信：

> 虢叔鐘索值二（謙慎按：原跡有塗改，或為「三」）千四百元，豈不可發一大噱乎？始知敞肆之物，未足云貴也。[2]

潘祖蔭顯然對虢叔鐘的開價極不以為然，覺得這個價錢比琉璃廠賣的東西還貴。他在致吳大澂的另一通信中說：

1　吳大澂本人在翰林院的俸祿，不足以購買虢叔鐘。王懿榮在 1872 年左右致潘祖蔭的信中說：「清卿所收各器，均諦當，然皆二等貨。他日見之，則了然也。」（上海圖書館藏《王懿榮書札》[稿本]，下冊，葉 36）吳大澂之所以不能買到最好的青銅器，最重要的原因還是財力有限。

2　《潘文勤公與恪齋尚書手札》，葉 14b。因為顧廷龍先生抄本有改寫的痕跡，也可能是三千四百元。如是二千四百元，約一千七百兩白銀，如是三千四百元，則約二千四百兩。當時幾種銀元與紋銀的兌換率：墨西哥鷹洋可兌換 0.7023 兩紋銀，英國站洋可兌換 0.6956 兩紋銀，日本龍洋可兌換 0.6922 兩紋銀。以鷹洋用得最為廣泛。參見邵義：《過去的錢值多少錢》第一章第一節。

此輩射利之徒，原不值與之計較。然使此輩以兄
等為翁（覃溪）、阮（芸臺）之流，此風斷不可長，
且使南中好古者以為我等盲人瞎馬，與彼等同也。甚
且抬出何子貞，則亦一盲人而已，亦一空疏而已矣。
尚不如壽卿之富也。[1]

翁覃溪即翁方綱（1733－1818），阮芸臺即阮元（1764－
1849），乾嘉時期兩位重要學者、金石收藏家。何子貞即
何紹基（1799－1873），晚清最著名的書法家，也是文化界
一個舉足輕重的人物。1870 年，何紹基應江蘇巡撫丁日昌
（1823－1882）之邀，主蘇州、揚州書局，1873 年在蘇州去
世。1872 年時，何紹基在蘇州。[2] 想必是精於小學的何紹基
看過此鐘，開價人便援引何紹基對虢叔鐘的讚譽來抬高此
鐘身價。可潘祖蔭對此甚是不屑，[3] 以為何紹基並不像山東
大收藏家陳介祺那樣通青銅器。言下之意，他若以如此高
價買下虢叔鐘，定會被南方的同道視為「冤大頭」。

得知潘祖蔭覺得虢叔鐘開價太高，不願購買，吳大澂

1　《潘文勤公與愙齋尚書手札》，葉 30b。

2　因為何紹基卒於 1873 年，此札應寫於 1872 年。此時何紹基住在蘇州。翁同龢
在 1872 年扶送母親靈柩回祖籍常熟，十月十九日到蘇州拜訪老友，見到何紹
基：「子貞七十四矣，足不能行，留滯江南何為哉。」《翁同龢日記》第二卷，
981 頁。

3　潘祖蔭出身吳中望族，祖父潘世恩（1769－1854）官至武英殿大學士，潘祖蔭
寫此信時已任侍郎，並主持京師風雅之盟，故一向自視極高。吳雲在致吳大
澂的信中說：「鄭盦目空一切，評騭人才，絕少當意。」《兩罍軒尺牘》卷十，
臺北：文海出版社，1974 年（影印光緒甲申刊本），葉 21a，新頁碼 805 頁。

在 1872 年的初冬（壬申十月初七日）由北京寄給其兄吳大根（1833－1899）的信中說：

> 笙魚所得小匜，已見拓本（書森寄潘司農看），的係贗品（一小燈亦不真），無須問價。南中古器更少，佳者價亦更貴，如有拓本，寄來一閱。即向來至名之器，其值不可問，司農先生亦不能出此重價。都中時有出售者，其價較廉也。[1]

吳大澂此信明確指出，當時南方的青銅器價格高於北京，連潘祖蔭（司農先生）也無力購買。

對虢叔鐘耿耿於懷的潘祖蔭不久之後又接連寫了兩封信給吳大澂：

> 今日晚間薄酌，無事，將阮、張、孫三家虢叔鐘細細校對，然後知其無一不偽。從此死心塌地，不復想此物矣。亦一快也。容日後面談。須知好古易受人欺耳。[2]

> 鐘之難得，甚於他古器。除阮、張虢叔鐘未可深信外，壽卿之十鐘，其盡可信耶？此時固無由得十鐘以與陳氏匹，若其有之，兄以為正當修德以禳之也。宣和器六千有餘，以帝王而尚有播遷，且器盡毀於金

1　上海圖書館藏《愙齋家書》（稿本），第一冊。吳湖帆注：笙魚即李嘉福，司農即潘文勤公，時官戶部侍郎。

2　《潘文勤公與愙齋尚書手札》，葉 45b。

亮。可畏也哉！ [1]

自負的潘祖蔭不但認為阮元和張廷濟（1768－1848）收藏的虢叔鐘都是偽器，同時代的大收藏家陳介祺引以為豪的所謂「十鐘」也未必都可靠。

潘祖蔭話說得如此肯定，他的門人王懿榮也不得不附和老師的意見。他在1872年致潘祖蔭的信中說：

> 虢鐘是偽無疑，不惟平津館賞鑒不可憑，董賈帶來阮廟三器拓本，蓋無不偽者也。考據之學不惟後來居上，真是目見者比前人較多，所以事半功倍。[2]

阮廟指阮元家廟藏的青銅器（包括虢叔鐘），平津館指乾嘉時期另一位重要學者、收藏家孫星衍（1753－1818），他也收藏過一個虢叔鐘。王懿榮認為在鑒定和考證方面，後來居上，乾嘉時期的前輩大家阮元、孫星衍認為的真器，如今他們能夠辨為偽器了。

老師潘祖蔭和結拜兄弟王懿榮都認為虢叔鐘是假的，吳大澂也開始附和偽器論了。他在1873年正月十八日致潘祖蔭的信中這樣寫道：

> 虢叔鐘之偽，前人均受其欺。或明知不可恃，故作考釋以實之，同時流輩群相附和，不敢異詞。後人

---

1 《潘文勤公與憙齋尚書手札》，葉46b。
2 上海圖書館藏《王懿榮書札》（稿本），上冊，葉12。

亦為前人所給，此亦好古者所不免也。嘉興虢［叔］

鐘如在二百金以內，吾師想亦收之。[1]（圖 1–5）

　　吳大澂也認為嘉興張廷濟舊藏的虢叔鐘是假的，如果
能以二百兩成交的話，潘祖蔭或許還有興趣買下。

　　不過，王懿榮另一通致潘祖蔭的信札卻反映了他的猶
豫和遲疑：「元信已傳示清卿，敬繳。虢鐘究竟真偽，尚不
敢定也。若以此較山農擬購萬金之說，差相類耳。」[2] 山農
即李宗岱（？－1896），也是晚清金石收藏界的一個重量級
人物。現在傳聞他願意出一萬兩銀子來買虢叔鐘，王懿榮
不再斷言「虢鐘是偽無疑」了。

　　虢叔鐘的價格能開到如此高，與鐘鼎為青銅重器有
關。陳介祺在致吳雲的信中說：「吉金以鐘鼎為重器，敝藏
有十鐘，因名齋為十鐘山房。」[3] 人們常說鐘鼎彝器，就是
以鐘鼎來代稱青銅禮器。雖說鼎在中國文化的語境中是權
力的象徵，但由於鐘更為稀少，那些銘文長或和歷史上重
要事件、人物相關的鐘（如虢叔鐘），就受到收藏家們的格
外青睞，如果曾經名家遞藏和著錄，價格更昂貴。

1　吳大澂致潘祖蔭手札，蘇州私人收藏。

2　上海圖書館藏《王懿榮書札》（稿本），下冊，葉 26。我在為臺北故宮博物
　　院所撰的文章中，原定此札的時間在 1872 年臘月（西曆 1873 年初），原因在
　　後面的信札中，王懿榮提到了胡澍（1825－1872）去世。現在看來也不排除其
　　他的可能，因為這些無時間款的信札的裝裱不一定嚴格地按照時間的先後排
　　列。另外，胡澍去世的具體時間也有待考訂。

3　陳介祺：《簠齋尺牘》，（臺北：文海出版社，1973 年）（影印本），998 頁。

連日保定有舊友來京訓應絡繹昨晚在馮中之處作消寒局
鈞承均未即復為罪前日得一觶以為偽器婦而洗之塗蠟盡去
字尚不惡拓奉
鑒定虢林鐘之偽前人均受其欺或明知不可特故作攷釋以
寶之同時流輩牽相附和不敢異辭後人以為前人所紿此必
好古者所不免也嘉興虢鐘如在二百金以內吾
師想亦收之曾見著錄之器除盤盂不足取外變義古奧而有
攷据價又不昂未免有欲得之心此意往往不可解蕭鱗之

誤人不淺耳散盤曶鼎皆在可疑之列今日設或遇之未必
肯放過阮氏齊疊心然此皆為前人所誤廉生從前述稱述
无鼎尒即此意吾
師以為然否嚴窩必不能拒客另覓僻靜地為伏案之所如蒙
賜書非早即晚必在寓也
屬繪藥器性之所好必不憚煩大澂消寒局擬借
尊齋二十二十一何日得暇气 示為㕥已命劉厨預備矣蕭復厰敦
太子大人鈞安　大澂謹上　正月十八日

吳大澂致潘祖蔭信札　補秋山房藏

不過，由於張廷濟舊藏虢叔鐘一直在南方，在潘祖蔭還沒有委託吳大澂為他打探消息之前，南方的收藏家就對它覬覦已久了。1871 年十二月十四日，顧文彬在致兒子顧承的家書囑咐：

> 邢叔鐘名聲大振，不但不可賣，且須配對。嘉興之虢叔鐘應託人急購，價稍昂，不必十分過緊，以成為度。有此兩鐘，足以雄長東南矣。[1]

但是，顧家此次並沒有得手。這件曾為張廷濟舊藏、後歸蔣家的虢叔鐘，被上海的金蘭生購入。1873 年七月三十日，顧文彬在致顧承的信中說：

> 上海有顧子嘉者，金利源之東家也，手筆極闊，因欲刻金石書，廣收銅器，金蘭生所藏銅器售之，皆得善價。蘭生復以一千五百金購得叔未所藏虢叔鐘，專待購與再得善價。虢叔鐘汝曾託人往購，今已被捷足者得去，惜哉！然千五百之價，我家亦出不到也。[2]

由於顧子嘉等大商人的積極投入，青銅器的價格迅速上漲。在同年八月初三日致顧承的信中，顧文彬說：「近來銅器為顧子嘉買貴。」[3]

1　顧文彬：《過雲樓家書》，106 頁。

2　顧文彬：《過雲樓家書》，296－297 頁。

3　顧文彬：《過雲樓家書》，298 頁。

當金蘭生從海寧蔣家購得虢叔鐘後，便待價而沽。此鐘最終被沈秉成購入。吳雲在致陳介祺信中最早透露了南北收藏家都在關心的虢叔鐘的新歸屬：

南中古物不獨金器為有力者收括殆盡，即碑帖書畫磁玉等類稍可入目者，價便奇貴。未翁所藏虢未鐘後歸蔣生沐。辛酉年（1861）曾留弟處三月，諧價未就。去冬已為敝姻家沈仲復以重值購去。[1]

吳雲此處所說的蔣生沐即蔣光煦，浙江海寧人，家業充裕，遇金石書畫不惜千金，為晚清著名收藏家，也是上引吳大澂致李嘉福信札中提到的蔣寅舫的從兄。太平天國時期，蔣家避居上海。而身為蘇州太守的吳雲，也在1860年蘇州被太平軍攻陷後來到上海，籌劃保衛上海和收復蘇州。所以，吳雲在上海見到了蔣家收藏的虢叔鐘。由於蔣光煦在1860年去世，不排除吳雲所記有一年誤差的可能性。蔣光煦去世後，蔣家收藏的虢叔鐘由其從弟光焴保管。

《兩罍軒尺牘》所收的吳雲信札沒有日期，我們只能從信札的內容來推斷沈秉成在哪一年冬天購入虢叔鐘。在同一信中吳雲說：

1　吳雲：《兩罍軒尺牘》卷九，葉 7a－b，新 647－648 頁。

本月五日，偉功來蘇，攜到二月廿四日手書，並
《古泉匯》二套、富貴吉羊圖、齊刀范、建武範、綏和
雁足燈、太康匜、漁陽郡甗、漢李夫人墓門字、魏金
沙泉三字各墨拓。[1]

吳雲還向陳介祺報告了何紹基的近況：

子貞兄今年正月間大病甚危，弟新正謝絕訓應，
直於元宵後三日出門，首先到彼，在臥榻相見。執手
嗚咽，涕泗滿頤，謂呃逆不止。眠不安枕，食不得
味，與其病而生，不如速之死。想兄聞之定亦同喚奈
何也！[2]

《簠齋尺牘》收有陳介祺 1873 年二月二十四日致吳雲的
信札，其中提到隨信寄給吳雲「李竹朋親家《古泉匯》二
冊」及富貴吉羊圖等墨拓，[3] 與吳雲回信中所說的內容完全
吻合。而何紹基也是在 1873 年正月大病，數月後去世。因
此可以斷定，沈秉成是在 1872 年冬，亦即潘祖蔭猶豫不決
之時，在上海購入蔣家所藏虢叔鐘。此時，沈秉成正任蘇
松太道臺（首府在上海），俗稱「上海道臺」，管轄蘇州府、
松江府（包括上海市）、太倉州，是中國最富庶地區的行政

1　吳雲：《兩罍軒尺牘》，葉 6a–6b，新 645–646 頁。
2　吳雲：《兩罍軒尺牘》，葉 7b–8a，新 648–649 頁。
3　陳介祺：《簠齋尺牘》，1023–1024 頁。

長官，[1] 所以有能力購此重器。[2]

　　吳雲並沒有告訴我們沈秉成所出「重值」到底是多少錢。幸運的是，上海圖書館藏有潘祖蔭手抄金石雜錄和張廷濟信札，在虢叔鐘條下恰有潘祖蔭的批注：「由生沐歸仲復，以五千金得之。」[3] 由此可知，沈秉成是以五千兩銀子從蔣家購得第二大的虢叔鐘，這在當時確實算是極其昂貴的了。但是，潘祖蔭的這一記載是否準確呢？因為按照顧文彬的記載，金蘭生大約在 1872 年以一千五百兩白銀購入此鐘。[4]

1　參見梁元生著、陳同譯：《上海道臺研究 —— 轉變社會中之連絡人物，1843－1890》，上海：上海古籍出版社，2003 年，15、159 頁。1874 年，沈秉成從上海道臺離任，定居蘇州，在那裡建造耦園。1877 年三月二十二日，吳大澂致信陳介祺，告知去冬回蘇州省親之際，見到了沈秉成購買的虢叔鐘：「歸裡所見器以沈中複師虢叔鐘為第一，即張氏清儀閣物，至今尚未往拓。」（參見謝國楨編：《吳愙齋（大澂）尺牘》，臺北：文海出版社，1972 年，124 頁）也就是說，吳大澂在 1876 年冬，在蘇州見到了沈秉成所購原為張廷濟舊藏的虢叔鐘，並打算去親手拓此鐘。可見，當時的金石收藏家都以能見到此鐘為眼福，並努力想得到它的拓片。

2　《過雲樓日記》1877 年正月初四日，「午後，李香嚴來晤，偕至沈仲復處，觀其新得虢叔大霖鐘及仲敦，皆周器中精品。」見顧文彬：《過雲樓日記》，431 頁。不知為何比吳雲的記載晚了四年？難道沈仲復最初不願意同道看，還是他當時尚在上海兵備道，有所不便？沈秉成的耦園在 1876 年始落成，難道是遷入新居後才將虢叔鐘給友人看？還是吳雲記載有誤，沈秉成不是在 1872 年冬而是在 1876 年冬才購得此鐘？

3　《銅器聞見錄；張叔未書札》（上海圖書館藏潘祖蔭抄本）。

4　這通家書說明，顧文彬在 1873 年還不知此鐘在 1872 年冬已經被沈秉成所購。看來沈秉成在購入此鐘後，只讓極少數友人知道。

那麼，張廷濟當年又是花了多少錢買下虢叔鐘的呢？日本京都大學所藏張廷濟的《嘉興張氏清儀閣所藏古吉金之文》，有張廷濟所藏虢叔鐘拓片，旁有張廷濟本人題跋：

> 周虢叔大林鐘，孫淵如觀察舊藏，沈龍門曾拓本見貽。頃二月七日吳門鄭竹坡偕陳葦汀、徐蓉村攜此來餘齋，售歸於餘，價銀二百八十四餅。此視阮儀徵師所藏者略小，視伊墨卿太守所藏者略大。道光十一年辛卯（1831）四月六十叔未張廷濟記。

　　這一題跋告訴我們，在乾嘉時期，已為學界所知的虢叔鐘有三個，皆藏於當時的文化名人之手：最大者由阮元所藏；第二大者由孫星衍所藏，後歸張廷濟；最小者為伊秉綬（1754－1815）所藏。張廷濟在另一個自己所藏虢叔鐘拓片上不但記錄了自己所藏虢叔鐘的價格，而且寫道：「阮師得虢叔鐘用銀二百兩，陳受笙歸於伊，得銀百兩。」[1] 這樣看來，孫星衍所藏虢叔鐘約在一百五十兩，時間約在 1815 年，在那一年他作了《周虢叔鐘歌次韓昌黎石鼓詩韻》。[2]

　　由於阮元所藏入了阮氏家廟，不再在市場上流通，所以張廷濟去世後，曾由他收藏的虢叔鐘也就成為當時市場

1　參見西泠印社編著：《清代金石家書畫集粹》，上海：上海書畫出版社，2013年，124頁。

2　西泠印社拍賣公司 2015 年春季拍賣有張開福題虢叔鐘全形拓（編號 0420），張開福抄錄了孫星衍詠虢叔鐘長歌及其落款「嘉慶乙亥歲七月陽湖孫星衍稿」，孫星衍得虢叔鐘應差不多在此時。

流通中最著名的一個周鐘。徐珂（1869－1928）的《清稗類鈔》有「張叔未藏周虢叔大林鐘」條，簡略地記載了張廷濟所藏虢叔鐘輾轉流傳的歷史：

> 周虢叔鐘，鉦間文四行四十字，鼓左文六行五十字，舊為陽湖孫淵如觀察所得。嘉慶丁丑（1817）秋，張叔未得其自拓本。未幾，歸吳山尊。吳掌教揚州梅花書院，常陳設院中。斌笠耕觀察良思得之，不果。後歸兩淮鹺使阿克登布，得白金一千二百兩。阿既受替，復送歸吳以志別。吳歿，償歸張廣德銀號，值如歸阿之數。張又歸潤州某。以上轉徙之跡，趙晉齋言之最詳。道光辛卯（1831）春初，蘇州鄭竹坡以銀二百餅從潤州買得之。二月九日，偕陳葦汀、徐蓉村來售於張叔未，值銀二百七十餅，別酬徐十四餅。是時，每餅易大錢九百三十文。[1]

吳山尊即吳鼒（1756－1821），字及之，一字山尊。如果徐珂所記虢叔鐘的歷史基本可靠的話，那麼，在吳山尊去世的時候，亦即1821年，虢叔鐘的價格為一千二百兩白銀，幾經轉手，到1831年張廷濟購買時，僅二百八十四銀餅（約二百兩），十年中跌了好幾倍。可見藝術品的價格並不總是上漲的。但究竟是甚麼原因造成這個價格上的巨大差異，還有待研究。

不過，四十年後，虢叔鐘的價格再次飛漲。1872年，

1　徐珂編撰：《清稗類鈔》第 9 冊，北京：中華書局，1986 年，4338 頁。

有人向人在北京的潘祖蔭開價虢叔鐘「二（或三）千四百元」（大約一千七百兩或二千四百兩），潘祖蔭覺得不可思議。而同年冬天，上海道臺沈秉成卻以五千兩買下四十一年前張廷濟購買的那個虢叔鐘，價格翻了好幾倍，可見著名青銅重器的價格在同治年間暴漲。張廷濟舊藏虢叔鐘如此昂貴有兩個原因：從銘文來看，它是西周初期的重器；從流傳史來看，它曾經由清代兩位著名金石學家孫星衍和張廷濟收藏。對書畫而言，歷代藏家的題跋和收藏印具有附加價值；對於青銅器而言，文獻價值和流傳有序十分重要。

　　青銅器可著錄而不可題跋，僅依靠著錄，傳播範圍還是有限。乾嘉時期的文人還製作銘文拓本，長歌題詠，以此揄揚。也就在虢叔鐘被發現的嘉慶初年，為青銅器留影的全形拓開始逐漸流行，文人們紛紛在全形拓拓本上題跋，圖加文，視覺上更為動人。目前能見到的早期虢叔鐘全形拓，是嘉慶年間伊秉綬收藏的，拓片上鐘的周邊，題跋累累，共十五家，包括伊秉綬、阮元、孫星衍、張廷濟等名家（圖 1-6）。張廷濟在得到了孫星衍舊藏的虢叔鐘後，也做了全形拓，題跋後贈人（圖 1-7）。而阮元所藏虢叔鐘的全形拓在同治年間還在文人中流傳（圖 1-8）。為全形題跋固然是文人雅事，但經名人題詠的拓本的廣泛流傳，必然會提升虢叔鐘作為西周重器在士林的名聲，也提高了它們的市場價值。所以，沈秉成在得到虢叔鐘後，也製作了一些全形拓，其中有的便有吳大澂的題跋。

　　由於張廷濟舊藏虢叔鐘是少數的留下 19 世紀的七十年間價格變化的古董，所以我在此將遞藏和價格的變動列一表，使讀者一目了然。

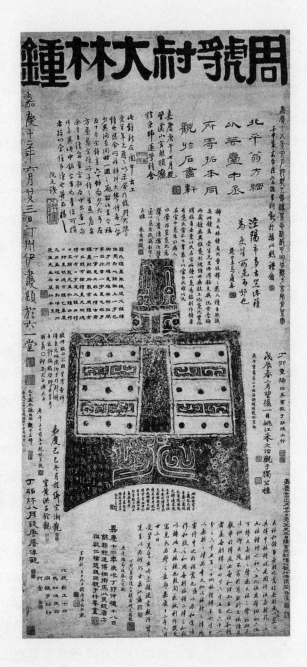

阮元、孫星衍、伊秉綬等題周號叔大林鐘拓片
私人收藏　雅昌網提供圖片

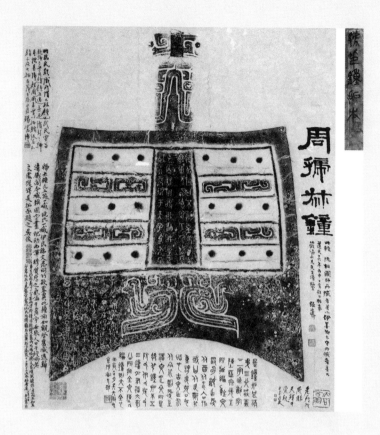

張廷濟的題虢叔鐘拓本
私人收藏　雅昌網提供圖片

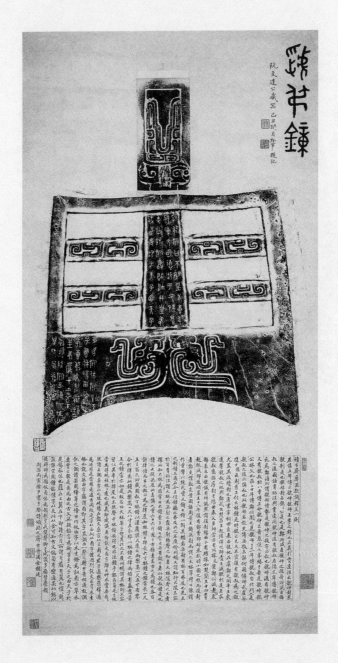

阮元藏虢叔鐘全形拓
私人收藏　雅昌網提供圖片

張廷濟藏虢叔鐘價格變化表

時 間	遞藏信息	金 額	備 注
1815 年	孫星衍購得第二大虢叔鐘	約 150 兩	根據張廷濟的記載，阮元購最大的虢叔鐘，花銀 200 兩，伊秉綬購第三大虢叔鐘花銀 100 兩，孫星衍的虢叔鐘為第二大，推為 150 兩。
1821 年	幾經轉手	1200 兩白銀	
1831 年	春，鄭竹坡以從潤州購得	銀 200 餅	
	鄭竹坡售與張廷濟	284 銀餅（約 200 兩）	
1848 年	張廷濟去世，鐘歸海寧蔣家	成交價不詳	
1861 年	蔣生沐在上海開價，吳雲未買	開價不詳	
1871 年	顧文彬委託其子顧承在上海打聽虢叔鐘		
1871—1872 年	金蘭生購得	1500 或 1700 兩	
1872 年	潘祖蔭以為價格太昂	索價 2400 元（約 1700 兩）或 3400 元（約 2500 兩）	據顧廷龍所抄潘祖蔭致吳大澂信札（其中字跡有些塗改），由於潘祖蔭曾一度認為虢叔鐘為贗品，故而在 1873 年正月，吳大澂詢問潘祖蔭：如果其價格為 200 兩，是不是就會購買？
1872 年冬	沈秉成購得	5000 兩	

　　上海圖書館藏有一冊《潘祖蔭手札》，其中所收皆為致吳雲及其子吳承潞（廣庵，1835－1898）的信札，第十開是一張小條子：「虢叔旅鐘（字文全，弟四，的真。在阮、張、瞿三家之外者，從來無人知之）。」[1] 可見，潘祖蔭後來也

1　收信人的上款為吳大人和吳廣庵，所以應該是吳雲和吳承潞。此冊書法差別很大，疑是不同時期的信札拼成一冊。

收到一個虢叔鐘，小於阮、張、瞿三家所藏。瞿氏所藏或為原歸伊秉綬的虢叔第三鐘。1880 年，吳大澂在吉林，秋間收到了潘祖蔭寄給他的新得到的虢叔鐘拓本，文與阮、伊二器皆同。[1] 上海麓齋藏吳大澂在 1886 年致尹伯圜的信中提到了潘祖蔭藏虢叔鐘。[2] 說明此時晚清的收藏家（包括潘祖蔭）已經普遍接受虢叔鐘為西周重器，所謂偽器之說早已煙消雲散了。今天，有研究青銅器的學者認為，虢叔鐘應有八器以上，目前存世有七個。[3] 但在晚清，吳大澂的《愙齋集古錄》中有三件虢叔鐘，其中兩件注明藏者，即阮元和張廷濟。另一件為誰所藏不詳。吳大澂在《愙齋集古錄釋文賸稿》中寫道：潘祖蔭在 1880 年的秋天買到了一件虢叔鐘，小於伊秉綬舊藏。陳介祺也有一個虢叔鐘，小於潘祖蔭的那個。[4] 所以，在 1880 年代，晚清的收藏家已經知道了存世的五個虢叔鐘。

　　1870 年代青銅器價格的飛漲，非但沒有讓收藏家熱情

1　顧廷龍：《吳愙齋先生年譜》，臺北：文海出版社，1965 年，85 頁。

2　參見白謙慎：《吳大澂和他的拓工》，北京：海豚出版社，2013 年，64 頁。

3　俞珊瑛在《跋〈虢叔旅鐘拓片軸〉》一文中指出：虢叔旅鐘，傳清朝末年陝西長安出土。傳世共有七器，為編鐘，其中四鐘各鑄一篇銘文，另三鐘合銘未齊（應合四鐘），完整的一套編鐘應有八器以上，西周晚期屬王前後器。張廷濟舊藏的這件其後經沈仲復收藏，現藏日本東京書道博物館。其他六件分別是：其一，阮元舊藏，現藏故宮博物院。全銘。其二，陳受笙、伊墨卿舊藏，現不知下落。全銘。其三，潘祖蔭、端方、孫鼎舊藏，現藏上海博物館。全銘，其中鉦部銘文每行第一字皆缺鑄。其四，不知下落。銘文 28 字（又重文 1）。其五，胡定生、劉喜海、陳介祺舊藏，現藏日本京都泉屋博古館。銘文 26 字。其六，曹秋舫、李山農、丁幹圃舊藏，現藏山東博物館。銘文 17 字（又重文 1）。俞文見《文博》2017 年第 1 期，106 頁。

4　參見《愙齋集古錄釋文賸稿》，吳大澂著、丁佛言批注：《丁佛言手批愙齋集古錄》下冊，天津：天津古籍出版社，1990 年，1 頁。

受挫，反而進一步刺激了他們的購藏欲望。1878 年左右，潘祖蔭在寫給吳大澂的一通信中說：

> 近李眉生、沈仲復廣收古器，出重直，未與通
> 信，無從見也。[1]

在另一通信札中，潘祖蔭又寫道：

> 平齋近通書否？李眉生、沈仲復所得，全恃平齋
> 為耳目。度極真極精者，平老必自留之，其所得必極
> 昂者耳。[2]

青銅器價格在 1870 年代飛漲，除了有外國醫生加入購藏外，更重要的原因是戰後經濟的復蘇。1864 年，太平天國運動被鎮壓，晚清進入了所謂「同治中興」時期。戰後初期，經濟凋敝，價格自然會低。吳雲致馮桂芬信札云：

> 前月廿三日奉別解纜，廿四日申刻泊無錫西門
> 外，一片瓦礫，寂無人煙。入城里許，始有店鋪約百

1　《潘文勤公與愙齋尚書手札》，葉 60b－61a。
2　《潘文勤公與愙齋尚書手札》，葉 61a－b。這兩通信札沒有日期，但署款時潘祖蔭都寫上了「期期功」，說明正在為家裡的親屬服喪。而潘祖蔭寫給吳大澂的信中有多通署款時用「期期功」，有些可以根據內容系於 1878 年，所以，此處所引兩通也可訂為 1878 年。查《潘祖蔭年譜》，潘祖蔭的親屬中，潘祖蔭的伯父潘曾瑩和妻子於 1878 年三月三日同一天去世。「期期功」或是為這兩位親屬服喪。

家。食物皆有，弟於市肆中以四十錢買一漢人私印。[1]

隨着戰後經濟恢復，收藏者逐漸增多，文物市場也日益活躍。在北京，潘祖蔭、吳大澂等官員開始收藏青銅器。在蘇州，退休官員吳雲、顧文彬、李鴻裔、沈秉成和著名士紳潘曾瑋等也在盡力收藏。大約在 1873 年，吳雲在致潘曾瑩（1808－1878）的信札中提到：

> 南中自兵燹以後，好事者頗多。書畫碑版稍可入目者，價便騰貴。吉金類多贗鼎，其著名之器，價必以千計 …… 壽卿屢次來書，欲託在吳中購覓金石，蓋不知近時情形也。[2]

在距蘇州不遠的上海，戰後也崛起了一批新的收藏家。吳雲在致陳介祺的信札中講到，當時在蘇州地區找拓工很難：「因兵亂以後，吳中講此道者甚屬寥寥，稍有薄技，便赴滬上，該處最號繁盛，覓利較易也。」[3] 連技術稍

1　吳雲：《兩罍軒尺牘》卷二，葉 14b，新 108 頁。黃小峰統計了杭州人陳昌吉著錄他在太平天國戰亂後文物市場尚未恢復期間購買的「宋元明清歷代書畫四百五十一件，總值約四千七百四十兩，平均價格只有 10.5 兩，可以想見大亂後江南書畫市場嚴重衰退的情形」。黃小峰：《「隔世繁華」：清初「四王」繪畫與晚清北京古書畫市場》，載中山大學藝術史研究中心編：《藝術史研究》第九輯（2007），169 頁。

2　吳雲：《兩罍軒尺牘》卷三，葉 14a，新 183 頁。信中提到「《彝器圖釋》十二卷業已授梓請藏工。俟便當寄請是正」，吳雲的《兩罍軒彝器圖釋》刊於 1872年，故訂此札書於 1873 年。

3　吳雲：《兩罍軒尺牘》卷九，葉 33b，新 701 頁。

好些的拓工都往上海跑，因為那裏謀生容易，可見收藏金石的人不少。

在 1870 年代和 1880 年代，上海一個富商出手不凡，引起了官員收藏家的關注，他就是湖州南潯的顧壽藏（子嘉）。在 1870 年代，吳大澂便和顧壽藏建立了聯繫。吳大澂曾於 1875 年花朝為顧壽藏作《溪山圖》（圖 1-9），此圖有吳大澂的孫子吳湖帆的邊跋：「光緒乙亥時公年四十一歲，方由陝甘學使卸職時也……當時吳興顧子嘉商榷吉金文字甚密。是圖高曠獨絕，亦徇知之作也。」[1] 但吳湖帆所記有誤，因為此時吳大澂還在陝甘學政任上。不過，吳大澂和顧壽藏有比較密切的金石交往卻是事實。吳大澂在 1877 年三月致陳介祺的信中談到，他在上海見到了湖州顧氏所藏魯伯厚父敦和遽伯還敦。[2] 吳大澂在 1877 年回到北京後，向潘祖蔭談起了顧壽藏的收藏，潘祖蔭也有意和顧建立聯繫。大約在 1878 年，吳大澂在致潘祖蔭的信札中說：「師意欲贈顧子嘉一聯，可作一書介紹之。」[3]

潘祖蔭在 1870－1880 年代致友人的信札中，多次提到顧壽藏：

> 聞南中金蘭生以千七百金得之。富商顧姓以二千金，金不售也。然則齊鎛真廉。而弟已困矣。[4]

1　見 2010 年上海朵雲軒春季藝術品拍賣會圖錄。

2　謝國楨編：《吳愙齋（大澂）尺牘》，124－125 頁。

3　北京故宮博物院藏吳大澂致潘祖蔭信札，葉 11。

4　上海圖書館藏《潘文勤公書札》（稿本），第 15 開。

吳大澂 1875 年為顧壽藏作山水軸

私人收藏　雅昌網提供圖片

滬上新有富人顧子嘉，年二十餘，以二千金得虢
叔鐘，然云非其得意之物，亦知不佩服平齋等。其人
似不尋常，恐晉公盦已歸之也。聊以奉聞，可見近日
此道竟成風尚矣。[1]

　　顧壽藏以二千金購買到的虢叔鐘，不知是否為曾經伊
秉綬舊藏的虢叔第三鐘。他年紀輕輕，財大氣粗，甚至連
大藏家吳雲等人也不放在眼中。

　　顧文彬在 1873 年八月初三日致其子顧承的信中，也數
次提到顧子嘉：「近來銅器為顧子嘉買貴，我亦不想得佳
品，乃到杭州後竟得一佳物。」[2] 不過，在官宦和文人收藏
家看來，顧氏並非金石學家，只是個好附庸風雅的商人。
顧文彬在致顧承的信札中對顧子嘉有如下評論：

　　　　上海之顧子皆與寧波之蔡姓同一，強附風雅，然
世上此種人亦可不少，古玩一道既雅俗共賞，則聲價
益增矣。[3]

　　吳雲則認為，顧子嘉和蔡某雖然都出手闊綽，收藏也
不過爾爾。他在致潘祖蔭的信裏寫道：

1　《潘文勤公書札》，第 18 開。
2　顧文彬：《過雲樓家書》，298 頁。
3　顧文彬：《過雲樓家書》，299 頁。

顧、蔡二君皆少年喜事，一時高興，廣收古玩。顧君所收金器為多，蔡則專收書畫。近則情隨事遷，意興已替矣。簠齋謂好古而存傳古之心，斯為真好。此非可與尋常人言也。顧處金器卻有數件佳者，然亦非煊赫著名之器，不能望尊藏項背也。[1] 大約在 1876 年致潘祖蔭的另一封信中，吳雲又說：

顧姓收買吉金並非真好，現倩人往拓全分，而其人又因訟事赴天津，將來必欲搨取奉寄。所藏亦止有三四十種，精者不及半耳。比之八囍齋中猶勝滕薛之於齊楚，不可同日而語。[2]

八囍齋即潘祖蔭的齋號，在吳雲的眼中，商人還是不及有教養的士大夫懂收藏。

1883 年正月，潘祖蔭的父親去世。四月，潘祖蔭護送父親的靈柩回故鄉蘇州埋葬並在那裏守喪，一直到 1885 年五月才回到京師。守喪期間，潘祖蔭和蘇州的收藏家互動密切，並對南方的青銅器收藏有了更為直接的了解。在致友人的信中，潘祖蔭寫道：

近來古緣若何？祈詳示。此地沈、顧、李皆大有力。沈以千金得項氏閣帖，以二千金得陳眉公之閣帖（即前年在京者）。又聞得宗周鐘，觀其拓本，恐是後刻。李眉生不在蘇，暫遊何處？顧則有子不肖，現

1　吳雲：《兩罍軒尺牘》卷八，葉 10a，新 571 頁。
2　吳雲：《兩罍軒尺牘》卷八，葉 19b，新 590 頁。

在正生氣，不見人也。聞重直得一鄭刑叔鐘，亦是偽
物。吳氏之物，廣安觀察（承潞）祕不肯出。此地好
古者除三家外無人。家叔之古器佳者已歸三家。上海
一顧商亦豪於貲收古器，恆軒知之，兄則不識也。三
家中聞李眉生最精，惜無從見耳。[1]

潘祖蔭所說的沈、顧、李，即沈秉成、顧文彬、李鴻
裔。在蘇州，潘祖蔭在青銅器收藏上還是有所斬獲。1882
年顧文彬的愛子顧承去世，《過雲樓日記》1883 年末附記：
「自承兒歿後，餘古玩之興索然已盡。況鐘售與潘伯寅，
七百金。提梁卣亦售與，價六百金。」[2] 由此可知，顧文彬
的部分收藏以高價轉讓給了潘祖蔭。

正當晚清收藏家開始肆力收藏青銅器之際，「1871 年，
新興的德意志帝國打敗了老牌資本主義國家法蘭西，取得
了五十億法郎的賠款，仿效英國，建立世界上第二個金單
本位制度的強國，世界金銀比價就從 1873 年起，開始發生
劇烈的變動。僅僅在 1873 年到 1894 年的二十二年間，金銀
比價就從 15.9323 漲到 32.5873，即漲了一倍。」[3] 金貴銀賤
的劇烈變動是否會對晚清文物市場的價格有所影響呢？中

1　《潘文勤公書札》，第 22－23 開。潘祖蔭說「此地」，是時他應該在蘇州，亦
　　即他在蘇州守喪期間。吳雲 1883 年去世，其中一信提到看吳雲的收藏要其子
　　吳廣盦同意，所以，吳雲已經去世。李鴻裔 1885 年去世。所以這些信大約寫
　　於 1883 年潘祖蔭剛到蘇州不久，因為此後潘祖蔭和李鴻裔在蘇州過從甚密，
　　留下不少信札。

2　顧文彬：《過雲樓日記》，542 頁。

3　楊端六編著：《清代貨幣金融史稿》，武漢·武漢大學出版社，2007 年，277 頁。

國大陸在 1950 年代，五十元人民幣就能買一張齊白石的小畫，同樣的畫現在可能賣五十萬元人民幣，卻不能簡單地說漲了一萬倍，因為那時的五十元價值絕對不等於今天的五十元。1870 年代後青銅器價格飛漲是否會受到國際銀價下跌的影響，還有待進一步研究。

以上所談乃鐘鼎重器。如果買其他類型的青銅器，就會比較便宜。比如說一個爵，在 1870 年代的北京，二三十兩白銀就能買到。潘祖蔭在 1873 年致吳大澂的信中說：

> 松竹商祖己爵以配商卣甚妙，若能以三二十金為得之，大妙。[1]

吳大澂在這一年致王懿榮的信中說：

> 英古一敦，兄以卅五金得之。如知其來歷，大可省數金也。[2]

1873 年，吳大澂出任陝甘學政，在陝西大力收集古物（包括青銅器）。由於陝西是青銅器的重要出土地，青銅器價格遠比京師低。1874 年秋，吳大澂致王懿榮信札：

1　《潘文勤公與愙齋尚書手札》，葉 22a。
2　《愙齋尺牘》，上海：上海商務印書館，1923 年，葉 5a。頁碼為筆者所加。

仲秋道出鳳翔，以十金得一破敦，乃虢仲城虢時
所作，其地又為西虢故地，此兄平生第一快事。[1]

吳大澂收藏中最重要的周愙鼎（吳以此顏其齋為「愙
齋」），有銘文 28 字，吳大澂在西安僅以一百兩銀子收得。[2]
而沒有銘文的青銅器則更為便宜。

自從金石學在宋代興起以後，它最重要的工作就是收
集、著錄、解釋金石銘文。所以陳介祺認為，「好古必以文
字為主也」。[3] 對銘文的重視也反映在晚清文物市場的價格
上。1873 年下半年，吳大澂將視學陝甘，吳雲在致吳大澂
的信中說：

關中金石固多贗品，然沉霾於荒丘廢堡者，亦時
有呈露。金器無文字者，僅與廢銅同價。鄙意倘得式
樣奇古、朱綠燦然者，亦大可收羅，作為案頭陳設，
饒有古致。[4]

在吳雲看來，沒有銘文的器物，最多只有觀賞價值，
而無歷史研究價值，因此價格十分低廉，「與廢銅同價」。

由於青銅器有無銘文在市場上的價格差別巨大，所以
便出現了偽造銘文的現象。吳雲在致潘祖蔭的一通信札中

1　《愙齋尺牘》，葉 20b。
2　顧廷龍：《吳愙齋先生年譜》，59 頁。
3　陳介祺：《簠齋尺牘》，201 頁。
4　吳雲：《兩罍軒尺牘》卷十，葉 5b，新 774 頁。

說：「近日偽作者，愈出愈奇，滬上已專有此一種人，廣收無字舊器，合數人之力，閉戶覃精，偽觚成文，比之宣和仿古，實能遠勝。蓋器本原舊，文又工致，目前已不易識，數十百年後，恐巨眼者亦不能辨矣。」[1] 在無銘文或銘文短的青銅器上，仿刻銘文或加長銘文，以增加市場的價值，[2] 這一造偽現象也從另一個側面反映出晚清古董收藏中對歷史傳統的重視。而作偽和辨偽也成為文物商和收藏家之間魔與道鬥法的較量。

1　吳雲：《兩罍軒尺牘》卷八，葉 33a，新 617 頁。

2　相關討論請見松丸道雄：《陳介祺與蘇氏兄弟 —— 關於陳氏的古董收集》，載孫慰祖等編著：《陳介祺學術思想及成就研討會論文集》，杭州：西泠印社，2005 年，340－342 頁。

三、書法與繪畫

　　和商周青銅器相比，傳世書畫的量多得多，收藏圈也更大。吳雲曾經告訴潘祖蔭：「此間講書畫之友頗不乏人，獨至金石考證之學，落落少可與言。」[1] 吳大澂及其師友，如潘祖蔭、吳雲、李鴻裔、沈秉成、顧文彬、王懿榮等，都收藏書畫。但是，在這些喜愛收藏的官員中，除了顧文彬有《過雲樓書畫記》和吳雲有鑒藏書畫錄外，都沒有專門的著錄，我們只能從他們的日記、信札、詩文、題跋、收藏印中獲取其中的收藏信息，推測他們的收藏規模和特色。吳大澂雖然熱衷收藏，也寫日記，但殘存的日記基本沒有購買文物的信息。翁同龢、顧文彬、張佩綸（1848－1903）、江標（1860－1899）的日記以及顧文彬的家書中則頗有書畫買賣活動及價格的記載。下面將以《翁同龢日記》《過雲樓日記》和《過雲樓家書》中的記載為主，輔以其他文獻，來討論晚清的書畫市場。《翁同龢日記》記載的收藏和買賣活動相當多和詳細，並且他提到的一些重要藏品至今還由他的玄孫翁萬戈先生收藏，顧文彬的日記和家書中記載的書畫也有相當部分存世，使我們能夠準確地了解這些作品的尺幅和藝術品質。

1　吳雲：《兩罍軒尺牘》卷八，葉 19a，新 589 頁。

需要指出的是，書畫市場的情況常常比青銅器市場更為複雜，因為書畫中尺幅和品質的差別更大。在絹紙上所作的書畫，還可以通過題跋和鈐印來不斷追加藝術的、文獻的和市場的價值。和繪畫相比，書法的判斷有時要容易些。熟悉古代書法的人們，可以通過記錄中字體和書寫內容來大致判斷尺寸的大小。如 1880 年八月十三日，顧文彬「以二百得趙松雪草書《千文》卷，此卷向為孫蓮塘侍郎藏」。[1] 趙孟頫的草書，字通常不大，風格較為穩定，《千字文》字數也明確，有了這些信息，這一手卷的大致尺幅可以推算出來。二百銀元約等於一百五十兩銀子，這是 1880 年趙孟頫草書《千字文》在蘇州的價格。

晚清文物市場上的早期書畫名跡

由於大量的古代書畫名跡已經在清代初期和中期進入內府，晚清已經沒有像清初梁清標、安岐那樣的大書畫收藏家。但是，仍有一些未入內府的名跡尚在晚清的市場上流通。[2] 1860 年九月，英法聯軍侵入北京，圓明園被搶掠焚毀，一些內府收藏流入市場。同年十月二十日，亦即圓明園被毀的一個多月後，翁同龢在潘祖蔭處見到「《茶錄》《姜遐碑》二帖，皆澱園散落者，索直甚昂，且留之以待珠還

1　顧文彬：《過雲樓日記》，516 頁。

2　我們從晚清收藏家的著錄中（如顧文彬的《過雲樓書畫記》和龐元濟的《虛齋名畫錄》等），也能多少了解到曾在當時市場流通的一些明代以前的繪畫。

耳」。[1] 澱園即圓明園。此後數年，圓明園流出的書畫不時在市場上出現。1863 年四月初三日，翁同龢在日記中寫道：

> 博古齋送來唐人寫《法華經卷》，自十八至二十凡三卷，共十五紙三百三十行，字法遒緊，下開趙、董，有項子京印記，孫氏艷秋閣物也，索直不多，擬亟收之，真如寠人獲寶矣。於博古齋得見顏魯公告身墨跡，前有高宗御識（藏經紙），後米友仁、蔡襄觀款，董其昌跋，徐知白詩，皆如阮文達《石渠隨筆》所載。又右軍《遊目帖》，僅有徐知白兩跋，亦有御題數詩，小楷。此跡疑是雙鉤本，徐跋稱其紙真晉時麻箋，如薄金葉，索索有聲，未敢盡憑。顏書古淡，洵是奇物，前在孫松坪處一見之。兩卷索價五百，皆庚申年澱園被兵流落人間者也。[2]

1865 年閏五月，原清內府收藏的唐摹本王羲之《行穰帖》也出現在廠肆。[3]

清內府舊藏早期書法巨跡，在圓明園被掠毀後，也有流向南方者。顧文彬 1872 年十一月二十八日日記：「接廿五

1　《翁同龢日記》第一卷，112 頁。圓明園被焚毀搶掠後，清廷曾設法追繳，並追回一部分丟失的文物（見中國第一歷史檔案館編：《圓明園》上冊，上海：上海古籍出版社，1991 年，571－597 頁）。但是，從後來還不斷有內府藏書畫出現在廠肆來看，很多東西並未追回。官員收藏家見到這些文物時，也並沒有要求賣家繳回內府。

2　《翁同龢日記》第一卷，294－295 頁。

3　「聞右軍《行穰帖》在廠肆。」《翁同龢日記》第一卷，432 頁。《行穰帖》現藏美國普林斯頓大學藝術博物館。

日家信，知趙松坡持來褚摹《蘭亭》墨跡卷、唐人寫《郁單越經》卷，永倉徐仰峊所藏，索價三千金，駿叔開口即還六百金。余覆信囑其不論價值，以成為度，未知有緣得此否也。」[1] 十二月初二日日記：「知褚《蘭亭》及唐人寫經以六百十四金得之，為之狂喜。」[2]

除了王羲之的《行穰帖》《遊目帖》、褚遂良摹《蘭亭序》墨跡卷、顏真卿的《自書告身帖》等外，我們從晚清官員的日記中得知當時市場上流通的名跡還有王獻之的《新婦服地黃湯帖》、[3] 蘇軾的《黃州寒食帖》、米芾的《多景樓詩》[4]《向太后輓詞》[5]《珊瑚帖》《復宦帖》[6]

1 顧文彬：《過雲樓日記》，209 頁。

2 顧文彬：《過雲樓日記》，210 頁。

3 1884 年七月初三日，「過廠，見宋僧北磵酬梅坡詩跡，有姚廣孝二跋、簡庵諸僧跋、吳匏庵跋、覃溪跋，成王借摹入帖。卷首吳君篆。郭河陽《關山行旅卷》（亦細勁，錢牧齋跋，餘跋皆偽）二卷，索每卷二百金，可笑也。又大令《新婦服地黃湯帖》墨跡（有成王、英相跋，是鉤本，筠清館所藏也）」。《翁同龢日記》第四卷，1897 頁。

4 1877 年五月十六日，「過廠見東坡墨跡《自我來黃州詩》（御題），李北海《古詩十九首》，皆偽；米《多景樓詩》，趙十二札，惟趙札粗可觀」。《翁同龢日記》第三卷，1325 頁。

5 1884 年八月三十日，「得見米襄陽輓詞小楷真跡，後有董臨兩頁並跋，前黃石齋隸書『鎮此數行，奚殊璧帶』八字，真物也，索千金，後有墨本，是崇禎時刻，末有陳眉公跋，而米冊內卻無之。又新刻三紙，則米書董跋具在，卻未佳」。《翁同龢日記》第四卷，1913 頁。

6 張佩綸癸巳（1893）四月初七日日記：「清秘又持米二帖來。一《珊瑚帖》，一《復宦貼》，快雪堂曾刻之。由安儀周輾轉歸傅文忠、成邸、定邸。索價千五百金，讓至千金。無力購之。內人暇中雙鉤之，惟妙惟肖，亦閑中一樂也。」張佩綸著、謝海林整理：《張佩綸日記》下冊，南京：鳳凰出版社，2015 年，536 頁。

《樂兄帖》、[1] 黃山谷小卷、[2] 文彥博墨跡卷 [3]，等等。

　　除了黃山谷小卷所指為何不詳外，上述名跡（儘管有些翁同龢認為不真或為摹本）今皆存世，其中有些名跡在當時的價格也有記錄。王羲之的《遊目帖》和顏真卿的《告身帖》這兩卷加在一起在 1863 年文物商才索價五百兩。此時太平天國戰亂尚未結束，文物市場的行情自然會受到影響，但黃庭堅的書法小卷在 1880 年開價僅六十兩，也低於我們今天的想像。米芾的《向太后輓詞》在 1884 年開價一千兩。米芾的《珊瑚帖》《復官帖》合卷在 1893 年開價一千五百兩，殺價後一千兩。從 1863 年至 1893 年，整整三十年，從絕對的銀兩數來看，文物價格有了很大的增長。至於實際增長多少，還要考慮到生活指數的變動等因素。

　　需要指出的是，晚清人在古董交易中所開之價（即索價）往往和實際成交價差別很大，成交價低於開價的三分之一、一半甚至一半以上是經常的事。比如說，1870 年左右，趙之謙（1829－1884）在北京為潘祖蔭購買文物，他在致潘祖蔭的一札中說：「錢叔美畫一幅，索十六金。如要，可以說價，隨還幾金均可。惟鑒後須將畫付下，說成再送

1　1876 年四月二十二日，「於廠肆見……米書樂兄尺牘墨跡，墨光飛舞，真物也，跋卻偽，索二百金（明日再看，系雙鉤本）」。《翁同龢日記》第三卷，1240－1241 頁。

2　翁同龢 1880 年十月初七日日記記載：「過廠肆，得見黃山谷書小卷，極愛之（六十兩，論古）。」《翁同龢日記》第四卷，1557 頁。

3　1884 年四月二十八日，翁同龢「見文潞公墨跡三紙卷，米元暉、向若冰二跋，成王、榮郡王跋，頗好。價則甚昂矣（博古，百廿金）」。《翁同龢日記》第五卷，1978 頁。

上取價也。」[1] 過了些日子，趙之謙又寫信給潘祖蔭告知：「錢叔美畫已買成，刻賣畫者甫去。計價八金，此畫尚便宜，若在杭州，非二十元不可也。」[2] 成交價比開價正好低一半。類似的例子不勝枚舉。因此，了解晚清藝術品價格的變化應該以成交價為依據，以索價為參照資料。

一些五代宋元畫作也出現在翁同龢等人的日記中，如衛賢的《盤車圖》[3]、董源的《寒林重汀圖》[4]、北宋燕文貴的畫卷[5]、宋徽宗摹張萱的《搗練圖》[6]、宋徽宗絹本山水卷[7]、惠崇的《江南春》[8]、南宋劉松年的青綠山水[9]、宋元畫冊

1 趙之謙：《趙之謙信札墨跡書法選》，北京：榮寶齋出版社，2003 年，251－252 頁，第 64 札。

2 同上，第 72 札。

3 1890 年十月初二日，「於筆彩齋見宋人《盤車圖》（衛賢畫）、黃子久卷、范華原卷，皆妙，皆燒殘，索重價，不敢問」。《翁同龢日記》第五卷，2445 頁。

4 1889 年十月二十六日，「歸至廠肆一觀，見董北苑大幅（眉題：魏府所藏董元山水天下第一。董其昌。軸上隔水洪蔤記），奇筆也」。《翁同龢日記》第五卷，2364 頁。從董其昌的眉題可以得知，這張畫即現藏日本黑川古文化研究所的《寒林重汀圖》。

5 1876 年五月十七日，「過廠見燕文貴畫卷、倪雲林小幅，皆佳」。《翁同龢日記》第三卷，1246 頁。

6 1882 年十月十三日，「得見宣和臨張萱《搗練圖》，金章宗題字，高江村物（張紳題）」。《翁同龢日記》第四卷，1734 頁。

7 1879 年三月二十九日，「少仲借聽楓山館招集真率會，同集者香嚴、仲復、養閒、退樓與餘也。少仲出示友人託售之宋徽宗山水畫卷，餘不收絹本，讓與香嚴，以二百元得之」。顧文彬《過雲樓日記》，490 頁。

8 1878 年九月二十七日，「見吳仲圭草書《心經》，又宋人《江南春》畫卷（畫二百，字八十），即還之」。《翁同龢日記》第三卷，1418 頁。翁同龢並沒有說《江南春》為惠崇所繪，但今傳世最有名的宋人《江南春》畫卷由惠崇所繪，權系於惠崇名下。

9 1883 年元月二十一日，「於論古齋見方方壺雨山、劉松年青綠山水、巨然筆墨、煙客仿梅花道人，又一幅仿某君（有再題數行），皆佳」。《翁同龢日記》第四卷，1759 頁。

頁 [1] 宋人《群仙高會圖卷》[2]、范寬、黃公望、倪瓚的畫卷等。[3] 翁同龢 1871 年十一月二十三日日記寫道：

> 一日無事，展觀石谷畫圖，忽思廠遊，徑往，日落矣，攜《東方朔畫贊》兩冊（國初拓）、《張猛龍碑》、《宋元人畫集錦冊》歸。宋元冊極有精神，決知非蘇州片，索值卅金，擬得之矣。[4]

　　一個《宋元人畫集錦冊》索三十兩銀子，大約二十餘兩就能拿下。1871 年正是潘祖蔭等在北京開始收藏青銅器的時候，二十餘兩大約能買一個沒有銘文的商周青銅爵，可見當時的古畫價格不及青銅器高。宋徽宗絹本山水卷，在 1879 年的蘇州大約賣一百五十兩銀子（見 58 頁注 7），以今天的標準來看，也不算高。

　　在晚清的文物市場上，雖然仍有一些唐宋元書畫在流通，但數量可觀的官員收藏的主要是明清書畫，而其中最

1　1878 年七月初八日，「得見董香光所藏宋元畫十二幀，雖皆麟爪，然神光逼人，衰悴為之眼明」。《翁同龢日記》第三卷，1405 頁。

2　顧文彬《過雲樓日記》1880 年七月五日記載：「粵人胡蓮庵骨董中市儈，賞鑒極精，購去宋人《群仙高會圖卷》，張即之書殘經兩冊、宋拓《家廟碑》、明拓《夏承碑》、線斷《皇甫君碑》，惲南田畫雞扇面，共價洋七百三十元。價已不輕，聞其轉售他處，獲利數倍。」顧文彬著、李軍整理《過雲樓日記》，載蘇州市地方志辦公室編《蘇州史志資料選輯》第 37 輯（2011），102 頁。讀者請注意，李軍整理本和上引點校本所記內容並不完全相同，筆者在引用李軍整理本時，都會注明。

3　1886 年十二月初十日，「前日得見大癡為仲和作山水卷，予百金不售，擬還之矣」。《翁同龢日記》第五卷，2113 頁。

4　《翁同龢日記》第三卷，1208 頁。

受歡迎的則是以劉墉（石庵）、錢灃（南園）為代表人物的乾嘉名家翰墨和清初王時敏（煙客）、王鑒（廉州）、王翬（石谷）、王原祁（麓臺）、吳歷（漁山）、惲壽平（南田）亦即「四王吳惲」的繪畫。[1]

明清名家翰墨

由於年代相去不遠，晚清的文物市場上仍有不少明代書法，其中以吳門諸家書法和董其昌墨跡居多。1888 年正月十四日，翁同龢見到「祝枝山寫唐詩」，認為是真跡，文物商開價三十金。[2] 1880 年代的文物價格已經有很大的攀升，祝允明的書法開這個價，實在不高。

1866 年十月初三日，翁同龢見到董其昌臨《閣帖》十冊，「先公曾鑒賞，今重逢之，欲以十二金暫質，未知見許否也」。翁同龢打算以十二兩銀子為訂金暫留十冊董其昌書法，可見當時董書的價位也不高。[3] 1866 年十二月十九日，翁同龢「以七金得董自書詩卷」。[4] 1860 年代，正值太平天國戰爭結束不久，文物市場的價格較低可以理解。可是十年後，1876 年正月十四日，翁同龢「飯後遊廠，購得董書長吉詩卷、王夢樓條（共十兩）。又見金冬心臨華山碑橫幅、

1　相關的研究，可參見黃小峰：《「隔世繁華」：清初「四王」繪畫與晚清北京古書畫市場》。

2　《翁同龢日記》第五卷，2215 頁。

3　《翁同龢日記》第二卷，521 頁。

4　《翁同龢日記》第二卷，535 頁。

劉石庵書袁君墓誌冊，皆絕妙，價極昂也」。[1]董其昌書李賀詩卷加上王文治（1730－1802）的條幅，才十兩。而金農和劉墉的書法則「價極昂」。

同年，三月二十一日，翁同龢在琉璃廠見到「黃石齋詩立軸（是將赴義時筆，詩後跋數語悲壯）。⋯⋯以廿金得黃字，懸之座旁，足起頑懦」。[2]以二十兩銀子買進晚明名臣黃道周自跋的絕筆詩軸，真是不貴。

明清官員雖然在日常生活中書寫大量的書法，但在任官期間通常不賣字，他們的書法（如對聯、條幅、手卷、扇面等）多為禮品。[3]他們去世後，昔日的禮品進入市場，成為商品，不但數量很多，而且價格並不低。根據顧文彬1880年四月初四日的日記記載：

> 仲復以八十元購得翁覃溪隸書對一副，其句云：有情今古殘書在，無事乾坤小屋寬。乃張瘦銅句也。下方錄瘦同原唱七律及覃溪、蔣心餘、吳谷人諸君詩，故如此名貴。[4]

當時的八十銀元相當於五十多兩銀子，翁方綱的一副對聯能賣這個價格，遠遠高於上面提到的祝允明、董其昌、黃道周的書法。而昂貴的原因則在於此聯的下方有諸

1　《翁同龢日記》第三卷，1219頁。

2　《翁同龢日記》第三卷，1233頁。

3　白謙慎：《晚清官員日常生活中的書法》，《浙江大學藝術與考古研究》第一輯（2014），240－245頁。

4　顧文彬著、李軍整理：《過雲樓日記》，101頁。

多名家的題跋，展現了文人之間的交往，具有追加的價值。但即便如此，高於黃道周的自跋絕筆詩軸，還是不可思議。

除了對聯、條幅、手卷、扇面這些為觀賞而作的書法外，隨着時間的推移，官員和文人們日常生活中的功用性書寫（如信札、日記、筆記、手稿等），也有了商業價值。1887 年十二月二十日，翁同龢「過廠肆小勾留，見柯丹邱畫竹石甚好，陳老蓮人物、南園信札、何子貞詩稿，皆余所喜者也」。[1] 何紹基卒於 1873 年，十多年後，他的詩稿之類的日常書跡也在市場上流通了。

在日常功用性的書寫中，最大的一宗還是書札。古代文人之間的書札往還頻繁，[2] 很多文人都有保存友朋信札並裱成冊頁的習慣。而古代尺牘一直是歷代收藏的重要內容，上面提到的《游目帖》《樂兄帖》都是尺牘。1889 年正月二十三日，江標在日記中寫道：「書賈送來書札兩本共六十餘通，皆與桂未谷、顏運生兄弟者，索值百金，可云貴矣。」[3] 1891 年二月二十七日，江標又寫道：「骨董人送來錢竹汀與曹慕堂札十八通，索值百金，可云貴矣。」[4] 桂未谷即桂馥（1736－1805）、錢竹汀即錢大昕（1728－1804），

1　《翁同龢日記》第五卷，2208 頁。

2　在中國生活了三十年的意大利傳教士利瑪竇（1552－1610）曾有一個很有意思的觀察，他發現中國文人特別重視書面語，也十分喜歡寫信，即便是住在同一個城市，距離很近的朋友，也經常書信往返，而不是見面談話。參見利瑪竇、金尼閣：《利瑪竇中國札記》，北京：中華書局，1983 年，27、29 頁。

3　江標：《笘誃日記》（中國國家圖書館藏稿本）。

4　江標：《笘誃日記》。

都是乾嘉時期很有文化聲望的官員，他們書寫或收到這些信札的時間，距江標差不多一百年，索價百金，真是相當昂貴了。

受文化風氣的影響，乾嘉時期名臣和著名文人的墨跡在晚清備受青睞，市場價格也反映了這一時尚。在當時的北京官場中，劉墉和錢灃的字最受歡迎，價格不下於、甚至高於董其昌，此乃時代審美風氣使然，時代久遠並非價格高低的決定性因素。[1] 翁同龢的日記多次提到這兩位先賢的書跡，選錄數條如下：1871 年四月二十九日，「見錢南園對極佳，價極昂」。[2] 1885 年正月十四日，「得蔣文蕭《塞上中秋》詩畫小方、張天瓶扇合幀（十一兩）、《兩峰探菊》小幅（同上），斌為我致之。又劉石庵七言對。（十二兩）」。[3] 劉墉的對聯比羅聘（兩峰，1733－1799）的小幅畫貴。「昨見錢南園書《枯樹賦》、真書《千文》，皆佳，其後人從家中攜來者也，議價不成。又見劉石庵為怡園太史書冊，中年筆，極精。」[4] 1886 年元月十四日，「斌以覃溪翁臨方正學《溪喻》卷（索五十金）、劉石庵字冊（四十）歸，賞之」。1887 年八月十八日，「於朝房買得錢南園楷書二小幅，尚佳」。1890 年二月二十五日，「過廠肆，買石庵字四幅，才四金耳」。[5] 劉墉的四幅字「才四金耳」，翁同龢真是撿着漏了。

1　關於這一現象，上引黃小峰的論文業已指出並有所討論。

2　《翁同龢日記》第二卷，886 頁。

3　《翁同龢日記》第五卷，1949－1950 頁。

4　《翁同龢日記》第二卷，884 頁。

5　《翁同龢日記》第五卷，2034、2179、2388 頁。

劉墉和錢灃的書法在京師價昂，當是有相當一批官員喜愛和競相購買的結果。早在 1864 年十月十二日，翁同龢去拜訪祁寯藻（1793－1866），兩人討論了劉墉和錢灃的書法特色。翁同龢日記這樣記載：

> 謁祁相國，壁懸錢南園臨《論坐帖》，極奇偉。相國指謂余曰：試觀其橫畫之平，昔石庵先生自稱畫最能平，此書家一大關鍵也。[1]

翁同龢不但欣賞劉墉、錢灃的書法，甚至還臨摹之。1886 年九月二十日，「歸家摩挲書帖，遂似醉人，臨石庵詩卷數百字」。[2]

上引這些例子說明，收藏風尚和當時京師流行的書法品味有關。曾多年供職翰林院的何紹基是晚清影響最大的書法家，他的書法厚重又靈動，和劉、錢一樣皆有顏字為根基。此外，廷臣如李鴻藻（1820－1897）、潘祖蔭、翁同龢、孫家鼐（1827－1909）、徐郙（1838－1907）、王懿榮等的書法都寫得工穩溫潤，具有廟堂之氣。乾嘉廷臣劉墉和錢灃端莊雍雅的書風自然會得到他們的喜愛。

翻檢長期住在蘇州的官員收藏家顧文彬的日記和家書，則不見有嗜好劉、錢翰墨的記載。或許劉墉和錢灃長期在京師為官，南方流通的作品較少，或是在審美趣味上有地域上的些許差異。

1　《翁同龢日記》第一卷，382－383 頁。
2　《翁同龢日記》第五卷，2091 頁。

明清繪畫

　　上面提到，在晚清的文物市場上，仍有一些宋元名跡流通。翻檢吳大澂同時代的一些書畫著錄，也能看到明代以前的古書畫。但是，吳大澂及其友人收藏最多的還是明清繪畫。

　　1876 年四月二十二日，翁同龢「於廠肆見仇實父祝文衡山六十壽畫幅，衡山自題二詩，極精；唐六如《蹇驢落日圖》，皆立軸，每軸百金」。[1] 仇英為慶賀文徵明六十大壽的畫軸，有文徵明本人的題詩，誠為兩位吳門大師的合作，既稀有珍貴又品質精良，索價才一百兩。同年七月初八日，翁同龢「以四十金購仇實父《獨樂園圖》」。[2] 三年多前，沈秉成在上海就已經以五千兩銀子買下虢叔鐘。如果仇英為文徵明祝壽的畫軸能還價至八十兩甚至更低的話，那麼一個青銅器重器的售價可達仇英精品的七八十倍。

　　四年後，亦即 1880 年九月十六日，顧文彬在蘇州「以二百元得仇十洲《瑤臺清舞卷》於鑑齋之子銅士處。此卷心藏已十餘年矣，價亦昂甚。聞銅士以此項助賑，其好義可風也」。[3] 二百元約值一百五十兩銀子。由於直接從藏家手中買入，沒有文物商作為仲介，價格通常會便宜些，但顧文彬認為此價「昂甚」，這既有可能因為他心儀此卷十多年，願意出高價購入，也有可能得知對方是賣畫賑災，所以出

1　《翁同龢日記》第三卷，1240 頁。

2　《翁同龢日記》第三卷，1261 頁。

3　顧文彬著、李軍整理：《過雲樓日記》，103 頁。

高價成全善舉。

　　九年後，亦即 1889 年正月十日，翁同龢「過廠肆見仇十洲畫《後赤壁》卷（寶珍，還七十）」[1]。古董店開價多少不詳，但從翁同龢的還價來看，仇英這張畫卷的開價大概在一百至一百五十兩之間。

　　有了吳門大家仇英做參照，我們就可以來看看晚明的書畫大家董其昌的畫價了。翁同龢在 1867 年三月初二日「以十六金購董畫卷」。[2] 1880 年十月初二日，「得見香光畫四頁甚佳，索價二十金耳」。[3] 同年的十二月十四日，「得見董文敏雙畫卷，一仿《煙江疊嶂》（絹本），一仿北苑（紙本，眉公小輞川詩）。皆景氏物，妙絕，索數百金也」。[4]「景氏物」即翁同龢的好友景其濬（？－1876）的舊藏，景去世後，其家藏漸漸流入市場。兩件絕精的董其昌手卷，開價數百兩，還價後，一卷應該在二百兩以內。1884 年正月初九日，翁同龢「得見董香光仿倪樹石（眉公題、夢樓題）軸（卅兩得之）」。[5] 有陳繼儒（眉公，1558－1639）和王文治（夢樓，1730－1802）題跋的董其昌畫軸，三十兩可得，如此看來，在晚清的市場上，董其昌的畫並不昂貴。

　　1887 年十一月初五日，翁同龢「晨在朝房攜陳老蓮畫卷歸，畫真而跋偽，擬以四金購之」。[6] 雖說翁同龢未必能

1　《翁同龢日記》第五卷，2294 頁。

2　《翁同龢日記》第二卷，552 頁。

3　《翁同龢日記》第三卷，1419 頁。

4　《翁同龢日記》第四卷，1571 頁。

5　《翁同龢日記》第五卷，1948 頁。

6　《翁同龢日記》第五卷，2197 頁。

以四兩銀子買到陳洪綬的畫卷，但他心目中的價位起碼說明，當時陳洪綬畫作的價格很低。

　　清初四僧畫家的畫作，在當時的市場上也沒走紅。1878年九月二十三日，翁同龢「得石濤畫詩小冊（十五金，仍還去）」。[1] 石濤的詩畫冊，文物商出價十五兩，價格和劉墉一副對聯差不多，翁同龢仍沒買。同年十月二十三日，亦即見到石濤詩畫冊整整一個月後，翁同龢「見石谷《李成關山蕭寺》軸，極佳（丙午，八十三矣）」。兩日後，翁同龢在日記中又寫道：「石谷畫幅四十金可得，而囊無餘資，只得割愛矣。」[2] 一件被翁同龢認為極佳的王翬（石谷）畫軸，賣四十兩，不但比他同時代的畫家石濤的價格高，也比早些董其昌和陳洪綬高。但是，這四十兩的價錢在晚清市場上的王翬畫中，並不算昂貴的。[3]

　　黃小峰在一篇研究晚清北京古書畫市場的論文中指出，當時京師官員們最喜歡收藏的是四王吳惲。[4] 如同潘祖蔭是晚清京師青銅器收藏的重要推手，翁同龢是當時京師四王吳惲最重要的買家之一。翁同龢是蘇州府常熟縣人，四王吳惲中，王翬和吳歷是常熟人，另外三王皆為太倉人，除了惲壽平是武進人外，其中五位都和蘇州有關。翁

1　《翁同龢日記》第三卷，1417 頁。

2　《翁同龢日記》第三卷，1422－1423 頁。

3　1876 年十二月二十五日，「有持石谷畫卷來者，長一丈一尺，癸酉歲作，頗蒼老，以三十金收之」《翁同龢日記》第三卷，1295 頁。但是，王翬的畫作索價通常不低於一百兩。

4　黃小峰：《「隔世繁華」：清初「四王」繪畫與晚清北京古書畫市場》，165－191 頁。

同龢喜歡四王吳惲可能有仰慕鄉賢的因素，但最重要的原因還是如黃小峰所指出的那樣，四王吳惲代表了清初以來的正統畫風，符合京師官員的審美趣味，因此在市場上價格不斷走高。

翁同龢的日記中，有關四王繪畫的買賣記錄甚多。[1] 其中有兩件成交的名作至今仍由其玄孫翁萬戈先生收藏。其一是王翬的《長江萬里圖》，縱 40.2 釐米，橫 1615 釐米，堪稱巨觀（圖 1-10）。翁同龢在 1875 年購得此卷，他的日記對何時初見此卷、文物商送看、討價還價、最後成交的過程，均有簡略但生動的 W 記載，爰錄於後：

（三月二十六日）排悶到廠肆，得見石谷仿江貫道《長江萬里圖》卷，長六丈餘，高尺許，天下奇觀也，索千金。

（四月十九日）午前博古齋以石谷《長江萬里圖》送看，凡五丈，真妙跡也……晴窗展玩，凡數十卷舒，不能釋手矣，惜乎無力購致耳。

（四月二十日）出城，過廠肆，論畫卷價，予以三百猶未首肯，亦太甚矣。

（四月二十二日）賈人持石谷卷去，非四百金不售也，為之悒怏。出城，旋入城，無謂賓士，可恨。

（四月二十三日）重見《長江圖》，以舊藏四卷對看，目前一樂也。

1　在翁同龢的日記和其他的文獻中，涉及四王吳惲畫價的資料不少，上引黃小峰的論文附有四王吳惲在晚清市場的繪畫價格表，讀者可參照。

（五月初五日）還博古齋帳，竟以白金四百易《長江萬里》。[1]

這一長卷文物商開價一千兩，幾經周折，最終以四百兩成交。四百兩在當時的北京可以買一處不錯的住房。[2]

翁萬戈先生所藏的另一件名跡是王原祁的巨幅山水軸《杜甫詩意圖》，此畫縱 321.3 釐米，橫 91.7 釐米，號稱天下第一大王原祁畫作（圖 1-11）。王原祁「經營礱礴，兩月始竣」，無疑是一件精心之作。翁同龢 1887 年六月初二日日記記載：

得見麓臺長幅一丈，畫杜律「雷聲忽送千峰雨，花氣渾如百龢香」詩意，巨觀也（為文翁先生畫，簽張若靄題）；董公仿梅道人冊八開，極妙；戴鷹阿畫十二開，亦妙，皆茹古齋物。王索四百金，董、戴百六十。[3]

五天后，亦即初七日，翁同龢「以三百金購得麓臺巨幅、董冊八頁、戴鷹阿冊一，自恨好畫成癖，犯多欲之戒」。[4] 從開價便可以看出，王原祁的畫軸比董其昌和清初安徽畫家戴本孝（鷹阿）的兩本冊頁加起來的價錢還高出一倍多。而三件作品的真實價格是三百兩，按開價時的比

---

1 《翁同龢日記》第三卷，1160、1164、1165、1168 頁。

2 翁同龢用來買畫的這筆錢，本來是打算用來買房的。《翁同龢日記》，同年四月二十四日：「是日妾陸來城寓，以為移居吉日，不知我尚忍言移居乎。」（1166 頁）翁同龢十分珍愛此畫，多次請友人觀賞。此畫現今由翁萬戈先生收藏，翁先生正在撰寫一本研究此畫的專著，無疑會對我們了解此畫的藝術特點很有助益。

3 《翁同龢日記》第五卷，2163 頁。

4 《翁同龢日記》第五卷，2164 頁。

例推算，其中王原祁畫作的成交價約二百兩，董、戴兩本冊頁約一百兩。這其中固然有王原祁的畫作是一件尺幅巨大的精心之作的因素，但四王畫價高則是當時一個普遍的現象。

其實，翁同龢在購買王原祁《杜甫詩意圖》的半年前，就曾高價購入王原祁的一個手卷。他在 1887 年元月三十日的日記中寫道：「以巨金買麓臺畫卷，賈人索錢，怒斥之，已而悔之。」[1] 六天以後的日記記載：「以二百金買麓臺卷，吾之過也。」[2] 在晚清的書畫市場上，手卷和冊頁的價格通常高於立軸，這也是為甚麼一個手卷的成交價能和《杜甫詩意圖》這樣的巨幅畫作價格相同。翁同龢的日記還告訴我們，當時收藏書畫，過二百兩者即為「巨金」。

從 1870 年代末開始，四王吳惲畫作在北京市場的價格不斷攀升，四王的索價通常都會超過一百兩白銀。1878 年十一月十七日，「看王石谷《溪山霽雪》卷，極妙（索百六十金）」。[3] 1879 年七月初七日，翁同龢「見王圓照仿古十頁，精妙，無力收之」。四天后，「有以王圓照畫冊來者，索百金，遂還之」。[4] 這說明，王鑒的一個十開冊頁索價一百兩，實在不低。

1　《翁同龢日記》第五卷，2127 頁。

2　《翁同龢日記》第五卷，2128 頁。

3　《翁同龢日記》第三卷，1426 頁。

4　《翁同龢日記》第四卷，1473 頁。

進入 1880 年代後，四王的價格似乎以更快的速度持續高漲。1885 年六月十六日，翁同龢得見王麓臺畫卷，仿大癡《寫春圖》，「吾邑鹿樵先生所藏也，索七百金」。[1] 同年七月十五日，翁同龢「晨看字畫，麓臺長卷，斌孫為我以二百八十金得之，可喜也」。[2] 1887 年十二月初五日，翁同龢「得見王圓照臨古十八頁冊（楊又雲藏，極妙，索六百金，論古齋）」。[3] 上面提到，在 1879 年，王鑒十開的冊頁開價一百兩；1887 年，十八開的冊頁開價六百兩。雖然成交價很可能要遠低於開價，但這兩個開價的顯著不同，也能讓我們感受到四王的畫價在 1880 年代的上漲。

　　數年之後，張佩綸在 1891 年十月初一日的日記中，對時人爭出高價購買四王吳惲做了如下評論：

　　　　近人收求四王吳惲，爭出高價，於是真贋雜陳，往往割裂舊畫，改題其名，續鳧截鶴，毀壞名跡實多。永寶前以惲冊見示，亦頗清妍，而失之薄弱。其題中乃多別字，然索價已三百金。論古一冊較佳，價至五百金。而畫已黯淡失神。[4]

　　張佩綸寫此則日記時，人在天津。當時的天津不但是北方的一個重要口岸，還是直隸總督和北洋大臣的官署所

1　《翁同龢日記》第五卷，1989 頁。

2　《翁同龢日記》第五卷，1997 頁。

3　《翁同龢日記》第五卷，2204 頁。

4　張佩綸著、謝海林整理：《張佩綸日記》，401 頁。

在地，所以，北京琉璃廠的文物商們常攜帶書畫前往津門兜售。[1] 張佩綸的記載說明，京師收藏四王吳惲的風氣也傳到了天津。如同青銅器價格高漲導致刻偽銘文，四王吳惲價格的飆升也引來大量的作偽行為。對藝術史來說，禍兮福兮，一言難盡。

震鈞（1857－1920）《天咫偶聞》這樣記載：

> 近來廠肆之習，凡物之時愈近者，直愈昂。如四王吳惲之畫，每幅直皆三五百金，卷冊有至千金者，古人帷「元季四家」之畫尚有此直，若明之文、沈、仇、唐，每幀數十金，卷冊百餘金。宋之馬、夏視此，董、巨稍昂，亦僅視四王而已。書則最貴成邸，即張天瓶，一聯三四十金，一幀逾百金，卷冊屏條倍之。劉文清、王夢樓少次，翁蘇齋、鐵梅庵又少次，陳玉方、李春湖、何子貞又次，陳香泉、汪退谷、何義門、姜西溟貴於南而賤於北。宋之四家最昂，然亦僅倍於成邸；松雪次之。思白正書次之，然亦不及成、張；行書則不及劉、王。若衡山、希哲、履吉、覺斯等諸自鄶。

震鈞家族世居北京，《天咫偶聞》刊於 1907 年，所記應是 1880 年代以後的事。值得注意的是，他指出了南北藝術趣味和書畫價格的差異。

1　這點在張佩綸的日記中所載甚多。

不過，江南是四王吳惲的故鄉，那裏的文人自然更可能沿襲着清初以來文人畫的趣味。吳雲在 1872 年冬致陳介祺的信中說：「子山 [顧文彬] 收藏至富，尤喜四王吳惲類，皆以重值得之。」[1] 太平天國攻陷蘇州和浙江一些城市時，顧文彬和吳雲在上海一起謀劃中外會防。當時一些江浙士紳帶着自己的收藏避居上海，吳雲在上海期間，經常逛古董店，[2] 在致許槤（1787–1862）的信中說：

> 庚申變起，家藏書籍碑版與拙著各稿竟蕩焉。無隻字獲存。亂後寓滬，凡蘇杭嘉湖流傳書畫金石，都集於此。懸金訪購，舊藏既有收回，新得又復不少。[3]

蘇州、杭州、嘉興、湖州自宋元以來就是最富庶之地，收藏聚集之地。如今，這幾個地區未被戰爭毀壞的文物都彙聚到上海，為吳雲和顧文彬等避居上海的官員提供了難得的收藏機遇。吳雲在致顧文彬的信中說：

> 兵燹以後，東南巨跡我二人所得不少，尊處愈多，惟中間尚有致疑可商之件，將來似必歸弟審確而後入錄，務使此書一出，有識者擊節稱賞，歎為一代

1　吳雲：《兩罍軒尺牘》卷九，葉 14b，新 662 頁。
2　吳大澂：《愙齋日記》，載祁寯藻、文廷式、吳大澂等著：《青鶴筆記九種》，收入《近代史料筆記叢刊》，北京：中華書局，2007 年，134、135、138 頁。
3　吳雲：《兩罍軒尺牘》卷一，葉 32b，新 78 頁。

必傳之書，駕《消夏錄》《書畫舫》而上之，方為墨林
快事。[1]

　　《消夏錄》指清初孫承澤的《庚子消夏錄》，《書畫舫》
指張丑的《清河書畫舫》（1616 年成書），是明末和清初兩
部著名的書畫著錄。因此，吳雲此處所說他和顧文彬在太平
天國以後購入的巨跡，乃指書畫。可以推斷，《過雲樓書畫
記》所著錄的顧氏收藏，有相當一大部分來自戰後的收藏。
　　顧文彬是當時南方最大的書畫收藏家，《過雲樓書畫
記》著錄了他收藏的繪畫作品 188 件，其中吳門四大家沈
周、文徵明、唐寅、仇英的畫作 44 件，四王吳惲的作品 42
件，也就是說，雖然吳雲說顧文彬「尤喜四王吳惲類」，但
這並不意味着對其他文人畫家的忽視，他對吳門四大家也
同樣喜愛。
　　吳雲本人的書畫收藏中，也頗有四王吳惲之跡。他在
致勒方錡（1816－1880）的信中說：

　　　　石谷山水立軸，係敝篋舊藏，雲山杳靄，樹石蒼
　　寒，乃此老晚年精詣，實為開門見山之作，以配新得
　　南田小幀，可稱惲王合璧。檢奉雅賞。此等物事，兩
　　罍軒中頗稱富有，幸勿視為鄭重麾卻之也。[2]

1　吳雲：《兩罍軒尺牘》卷七，葉 22b，新 494 頁。
2　吳雲：《兩罍軒尺牘》卷四，葉 18b－19a，新 264－265 頁。

我們再來看看吳雲的弟子吳大澂的繪畫收藏。前面提到，吳大澂在少年時期便受到外祖父韓崇的影響，喜歡收藏。韓崇的《履卿書畫錄稿》稿本兩冊今存上海圖書館，從中看不出對收藏四王吳惲的特別興趣。上海圖書館還藏有吳大澂的手稿《愙齋公手書金石書畫草目》，這一手稿大約書於 1893 年，列出了吳大澂所藏書畫 193 件。草目不但將四王吳惲排在第一欄，而且數量最多，共 54 件，超過總數的四分之一，其中王時敏 5 件、王鑑 6 件、王原祁 9 件、王翬 17 件、惲壽平 11 件、吳歷 5 件、《四王惲吳六大家集冊》1 件。明代中期吳門四家的作品 32 件，約佔總數的六分之一，其中沈周 10 件、文徵明 15 件、唐寅 3 件、仇英 4 件。值得注意的是兩位清代中晚期的官員書畫家湯貽汾（1778–1853）和戴熙（1801–1860），人稱「湯戴」，吳大澂收湯貽汾作品 8 件，戴熙作品 9 件，頗能反映晚清官員在繪畫方面的趣味。這三部分作品加起來，共 103 件，超過所藏書畫總數的一半。吳大澂曾於 1870 年代供職翰林院，在京師居住了四五年，以後一直在外省為官。他對四王吳惲的愛好究竟是受到了京師收藏風氣的影響，還是作為一個蘇州人，前輩鄉賢的畫風早就成為他藝術趣味的一個重要構成？不管前因後果為何，他的書畫草目反映出，溫文儒雅的正統畫風是晚清官場的主流審美時尚。

　　那麼，四王吳惲在南方的市場價格如何呢？我們閱讀《過雲樓日記》和《過雲樓家書》不難看出，南方的書畫價格（包括四王吳惲的價格）總的來說是低於京師的。顧文彬1870 年三月從蘇州到了北京在吏部候選，等待新的任命。他在三月二十九日的日記中寫道：

往琉璃廠洗浴。至博古齋，晤李老三，觀書畫十餘件，內有石谷臨山樵長卷，索價四十兩，方方壺小立軸，索價四十兩，以此二件為最，惜價昂不能買也。[1]

正因為早就知道北京的書畫價格比南方高，顧文彬在從蘇州到北京時，帶去了幾箱書畫作品，交琉璃廠出售。

（四月初一日）午後，李老三來觀字畫，令其評價，余復往博古齋，約其店夥將字畫一箱抬去，託其銷售。[2]

（初五日）尹耕雲託蔣子良問書畫價，先是余以書畫三十餘件託博古齋之李老三銷售，李老三送與耕雲看，耕雲知係余物，谷託子良來問。余雖告以所擇八件索價四百餘金，然因李老三是經手人，囑其不可撤卻也。[3]

（十月初六日）陶德寶齋售去王、惲扇面十二個，得價百金。[4]

四年後，顧文彬在 1874 年八月二十四日的日記中寫道：

1　顧文彬：《過雲樓日記》，15－16頁。
2　顧文彬：《過雲樓日記》，16頁。
3　顧文彬：《過雲樓日記》，17－18頁。
4　顧文彬：《過雲樓日記》，48頁。

余在京時見扇面聲價甚重，明人中有文、沈、
唐、仇四家者，國初人有四王惲吳者，參以他家，每
本十二頁，可得百金，且要者甚多，大可居奇。若
在他處，斷不能得此善價。故欲售去扇面，必應寄與
京友。[1]

　　南方的古書畫市場從 1870 年代初開始，價格也不斷在
上漲。1871 年十二月二十一日，人在寧波的顧文彬寫信給
顧承說：

　　張子蕃寄來之吳漁山卷還價百元，惲題石谷卷還
價九十元，皆不肯售，書畫價日增一日，於此可見。
時下四王惲吳最為得價，京中四王立軸每幅須數十
金，因憶從前售與香嚴之四王軸，每軸只十餘元，皆
屬賤送，此時必須增價也。[2]

　　從顧文彬的口氣可以看出，此時四王在京師的價格依
然比南方要高不少，但是南方的市場價也在不斷上漲。1873
年四月十九日顧文彬在致顧承的信中說：「近來書畫聲價大
起。」[3] 在 1874 年二月四日致顧承的信中，顧文彬再次提到：
「近來書畫價大漲，夏、沈兩卷雖索百金亦不為昂。」[4] 書畫

1　顧文彬：《過雲樓日記》（2015），311 頁。
2　顧文彬：《過雲樓家書》，108 頁。
3　顧文彬：《過雲樓家書》，234 頁。
4　顧文彬：《過雲樓家書》，357 頁。

市場價在 1870 年代初開始上漲，與同時期青銅器市場價上漲是完全同步的。

1870 年代後期，四王吳惲在南方的價格比數年前有了很大的漲幅。顧文彬 1880 年三月二日的日記記載：

> 有盛寅谷、程小盧來訪，出示書畫求售。余得其陳白陽芭蕉、嚴蓀友（繩孫）《茂陵秋雨圖》（贈與朱竹垞者）兩軸，價三十三元。尚有王石谷山水、惲南田墨荷兩軸，議價不諧，為香嚴售去，價二百二十元。[1]

顧文彬提到的四件畫作都是立軸，價格通常較低，其中吳門畫家陳淳和清初著名文人嚴繩孫所畫兩個立軸僅約二十五兩。王翬和惲壽平的兩軸被李鴻裔（香嚴）所購，成交價約一百五十兩，這個價錢在 1880 年並不比京師便宜多少。而根據《過雲樓家書》的記載，在 1871－1874 年之間，顧文彬在浙江、江蘇一帶所購四王吳惲的畫作，通常一二十兩銀子便可拿下，現在漲勢明顯。所以，大約在 1881 年，吳雲在致張之萬（1811－1897）的信札中寫道：「南中書畫，近益少見，稍可入目，價便不貲。」[2]

雖然四王吳惲在南北皆受追捧，但並非所有的重要文化人物都追隨收藏古書畫中的主流審美時尚。吳雲在致陳介祺的信中說：

1　顧文彬著、李軍整理：《過雲樓日記》，100 頁。

2　吳雲：《兩罍軒尺牘》卷七，葉 44b，新 538 頁。此札無日期，但下一札談到顧文彬的兒子顧承病重不起，顧承於 1882 年七月突然去世，則此札應書於 1882 年七月前，此處暫訂為 1881 年。

此間字畫價值雖昂，尚可物色。近人小品篋中亦頗不乏。如有所需，望即指示，當圖奉報。若由弟檢寄，或不合尊意，徒增此投報形跡。昔子貞兄喜收字畫，或以趙董及惲王諸跡見贈，一笑置之。若以黃石齋、倪鴻寶、傅青主諸跡相貽，如獲異寶。蓋人有偏耆者也。[1]

子貞即何紹基，他本人的書法引導着晚清的主流書風，但在繪畫方面卻對四王吳惲興趣不大。

1　吳雲：《兩罍軒尺牘》卷九，葉 45a，新 723 頁。《兩罍軒尺牘》雖刪去信札的日期，但從內容來判斷，是按年代先後來編排的，此札寫於 1878 年左右。

四、拓片市場

　　晚清市場上的拓本價格差別非常大。經由名家題跋的稀有著名舊拓，價錢可以高達數千兩銀子；新製作的拓片，價格通常不高，如果是新出之品的初拓、著名石刻的精拓，價格可能稍高；而名氣不大的石刻拓片，常常連十分之一兩銀子都不到。價格上的種種差異，反使得官員們能夠根據自己的喜好和能力來選購拓片，大量收入不高的低級官吏也能參與其中。在北京、山東、江南等地，拓片市場非常活躍。

《閣帖》與其他刻帖的市場行情

　　北宋淳化三年（992），皇家贊助摹勒了《淳化閣帖》（下文簡稱《閣帖》），開啟了刻拓叢帖的傳統。從翁同龢及其友人的記載中，我們可以看到，在晚清的拓片市場上，舊拓《閣帖》的價格最高。

　　翁同龢 1877 年五月初六在日記中記載：「以八十金購舊拓《閣帖》十冊。」[1] 這在當時算是相當便宜的。由於我們不知拓本舊到何時，無從判斷為何如此便宜。四年後，亦即 1881 年三月十二日，翁同龢在日記中寫道：

1　《翁同龢日記》第三卷，1323 頁。

赴蔭軒之招，陪張子青、李蘭生觀《閣帖》三冊，即今正所見山東人持來索八千金者也，余不謂然，而李相頗矜許。[1]

需要指出的是，晚清古董商開價往往會比最後的成交價高出許多，兩者的差別有時可以是接近一倍乃至數倍。次年（1882）正月十八日，翁同龢又見《閣帖》十本，「索重值，可笑」。[2]

1883 年正月，久居京師的蘇州籍大收藏家、時任禮部尚書的潘祖蔭的父親去世，四月，潘祖蔭護送父親的靈柩回蘇州埋葬並在那裏守喪。守喪期間，潘祖蔭和蘇州的收藏家互動密切，在致友人的信中，潘祖蔭寫道：

此地沈、顧、李皆大有力。沈以千金得項氏《閣帖》，以二千金得陳眉公之《閣帖》（即前年在京者）。[3]

「沈」即沈秉成，湖州人，晚清活躍的收藏家，曾任上

<hr>

1　《翁同龢日記》第四卷，1693 頁。三冊閣帖開價八千，實在有些不可思議。為此，我於 2013 年 10 月 20 日專門寫信向翁同龢日記的收藏者和上海中西書局最新版本的校訂者翁萬戈先生請教，10 月 26 日收到翁先生回信云：「關於光緒八年壬午三月十二日文恭所記，查出原文系『索八千金』，中西書局版第四冊 1693 頁無誤。中國所謂『獅子大開口』是也。」

2　《翁同龢日記》第四卷，1683 頁。

3　《潘文勤公書札》（上海圖書館藏稿本），第 22–23 開。潘祖蔭說的「此地」，指蘇州。此冊信札中的另一通提到，看吳雲的收藏要經其子吳廣盦同意。吳雲在 1883 年去世。信中的「李」指李鴻裔。李鴻裔在 1885 年去世，所以這些信大約寫於 1883 年潘祖蔭剛到蘇州不久，因為此後潘祖蔭和李鴻裔在蘇州過從甚密，留下不少信札。

海道臺，1874 年開始在蘇州賦閑，廣收金石書畫。他齋中的兩種《閣帖》曾經項元汴和陳繼儒收藏，購入價格皆過千金，十分高昂。

1888 年二月十二日翁同龢在日記中寫道：

> 得見周芝臺相國所藏宋拓《閣帖》十冊，此王著本（每卷首有「臣王著模」四字），卅年前曾侍先公借看，彼時即知是明複本，今乃益知其謬（王世貞跋亦偽，惟每冊首行行書一行，似弇州所題）。另冊題跋中，何子貞七古一首最奇妙（索三千金，可笑），舊家零落，可悲也。[1]

周芝臺即周祖培（1793－1867），官至大學士，是翁同龢的父親翁心存（1791－1862）的同僚。倒推三十年，是時翁同龢尚不足三十歲，就曾向父執借觀，並判斷為明朝的翻刻本而非宋拓。古董商開價三千兩銀，翁同龢認為太可笑。但昔日大臣的舊藏流入廠肆，又令他發出「舊家零落，可悲也」的感歎。

翁同龢在 1890 年三月十一日，「見宋拓《閣帖》六、七、八三冊」，他這樣描述這幾冊《閣帖》：「何瑗物，經邢子願、張東海、馮益都收藏，紙墨古，筆畫沉厚，尤物也，德寶齋索千二百。」[2] 殘缺不全的三冊《閣帖》，經由明初的張弼、晚明的邢侗、明末清初的馮溥的遞藏，居然索

1　《翁同龢日記》第五卷，2221－2222 頁。

2　《翁同龢日記》第五卷，2399 頁。「何瑗」不詳，或為晚清收藏家何瑗玉之誤。

價一千二百兩。

根據上引翁同龢、潘祖蔭 1877－1890 年關於《閣帖》的記載，製表如下：

時　間	名　稱	金　額	備　注
1877 年	《閣帖》十冊	80 金	
1881 年	《閣帖》三冊	8000 金	索價
	項元汴舊藏《閣帖》	1000 金	
約 1883 年	陳繼儒舊藏《閣帖》	2000 金	
1888 年	周祖培藏《閣帖》十冊	3000 金	索價
1890 年	宋拓《閣帖》三冊	1200 金	索價

除了翁同龢本人 1877 年購入的《閣帖》為八十金，其餘實際購買價或索價均超過一千金，甚至高達八千金，遠遠高於當時一般青銅器和書畫的價格。所以，顧文彬在致其子顧承的信中說：「宋拓帖有一字值一金，名曰『千金帖』者」。[1]

不過，其他的刻帖則沒有這樣昂貴。1889 年九月初七日，古董商送「寶晉齋殘帖（宋拓）」至翁同龢家中。六天后，翁「以七十元買《寶晉帖》，可謂好事」。[2]《寶晉齋法帖》為南宋曹之格輯刻的晉人和米芾父子書法的叢帖。翁同龢所購雖為宋拓，但有殘缺，所以以七十元（約五十兩）成交。這一價格不算過廉，但比起同為殘缺的三冊《閣帖》，價格上尚有很大的差距。

1866 年十二月初四日，翁同龢「到廠得《渤海藏真》

1　顧文彬：《過雲樓家書》，248 頁。

2　《翁同龢日記》第五卷，2352－2353 頁。

殘本（六金）」。[1]《渤海藏真帖》乃明末的一部叢帖，翁同龢以六金得之，有兩個原因：一是殘本；二是此時太平天國運動剛剛結束，戰亂後古董的市場價格不高。所以，即便不是殘本，在 1860 年代，它的價格也不會太高。

我們不妨與另一部明末涿縣馮銓刻的《快雪堂法帖》做一比較。1886 年十月二十一日，葉昌熾「出署閒步，先觀拓本《快雪堂帖》，索二十金」。[2] 可以推想，二十金以下應可拿下。需要說明的是，此時葉昌熾正在廣東學政汪鳴鑾（1839－1907）的幕府，廣東的拓片價格或與京師有所不同。

碑刻拓片的價格

晚清碑刻拓片的市場價格，[3] 遠比刻帖複雜。以數量而言，碑刻遠遠多於刻帖。同一塊碑的拓制時間可能既有古代，也有當下，在尺寸大小上也比經折裝式的刻帖要多樣化。拓本的價格與所拓碑刻的地理遠近、捶拓難易程度（近世拓本）、碑刻本身之學術、藝術價值也有關。所以，碑刻拓片的市場價格差別會更大。

從中國石刻的歷史來看，先秦和秦代的刻石並不多，真正碑碣雲起的時代是漢朝（特別是東漢晚期），雖然經過了歷代戰爭、自然災害和人為損害，但在清代，依然有遠

1　《翁同龢日記》第二卷，532 頁。

2　葉昌熾：《緣督廬日記》第二冊，1224 頁。

3　此處所用「碑刻」一詞乃泛稱，包括各種石刻（有些並非石碑）文字。

遠多於秦代以前的漢代碑刻和摩崖存世。它們的文本長，風格各異，有成為後世書法典範的可能性。但在宋代和明代中期以前，中國文人雖然收藏漢碑的拓本，但很少直接取法漢碑。這一狀況在明末清初發生了根本的變化，書法家們開始提倡追本溯源，學習篆隸，而隸書的典範，也不再是唐代以來的隸書，而是漢隸。[1] 在他們的提倡下，漢隸名品的概念逐漸形成。朱彝尊一段廣為引用的文字，可以視為清初人對漢碑名品的概括：

> 漢隸凡三種，一種方整，《鴻都石經》《尹宙》《魯峻》《武榮》《鄭固》《衡方》《劉熊》《白石神君》諸碑是已；一種流麗，《韓勑》《曹全》《史晨》《乙瑛》《張表》《張遷》《孔彪》《孔伷》諸碑是已；一種奇古，《夏承》《戚伯著》諸碑是已。惟《延熹華山碑》，正變乖合，靡所不有，兼三者之長，當為漢隸第一品。[2]

雖說其他的書法家可能會對何為漢碑第一有自己的不同看法，但朱彝尊所列漢碑，卻是清代書法家公認的名碑，而《華山碑》在其中則始終居於重要地位。但是，這塊漢碑的原石在明代已毀，宋拓本在清代僅有四本傳世，被收藏界視為珍奇。

1　參見白謙慎：《傅山的世界 —— 十七世紀中國書法的嬗變》第三章，北京：生活‧讀書‧新知三聯書店，2015 年；薛龍春：《鄭簠研究》，北京：榮寶齋出版社，2007 年。

2　朱彝尊：《跋漢華山碑》，《曝書亭集》卷四十七，上海：中華書局，1936 年，葉 7a－b。

1868 年六月二十八日，翁同龢在日記中記載了他見到的《華山碑》：

　　　　于樹南蘭室中得見崇制軍所藏《華山碑》整本裝軸，約高六尺，寬三尺許，首五行缺數十字，雙鉤補足，四邊綾上多名公題識，此本海內第一，無意中獲觀，欣幸欣幸（覃溪跋中有「圭」字分兩截云云。此天一閣本，阮太傅所藏，後質五百金於崇氏）。[1]

　　十二天后，亦即七月初十日，翁同龢「詣延樹南處再觀四明本《華山碑》」。[2] 延樹南即延煦（？－1887），愛新覺羅氏，直隸總督慶祺之子，咸豐進士，官禮部尚書。崇制軍即完顏崇實（1820－1876），四明本《華山碑》於 1859 年歸其所藏，[3] 價格五百金。

　　1871 年二月，晚清蘇州大收藏家顧文彬在杭州至梁恭辰（敬叔）寓所，與友人「同觀其碑帖書畫各件，約二十種，以《西嶽華山碑》為最。碑共十九開，跋廿九開，皆明人及國初人。明人中以錢牧齋、王覺斯兩頁為尤勝，皆精楷，據敬叔云，得價三千金」。[4] 從顧文彬的描述來看，梁恭辰所藏應為華陰本《華山碑》，現藏北京故宮博物院。

　　梁恭辰所藏華陰本《華山碑》，是由他的父親梁章鉅

1　《翁同龢日記》第二卷，652 頁。

2　《翁同龢日記》第二卷，655 頁。翁同龢見到的四明本《華山碑》，現藏於北京故宮博物院。

3　參見施安昌編著：《漢華山碑題跋年表》，北京：文物出版社，1997 年，24 頁。

4　顧文彬：《過雲樓日記》，96 頁。

在 1836 年在北京與廣東洋商爭奪後購得。《退庵所藏金石書畫跋尾》收有梁章鉅本人的題跋，描述了購買這一拓本的過程：

> 道光丙申，余由甘藩擢桂撫，入覲京師。將出京，雲臺師忽告余曰：「昨聞關中本《華山碑》現將出售，似應歸君，其勉為之。」余聞議價甚昂，且已為粵東洋商者所物色，恐大力者負之而趨矣。而阮師屢來偵問，不忍負吾師之意乃破慳以重值得之。洋商聞之大詫。蓋有稍縱即逝之機，以餘之勇決，故轉手者無所施其狡獪耳。冊中本有吾師舊題字，於是呈之函丈覆綴數語，匆匆數日即挾之出京。……聞余出京後，竟有以此事登之彈章者，意欲以豪侈相齮齕。幸荷聖明，置之不問，又不勝悚感交深云。[1]

跋中所言「雲臺」即乾嘉大儒阮元。梁章鉅是在阮元的鼓勵和督促下，與洋商爭奪，高價購得此拓本。雖然跋中並未提及「重值」究竟若何，我們從上引顧文彬的日記得知，「得價三千金」。如果這一描述沒有誇張的話，[2] 三千金確是一筆巨款，難怪梁章鉅為此被人上章彈劾，好在皇上沒有深究。梁章鉅出此巨款購一名拓，當然是和洋商競爭的結果，它在多大程度上能反映當時的市場價格還有待進

1　梁章鉅：《退庵所藏金石書畫跋尾》，收入盧輔聖等編：《中國書畫全書》第九冊，上海：上海書畫出版社，1998 年，1003 頁。

2　之所以在此提出這一價格是否誇張，是因為從顧文彬此後的日記可以看到，梁家在賣家藏書畫給顧。見顧文彬.《過雲樓家書》，119 頁。

一步研究。但它至少說明，名碑的舊拓可以賣到天價。不過，這是太平天國爆發之前的一個成交價，此後是否還能賣到這個價格，仍是一個疑問。

1872 年，亦即顧文彬見到華陰本《華山碑》的兩年後，晚清另一位重要的金石收藏家、翁同龢的同僚李文田（1834－1895）也購得了一本宋拓《華山碑》。李文田的門人江標在 1889 年二月初七日日記中寫道：

> 宋拓《華山碑》，舊為馬二查舊物，後歸陽城張古餘之子，今張家出售，歸芍師（筆者按：指李文田），以三百金得之。有孫淵如、龔定庵諸老題跋。[1]

李文田為廣東順德人，所藏《華山碑》被稱為順德本（圖 1-12）。李氏於 1872 年在江西購得此碑，「三百金」云云，初見於李文田本人的 1873 年十月的題跋。[2]

崇實在 1859 年以五百金購四明本《華山碑》，李文田於 1872 年以三百金購順德本，這在晚清已算是碑刻拓本的最高價。但是，古董價格在晚清市場的快速上漲，恰恰是在 1872 年以後。這既有戰後經濟恢復的原因，也可能有國際市場銀價變化的因素。所以，如果李文田在此後購得這一名拓，價格很可能會高出許多。

《華山碑》上題跋累累。晚清金石學學者楊守敬（1839－1915）在致繆荃孫（1844－1919）的信札中專門談到了提升

1　江標：《笘誃日記》。

2　施安昌編著：《漢華山碑題跋年表》，24 頁及附錄 142 號題跋。

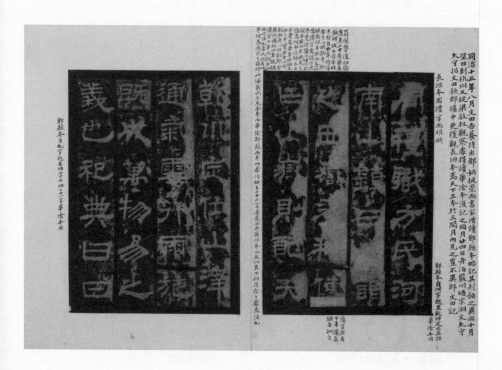

李文田舊藏順德本華山碑拓本
今為香港中文大學文物館藏

古董身價的方法，其中包括題跋：

> 尊藏海內稀有之本，固有《藝風碑目》可考，然
> 非專門金石家所能洞悉，則何如普示天下學者，或石
> 印或雙鉤（費皆敝處任之）。必有題跋，溯所從來，
> 聲價必當愈增。即如莫氏之唐本《說文》，若非子偲
> 先生刻之木，徐子靜肯以千五百金購之乎！前年在金
> 陵署中見墨本，則又增價三千金矣。[1]

按照楊守敬的說法，拓本聲價的提高，和題跋、雙
鉤、刊刻或石印有關。莫友芝所藏唐寫本《說文解字》正是
因為被刻版印刷後，廣為流傳，學術價值被充分認識，身
價倍增。這裏涉及兩個方面的工作：其一，有研究性的題跋
所呈現的文物價值；其二，出版印刷所起的推廣作用。[2]
順德本《華山碑》在 1872 年入李文田手之後，也開始
了新的學術之旅。李文田是晚清重要的金石學家。他得到
《華山碑》拓本後，攜之與其他三本仔細校對，並將校對結
果一一批注於順德本的裱邊。他不但自己多次題跋，還請
趙之謙、潘祖蔭、王懿榮、沈秉成等學者和收藏家題跋。[3]
雖說這更多的是知識上的追求，但「必有題跋，溯所從來，
聲價必當愈增」，或也是李文田的考慮之一。

1　顧廷龍校閱：《藝風堂友朋書札》下冊，上海：上海古籍出版社，1981 年，661
　　頁。
2　石印法在 19 世紀傳入中國後，已被一些學者（如吳大澂）作為推廣自己的學
　　術成果的方法之一。
3　施安昌編著：《漢華山碑題跋年表》，24－26 頁。

不過，尋常的漢碑拓片（如果不是宋元拓本），價格要比《華山碑》低許多。沈樹鏞跋《乙瑛碑》云：

> 此碑百年前舊拓本。同治戊辰（筆者按：1868 年）二月廿二日得於都門廠肆，係毛子銘物。毛君浙之吳興人，以微員官畿輔。喜藏石刻拓本，而奇窮至不能度日，以此出售，因與白金三兩得之。[1]

《乙瑛碑》也是漢隸名碑，沈樹鏞買的是清拓本，只花了三兩銀子。

1869 年三月十八日，翁同龢「得見繆鴻初所藏《百石卒史碑》（筆者按：亦即《乙瑛碑》），似元拓本，泐損與今同，而神理古厚，索三百金，一笑還之」。一個月後，翁同龢「購得繆鴻初所藏《百石卒史碑》，價廿六金，殘失卅一字」。[2] 如果翁同龢購買的就是三月十八日見到的繆鴻初所藏的《乙瑛碑》，那麼，成交價「廿六金」還不到一個月前古董商索價的十分之一，當是討價還價的結果。不過，與沈樹鏞三兩銀子買的清拓本相比，翁同龢的「元拓本」還是貴了不少。

在翁同龢的日記中，不乏討價還價的例子。1867 年正月十四日，翁同龢「與兩侄遊廠……《禮器碑》稍舊，沈文忠物，即去歲所見，索四金」。次日，翁同龢出價：「《韓

1　沈樹鏞：《漢石經室金石跋尾》。
2　《翁同龢日記》第二卷，715、721 頁。

勅碑》（筆者按：即《禮器碑》）予直三金不售，還之。」[1]
這段記載十分有趣，曾任兵部尚書、軍機大臣的沈兆霖（謚
文忠，1801－1862）舊藏的《禮器碑》，古董商索價四兩，
翁同龢還價三兩，古董商不允，翁同龢覺得不值，為了這
一兩銀子，翁同龢決定不買了。可見，官員在買古董時，
也「錙銖必較」。類似的例子還有：1869 年四月二十六日，
翁同龢「冒雨出東華門，過廠肆，與賈人論漢碑價，極饒
舌」。[2]

　　1867 年，一本稍舊的《禮器碑》拓本僅四金。《禮器碑》
也是漢碑之名品，與《華山碑》齊名。但與宋拓《華山碑》
的價格差異巨大。

　　以上所談皆為漢碑。漢以後的碑刻拓本的價格又如
何呢？

　　也就在決定不買沈兆霖舊藏《禮器碑》一個月後（1867
年二月二十一日），翁同龢「還《聖教序》（曾笙巢物，
六十金）及隋碑」。[3] 曾笙巢即曾協均（1821－？），江西南
城人，乾隆朝兩淮鹽運史、貴州巡撫曾燠（1759－1831）之
子，也是晚清一位活躍的收藏家，[4] 翁同龢並沒說褚遂良的
《聖教序》是何時的拓本，但索價六十金，實在不低。

1　《翁同龢日記》第二卷，542 頁。

2　《翁同龢日記》第二卷，722 頁。

3　《翁同龢日記》第二卷，550 頁。唐代碑刻中有褚遂良書《聖教序》和僧懷仁
　　《集王聖教序》，由於後文引翁同龢日記曾提及「王《聖教》」，所以，為注明
　　「王」者，權作褚書《聖教序》。

4　參見李玉棻：《甌缽羅室書畫過目考》，收入盧輔聖主編：《中國書畫全書》第
　　十二冊，上海：上海書畫出版社，1998 年，1062 頁。

1870 年，顧文彬在北京，他在五月二十日的日記中寫道，在琉璃廠「見宋拓《定武蘭亭》卷，笪江上藏本，後歸高江村，稀世物也，索價百金，急攜之歸，志在必得。」[1] 作為一個資深的收藏家，顧文彬深知這一曾經笪重光和高士奇兩位清初大收藏家收藏過的宋拓《定武蘭亭》的價值。八天后，顧文彬和古董商議定價格。他在日記中寫道：

> 與論古齋議定宋拓《定武蘭亭》卷、王石谷《十萬圖》冊，價銀八十兩。近日快心之事，除軍機進單外，此事為最。然進單一節尚屬分內之事，此則得之意外者。平心而論，即石谷冊已值此數，《蘭亭》卷只算平空拾得，論此卷價值，即三百金不為貴也。[2]

而顧文彬能在 1870 年以很低的價格購入宋拓《定武蘭亭》，或許和清廷平定太平天國和捻軍不久，戰後的古董市場剛開始復蘇有關。大約在 1873 年以後，晚清的古董市場價格開始迅速上升，類似的「撿漏」機會也大概越來越少了。顧文彬在 1879 年二月十八日日記中記載：

> 李香嚴招集網師園，同席者少仲、愉庭、仲復、養閑。見香嚴新押之宋拓《醴泉銘》，每頁有翁覃溪精楷邊題。此帖數年（前）曾有人持來求押，許以五百金未成。此外尚有宋拓《聖教序》，王石谷《趨

1　顧文彬：《過雲樓日記》，27 頁。

2　顧文彬：《過雲樓日記》，29 頁。

古冊》，石濤山水冊，張得天、陳香泉兩字冊。共押千金。[1]

《醴泉銘》是唐初大書家歐陽詢所書名碑，此冊為宋拓，且有乾嘉時期著名金石學家翁方綱（1733－1818）的題跋。大約在 1875 年（1879 年之前數年）有人向顧文彬求押，顧文彬出五百金居然未成。除去王翬、石濤、張照、陳奕禧的書畫，宋拓《醴泉銘》和《聖教序》，大約可押六七百金。可以推想，一個著名唐碑的宋拓本可與 1872 年李文田購買的順德本《華山碑》（宋拓）匹敵。

1881 年正月二十五日，翁同龢的友人「爕臣來看《皇甫碑》，從德寶齋借來，楊又雲物，索二百五十金」。[2] 爕臣即孫家鼐，楊又雲即楊繼振（1832－1897），官至工部侍郎，收藏金石甚富，他收藏過的《皇甫誕碑》拓本，原石為歐陽詢又一楷書名碑，託古董商出售，索二百五十金，價格不低。

1890 年九月十九日，翁同龢「見宋拓王《聖教》，周櫟園舊物，歸英煦齋先生，索六百」。[3] 曾經清初大收藏家周亮工與英和（1771－1840）收藏的宋拓《集王聖教序》索價六百兩。

張佩綸 1892 年八月二十三日記載：

1　顧文彬著、李軍整理：《過雲樓日記》，96 頁。此與顧文彬著，蘇州市檔案局、蘇州市過雲樓文化研究會編：《過雲樓日記》所記略有不同，「五百金」為「五百元」，見 488 頁。

2　《翁同龢日記》第四卷，1685 頁。

3　《翁同龢日記》第五卷，2441－2442 頁。

永寶估郭、劉二姓來，留《道因碑》一本（「冰」「善」「逝」三字尚完），據稱宋拓，索二百金。[1]

《道因法師碑》乃歐陽詢之子歐陽通（625－691）的楷書代表作，張佩綸所見之本，「冰」「善」「逝」諸字尚好，如不是塗描的結果，當為善本，[2] 故古董商開價二百兩。

從以上的例子來看，《定武蘭亭》、《集王聖教序》、歐陽詢父子的名碑、褚遂良書《聖教序》，如是經名家遞藏的宋拓或舊拓，市場價格都會比較高。此外，上述幾塊唐碑本身的書法地位也部分地成就了它們的市場價格。宋代以來叢帖中保存的王羲之書跡多為草書。《定武蘭亭》為行書，雖全篇僅三百餘字，但名氣最大。而懷仁的《集王聖教序》的字數則多得多，是學習王羲之行書最重要的典範之一。歐陽詢和褚遂良不但自唐代以來就被奉為楷書大家，清代中期以後，成親王永瑆（1752－1823）開了學歐的風氣，[3] 歐體成為官場重要的書樣。此後，晚清的黃自元（1837－1918）推波助瀾，使歐體風靡一時。

如果不是漢唐的名碑舊拓，一般石刻的拓本都相當低廉。沈樹鏞是晚清公認的石刻拓本大收藏家，卻英年早逝。他去世差不多二十年後，他的兒子沈肯韻開始變賣父

1　張佩綸著、謝海林整理：《張佩綸日記》，495 頁。

2　關於此碑拓本的鑒定，參見仲威：《碑帖鑒定概論》，上海：上海書畫出版社，2014 年，200－202 頁。

3　關於這一問題的最新研究，參見薛龍春：《上圖藏阮元致陳文述十四札考述》，特別是文中關於第七札的討論。載《國際漢學研究通訊》第 15 期，北京：北京大學出版社，2017 年，185－223 頁。

親的舊藏。葉昌熾在致繆荃孫的信札中說：

> 聞沈韻初所藏劉燕庭拓本五千通，去其精者二千
> 通，尚有唐、宋、元三千種在屺懷處，索價二千元，
> 公其有意否？ [1]

即使是劉喜海和沈樹鏞這樣的大藏家的舊藏，只要不是精品，三千種唐、宋、元拓本僅索價二千元，平均每件也就是半兩銀子左右。當然，這是「一攬子」買賣，價格優惠。

那麼，沈樹鏞的珍稀之品呢？沈肖韻開價：「《石經》孫本索二千金，《禮器》索千金。」[2] 清初收藏家孫承澤研山齋舊藏漢《石經》宋拓本，是沈樹鏞的鎮齋之寶，他曾以「漢石經室」顏其書齋，並請好友趙之謙刻了一方印。這一名拓索價兩千，超過了三千種普通的唐、宋、元拓片的總和。

正因為普通碑拓並不昂貴，拓片收藏在晚清的官員和文人中有廣泛的參與。葉昌熾致繆荃孫札云：「《蘭陵王碑》新從廠肆覓得全分，因有陰額，廠估甚為居奇，計直一金，即乞檢入為荷。」[3]《蘭陵王碑》全稱為《北齊蘭陵王高肅碑》。葉昌熾在琉璃廠買到的是一個有碑陰額的本子，因

1　顧廷龍校閱：《藝風堂友朋書札》上冊，406 頁。1896 年冬月，繆荃孫在蘇州買下了劉燕庭舊藏拓本三千六百種（亦即沈肖韻出手的）。參見楊洪升：《繆荃孫研究》，上海：上海古籍出版社，2008 年，398 頁。

2　顧廷龍校閱：《藝風堂友朋書札》上冊，381 頁。

3　顧廷龍校閱：《藝風堂友朋書札》上冊，409 頁。

為罕見，所以花了一兩銀子，已屬「高價」購入。這裏可以看出，如果不是初拓、舊拓、名拓等稀有之品，或是經由著名藏家收藏的、有眾多名人題跋的新拓本，價格通常都不貴，一兩銀子都算是貴的。

以上的討論只涉及刻帖與碑刻的拓片，在晚清拓片流通中，還有為數可觀的青銅器拓片（包括全形拓），各種石刻拓片，陶文與封泥拓片等。

五、何謂收藏？

　　以上關於晚清文物市場和官員收藏活動的討論，可以引出下列問題：研究晚清官員的收藏有何特殊意義？吳大澂及其友人的收藏活動具有多少代表性？

　　前文指出，晚清官員的收藏對象，除了少數域外金石拓片外，主要是中國金石書畫，這是行之久遠的文化傳統。不過，西風東漸之際，有些官員對西方文化極有興趣，並開始收藏西方藝術品。曾紀澤（劼剛，1839－1890）在出任大清國駐英法俄大臣前，就已經下洋棋，玩洋物，看洋書，觀洋畫。[1]1878 年出使歐洲後，他造訪西方畫廊，參觀博物館，並把博物館藏品分為「有用之藝」（包括建築）和「耳目之玩」（繪畫、雕刻等）。[2]由於洋畫的價格較貴，曾紀澤在赴歐前帶了一些中國書畫，以備佈置室內環境之用。[3]

　　在歐洲，曾紀澤開始購買一些價格比較便宜的油畫及複製品，他的日記記載：「茶食後，偕清臣、藹堂遊市肆，購洋畫、筆墨等件。」在法國，「至畫店購假油畫廿餘幅，

1　見劉志惠點校輯注：《曾紀澤日記》上冊，長沙：岳麓書社，1998 年，140、141、637、141、264 頁。但是，曾紀澤所看的「洋畫」，很可能是複製品畫冊，如他在日記中寫道：「看洋畫一冊。」264 頁。

2　《曾紀澤日記》中冊，876、888 頁。

3　「清檢篋中攜來書畫，欲於移寓時補壁，以省洋畫之費也。」《曾紀澤日記》中冊，851 頁。

較德國價廉數倍，可怪也。」「購買假油畫，選擇甚久。」
「步遊市肆，購洋畫歸。」[1] 喜歡繪畫的曾紀澤還嘗試作油
畫：「飯後，清查所購油畫顏料之匣。」「畫宮扇，水畫者
兩柄，油畫者二柄。」[2]

1886 年，駐歐八年的曾紀澤回到京師，與翁同龢等共
事。他繼續和外國使節、醫生、教習保持密切交往，並用
從歐洲帶回的洋畫佈置居室。對此，翁同龢的印象甚深：

> 散後訪晤曾劼侯，託福公亦來，其屋內陳設皆西
> 人式也。[3]
> 申正詣劼剛處飯，燮兄、頌閣同坐。看洋畫，燈
> 紅酒綠，儼然西人也。[4]

不過，像曾紀澤這樣欣賞和收藏洋畫的官員，稀若鳳
毛麟角。[5]

1　《曾紀澤日記》中冊，1102、1107 頁；下冊，1360 頁。
2　《曾紀澤日記》下冊，1476、1824 頁。
3　《翁同龢日記》第五卷，2188 頁。
4　《翁同龢日記》第五卷，2285 頁。
5　如曾紀澤的繼任劉瑞芬（1827－1892），即收藏古書畫（參見莫友芝著、張劍
　　點校：《邵亭書畫經眼錄》，北京：中華書局，2008 年），劉瑞芬的兒子劉世
　　珩（1874－1926）更是中國古代文物的大收藏家。晚清著名外交家張蔭桓（樵
　　野，1837－1900）也收藏書畫。翁同龢記載：「張樵野以惲畫山水屬題，尚好。」
　　「未正，張樵野來看我藏畫。」（《翁同龢日記》第四卷，1873、1921 頁）香港
　　中文大學文物館藏北山堂舊藏翁同龢致張蔭桓九札，除了談政事外，亦頗有
　　涉及書畫事，見《北山汲古 ── 中國書法》別冊，香港：香港中文大學文物
　　館、藝術系，2014 年，210 頁。

如果說，1872 年卜世禮在琉璃廠出重價購買青銅器還只是初試啼聲的話，[1] 十多年後，情況開始大大改觀。葉德輝（1864－1927）在談到宋元畫價格在 19 世紀末後開始高漲時說：「光緒中葉，海西各國爭收中國舊楮破縑，一時宋元又聲價陡起。」[2] 從 19 世紀末到 20 世紀初，歐美日收藏家購藏中國文物漸成風氣和規模。[3]

限於資料，我們對晚清在上海崛起的商人收藏家（如顧壽藏等）的了解甚少。但種種跡象表明，當時上海有着相當一批商人、實業家、買辦收藏文物。可以推想，在其他口岸城市（如天津、廣州等），類似的收藏群體也同樣存在。中國歷史上從來都有富商巨賈收藏古董，明代中期的項元汴、清代初期的安岐，是人們耳熟能詳的大藏家。只不過，在傳統中國，財富的擁有者不見得在文化上具有話語權。葉昌熾在 1887 年正月初十的日記中寫道：「夜蒲生來

---

1 西方傳教士和到中國來做生意的商人出於獵奇的心理而購買一些中國藝術品，可以追溯到更早，在清代也是如此。如 1836 年，梁章鉅（1775－1849）就曾和洋商在北京爭購華陰本《華山碑》（參見施安昌編著：《漢華山碑題跋年表》，21 頁）。卜世禮的動機明顯不同，他是為了探究一個不同的文明而購藏的。

2 葉德輝：《觀畫百詠》（1917 年），引自黃小峰：《「隔世繁華」：清初「四王」繪畫與晚清北京古書畫市場》，168 頁。

3 參見 Thomas Lawton and Thomas W. Lentz, Beyond the Legacy: Anniversary Acquisitions for the Freer Gallery of Art and the Arthur M. Sackler Gallery (Washington D.C.: The Freer Gallery of Art and the Arthur M. Sackler Gallery, 1998), pp. 19-79; Wong, Aida Yuen Wong, 「Naitō Konan's History of Chinese Painting,」 in Joshua A. Fogel, ed., Crossing the Yellow Sea: Sino—Japanese Cultural Contacts, 1600－1950 (Connecticut: EastBridge, 2007), pp. 281-304；洪再新：《藝術鑒賞、收藏與近代中外文化交流史——以居廉、伍德彝繪潘飛聲〈獨立山人圖〉為例》，載《故宮博物院院刊》2010 年第 2 期，6－25 頁。

談，越州有羅姓，藏書畫至二萬軸，人稱萬軸羅家。其先為鹽商紀綱，故士流屏不與齒。趙撝叔獨羈縻之，得遍觀其寶笈。撝叔畫訣由此大進。」[1] 這個例子或能說明，在 19 世紀的下半葉，士大夫對商人收藏家依然有文化上的優越感，依憑着政治地位和文化優勢，他們操持着藝術收藏和品鑒的話語權。進入 20 世紀之後，隨着文人士大夫階層的消失，士農工商的傳統等級觀念也發生了根本變化，實業家、商人在收藏界變得越來越重要。以此觀之，筆者研究的 1860－1890 年代，正是西方收藏家尚未大規模介入、商人收藏群體尚未取代文人士大夫階層而成為收藏主體的最後時代。晚清官員留下的文獻資料，使我們能夠比較細緻地觀察歷史大變遷之際的收藏活動。

　　本篇提到的吳大澂及其師友都是政府高官。吳大澂官至河東河道總督、湖南巡撫，潘祖蔭官至尚書、大學士，貴為兩代帝師的翁同龢也曾任尚書、大學士，沈秉成官至兩江總督，李鴻裔曾任江蘇按察使，顧文彬曾任浙江寧紹臺道，王懿榮官至國子監祭酒。吳雲在這批官員中的職位最低，曾任蘇州知府，但卻是一個富庶並在政治和文化方面很有影響力的地區的行政首長。人們可能會問：吳大澂這個圈子在上層官員中是否具有代表性？

　　回答是肯定的。在晚清的高官中，收藏金石書畫是極為普遍的現象。零星的記載告訴我們，很多高官雖不以收藏著稱，但卻都或多或少地有着金石書畫的收藏。《翁同龢日記》除了記載本人的收藏活動外，還不時提及同僚的收

1　《緣督廬日記》第 3 冊，南京：江蘇古籍出版社，2002 年（影印本），1266 頁。

藏。當時高官請人吃飯，常向來客展示字畫。1882 年三月十七日，翁同龢「邀張子青便飯，蔭軒、蘭翁作陪，晚始罷。看畫帖極樂，子青於《長江萬里卷》擊節不已也」。[1] 翁同龢在 1875 年用四百兩銀子買下的王翬《長江萬里卷》，成為這次聚會中觀賞活動的亮點。

1882 年七月初七日，翁同龢赴禮部尚書李鴻藻（蘭蓀，1820－1897）家宴，「張子青、徐蔭軒、祁子禾同坐……觀字畫，極樂」。翁同龢記錄了當日所觀字畫：

> 張得天與張晴嵐尺牘二冊，又二冊（刻於玉虹堂）；石谷畫冊，夢樓題詩；薩天錫日記四冊（內《客杭日記》已刻，餘尚多）；孫高陽畫像（愚公山人王餘佑隸書）；御史五德仿西法畫（成王題）；清湘道人畫卷（極奇，滿紙無餘）；王孟端軸；文衡山軸（小楷題）；郭河陽立軸（不真而舊）；石庵大對。[2]

如果此次聚會觀賞的字畫都是李鴻藻所藏，那李氏收藏應甚具規模，此僅其中一小部分。

1883 年正月二十八日，翁同龢和友人們再次雅集，這次是在張之萬家：

> 詣張子青前輩飯，李蘭翁、徐蔭軒、廣紹彭、許星叔同坐，申正散。……在子青處得見所藏高房山為

---

1 《翁同龢日記》第四卷，1694 頁。

2 《翁同龢日記》第四卷，1714 頁。

102 ｜ 晚清官員收藏活動研究

鮮於伯幾畫雲山卷（張丑跋），王蒙為馬文璧畫卷（卞令譽藏），錢舜舉畫瓜，宋高宗竹雀（子昂跋）。皆無上妙品。石谷畫卷（惲題、笪題、錢朝鼎跋）。又畫冊十幅，亦世不多覯也，飽看而歸，猶有餘味焉。[1]

張子青即張之萬，此時任兵部尚書，他本人不但擅長山水，收藏書畫也相當可觀。[2]

以上所言，皆宴主以家藏字畫饗客。有時則是參加聚會的友朋各自帶上字畫赴宴。1887年二月十七日，翁同龢到徐郙家聚會：

> 詣頌閣處，借伊庵人請客也（並借朱曼伯庵人燒鴨、燒火腿）。倪豹岑、朱曼伯、敬子齋、孫燮臣、徐頌閣各攜書畫賞之，沈仲復來則飲罷將散矣。以松花江水烹茶款之，一笑。倪豹岑所收（南宋畫院朱銳《明皇幸蜀圖》立軸，王叔明《草堂圖》軸），頌閣所藏（李晞古《大禹治水卷》、群玉堂米帖三卷），皆妙。[3]

翁同龢、倪文蔚（豹岑，1823－1890）、朱壽鏞（曼伯）、敬信（子齋，1830－1907）、孫家鼐、徐郙（頌閣，

---

1 《翁同龢日記》第四卷，1761頁。「卞令譽」應為「卞永譽」之誤。

2 林梢青：《張之萬書畫與鑒藏活動述略》，載《國際漢學研究通訊》第15期，224－252頁。

3 《翁同龢日記》第五卷，2131頁。翁同龢的日記中，還有一條類似的記載：十一日，「未初詣［徐］頌閣處飲，倪豹岑、朱曼伯、敬子齋、沈仲復、孫燮臣同座，各攜字畫，暢觀甚樂，抵暮散」。同上，2129頁。

1836－1907）、沈秉成在聚會時各自攜帶字畫來觀賞。如果不是翁同龢的記載，今天我們又會知道其中有幾人收藏書畫？

以上提到的人物，不少和晚清政治中所謂的「清流」頗有干係。但是，我們從張佩綸的日記中得知，洋務運動的領袖李鴻章（1823－1901）也有書畫碑帖收藏，雖然李鴻章本人可能並不熱衷收藏。洋務運動的另一位核心人物盛宣懷（1844－1916）也有收藏。吳大澂逝世後，他的幕僚、畫家陸恢（1851－1920）為盛宣懷和龐元濟的收藏活動掌眼。香港中文大學文物館所藏盛宣懷檔案中，有陸恢致盛宣懷信札談及收藏：

> 承示宋馬和之十六應真卷，此卷在數日前已有持來，索值千金。龐氏因佛像不收，故卻之。恢展玩一二次，細審用筆，卻是古物。即置諸收藏名跡中，亦可比數。惟本人無款，崇禎時楊題是真，吳梅村尚好，莫雲卿引首筆意不大象，且索價千金亦太昂。若以一二百尚可得也。請宮保大人裁奪。[1]

當本篇把官員的收藏活動和文物市場聯繫起來時，「文物」這一現代概念主要指向歷史遺存。通過購買的手段，

1　王爾敏、陳善偉：《近代名人手札真跡》，第四冊，香港：中文大學出版社，1987年，1789－1790頁。在致盛宣懷的另一札中，陸恢寫道：「宮保大人侍史，今日攜奉倪雲林山水軸，與昨上吳雲壑字卷，皆沈研傳觀察之物。此二件彼要售銀二千二百兩。萊臣本想留畫，而價值有低昂。兩物不能平稱，故恢代呈請示。」同上，1796頁。

將古代的藝術品購入並保存和欣賞，這就可稱為收藏活動了。不過，「收藏」在這裏還只是一個寬泛的概念，落實到具體的實際情況，人們的參與程度是不同的，古代便有賞鑒家和好事者的區分。而收藏活動又可以根據主觀意願和參與程度來分為積極性收藏和消極性收藏。

吳大澂的至交顧肇熙（1841－1910）在 1865 年十一月十七日午後拜訪吳大澂後這樣寫道：

> 訪清卿於吳平齋太守公館，並晤廣盦，看李錦鴻所拓平翁收藏吉金十六幅，多儀征相國積古齋中物。因悟物理，久聚必有一散，群聚必有群散，散而復聚，未必適完其舊也。故莫妙於無聚無散，來去聽之，其中無我之見存。余年來交清卿，覺耆欲差澹，唯好古著書畫，每見輒涎之。坡公云，翰墨之清虛，不減於聲色貨利，戒之、戒之。[1]

顧肇熙也是蘇州人，對家鄉的收藏風氣不可能不知道，他說吳大澂並無很多的嗜好，但是看到古董便垂涎欲得。吳大澂和潘祖蔭這些官員積極購藏又精於品鑒，當然是賞鑒家。

迫於同儕壓力或仰慕精英生活方式而附庸風雅的「好事者」，遠遠多於賞鑒家。由附庸風雅而好之、樂之，進而鑽研之，從好事者轉變成賞鑒家也並非不可能。賞鑒家和好事者的收藏，都屬於積極性收藏。

1　蘇州圖書館藏《顧肇熙日記》（稿本）。

在金石書畫的收藏中，青銅器屬出土古物，數量少，收藏的人也少，除了極少數為贈品和家族遞傳外，[1] 主要通過市場買賣獲得。和青銅禮器只產生於某些特定的歷史時期不同，書畫是活着的藝術，歷代的文人都在持續參與，吳大澂和他的友人也不例外。文人文化的一個重要特點就是參與的全面性，一個文人可能同時兼具幾種身份：收藏者、品鑒者、創作者。當顧肇熙評價吳大澂「唯好古著書畫，每見輒涎之」時，他說的「古著書畫」當然是今天所理解的「古代藝術品」。但是這個「古」和商周青銅器是上古遺物不同，它既可指唐宋元的書畫，也可指本朝的書畫。而書畫中的「書」由於「翰墨」這一概念寬泛的涵括性，一些古代的禮品和日常書寫也都可以囊括進去。

在書畫收藏中，家傳、交換、贈送的現象更為普遍，通過市場來購買只是其中的一種方式。在吳大澂的時代，明清書畫並非稀有，士大夫之間互相贈送的現象屢見不鮮。顧文彬光緒六年（1860）二月十六日記載：「張子青先生有書來，並惠張二水字卷，答書交來使帶回，以董思翁山水伴函。」[2] 張之萬以晚明的張瑞圖書法卷相贈，顧文彬報以董其昌山水。

陳介祺曾委託吳雲在蘇州一帶尋購元代畫家吳鎮的竹石小軸，吳雲回信說：「謹當力為蒐羅，倘一時不得，亦必向親友力索一二件以副誰諉。俟韓兄北旋時，託其帶呈法

1　如左宗棠為報答潘祖蔭知遇之恩，購得大盂鼎贈送給潘。吳雲去世後，其青銅器收藏由其子吳承潞繼承。

2　顧文彬著、李軍整理：《過雲樓日記》，100 頁。

鑒，合則付價，或易全形拓。否則仍將原件攜還，至妥辦法也。」[1] 吳雲說，他會盡力幫陳介祺在蘇州一帶尋覓吳鎮的繪畫，找到的話，託人帶給陳介祺，陳若滿意，可以付錢，也可以用所藏青銅器的全形拓來交換。

古代的書畫可以交換，當代的更能如此。吳雲致陳介祺信云：

> 茲有舍親沈仲復方伯欲求法書小額楹聯，備有宣紙，託為轉懇。附呈虢鐘、頌敦全形拓本兩分，統希鑒入，傳古盛事，甚盼覆音。[2]

吳雲代沈秉成求陳介祺書寫匾額和對聯，報酬是送上兩份沈秉成所藏虢叔鐘和頌敦的全形拓。

前文已經指出，晚清文物市場上流通的許多藝術品在製作的時候是禮品，藝術禮品的消費在日常生活中是大量的，流通的方式有主動贈送、互贈、索求、代求等。隨着時間的推移，這些昔日的禮品和許多日常書寫（如信札、筆記、詩文稿、日記等）一起，有了市場價值。吳雲在 1875 年致鍾佩賢（1850 年進士）的信札中寫道：

> 鄭盦［潘祖蔭］月必有書札往還，無非為金石考證。間有索及書畫者。郵簡裁報必出親書，從無假手於人。彼見兄字跡澤潤，終不信病體至於此也。

1　吳雲：《兩罍軒尺牘》卷九，葉 43b，新 720 頁。
2　吳雲：《兩罍軒尺牘》卷九，葉 36b，新 706 頁。

接着一通：

> 往年伯寅尚書來書云，將鄙人惡札裝成兩巨冊，使琉璃廠多一有名遺跡，語甚涉趣。[1]

潘祖蔭把吳雲寫給他的信札裱成兩大冊頁，要「使琉璃廠多一有名遺跡」，似乎在開玩笑，其實彼此都很明白，他們的信札日後都能成為琉璃廠標價買賣的文物。從日常書寫和禮品向具有市場價值的「文物」轉換，悄然無聲，擁有它們的人有一天會突然發現，它們能標價出售了。

吳雲和潘祖蔭畢竟都是晚清著名的賞鑒家，收藏意識很強。但是那些並不熱衷於收藏古代藝術品的官員，在日常生活中也不可避免地向他人索求書畫、為他人作書畫、與人通信。顧肇熙 1864 年四月十二日日記記載：「為誼卿書扇一柄。」誼卿即吳大澂的弟弟吳大衡（1838－1896）。1872 年，亦即潘祖蔭和吳大澂在京師積極購藏青銅器時，顧肇熙也在北京。這一年閏六月，他初一日「為香濤寫扇」，初六日「連日寫扇對」，初十日，「香濤扇對數十，至是始了」。[2] 香濤即張之洞，這一年他被任命為四川學政，赴任前，請顧肇熙在十天內書寫了數十件扇對，大概是作禮品之用。作為吳大澂的至交，顧肇熙和吳大澂之間的往來信札很多，今天尚有不少吳大澂致顧肇熙的信札存世。由於顧肇熙沒有將這些信札毀棄，他的家人就自然而然地

1　吳雲：《兩罍軒尺牘》卷六，葉 24b－25a，新 432－434 頁。
2　蘇州圖書館藏《顧肇熙日記》（稿本）。

有了「收藏」。[1] 這就是消極性「收藏」。以此觀之,「收藏」的概念和群體將極大地擴展。

　　受經濟能力的限制,收藏古代文物的人總是會相對少些。但是,在日常生活中,中國社會的精英們,自上而下都在消費着大量由同代人製作的書畫。[2] 晚清的下層官員楊葆光(1830－1912)在日記中記載了為友朋製作的大量書畫,在絕大多數的情況下,這些書畫是主動送人或他人索求的。[3] 由於這些友朋的地位不如吳大澂的友人那樣顯赫,已多不可考。但是,我們從中卻不難感受到書畫在日常生活中的頻繁使用。從這點來說,整個傳統社會精英的文化消費模式,無論是上層還是下層,基本相同。所不同者,有的人購藏已經成為「文物」的書畫,有的人索求尚未成為但將會成為「文物」的書畫。與此同時,他們也創作書畫,不斷為後人留下可資收藏的文物。這並非晚清所特有的文化現象,而是 20 世紀之前一個綿延不斷的傳統。無論是潘祖蔭、翁同龢、吳大澂,還是顧肇熙、楊葆光,本篇提到的所有官員都有書畫作品出現在今天的拍賣會上,名氣有大有小,價格或高或低,但都已在文物市場上流通。只不過,購買和收藏它們的人大多已經不再具有官宦身份。

1　從吳大澂的重要幕僚王同愈的日記可以看出,顧肇熙也有一些書畫碑帖的收藏。見《王同愈集》,上海:上海古籍出版社,1998 年,191－192、201 頁。

2　參見白謙慎:《晚清官員日常生活中的書法》,載《浙江大學藝術與考古研究》第一輯(2014 年),219－251 頁。

3　楊葆光著、嚴文儒等校點:《訂頑日程》(上海:上海古籍出版社,2010)。楊葆光,字古醞,號蘇庵,別號紅豆詞人,華亭人,曾官龍遊、新昌知縣,學問淹博,著作等身。兼攻書畫。書法晉唐,風格遒勁。

翁同龢舊藏王翬畫《長江萬里圖》（局部）
翁萬戈先生舊藏

翁同龢舊藏王原祁畫《杜甫詩意圖》
翁萬戈先生舊藏

信息、票號、運
輸：收藏活動的
網絡因素

本篇要探討的是晚清官員收藏活動中的一些社會機制。我們在研究收藏史時，通常會注意收藏家的藝術品味和古董商的互動、藝術品的流傳、真偽的鑒定、市場價格等等，很少會提出這樣的問題：收藏家從哪些管道獲取自己想收藏的古董的信息？這些信息的流動速度是否會影響收藏的規模？當交易完成之後，貨款怎樣支付？購買的東西如何運到收藏家的手中？官員收藏家到異地履任時，他們的藏品又是怎樣運到為官所在地的？

上述問題主要和晚清的異地金石交易有關，同城的書畫收藏活動並沒有這麼複雜。因為偽作多，書畫需要目鑒，異地交易很少。居住在晚清文物市場活躍地區北京、天津、蘇州、上海、杭州、廣州等城市的收藏家，通常都是在居住地購買書畫，如顧文彬收藏的書畫基本上是在家鄉蘇州或他任官所在地購買的。[1] 長期在京師為官的翁同龢收藏的書畫，基本都是向琉璃廠的古董商買的，有時在店裏購買，有時古董商送貨上門，有時古董商送到高官等候上朝的朝房以供挑選。[2] 卷軸畫不重，便於攜帶，鄰地交易也甚為便捷。張佩綸在官場失意後，和妻子（李鴻章的女兒）住在天津，在他的日記裏，就有不少北京的古董商帶着東西到天津兜售的記錄。由於同城交易的信息傳遞、款項支付、古董運輸都比較容易，並不存在本文所討論的信息、票號、運輸等問題。

1　參見顧文彬著，蘇州市檔案局、蘇州市過雲樓文化研究會編：《過雲樓日記》（點校本）（上海：文匯出版社，2015）的相關記載。

2　翁同龢的日記中這樣的記載很多。

和清代以前的收藏不同的是，金石在清代（特別是晚清）成為收藏大宗。晚清收藏家對金石真偽的判斷，主要根據拓片，看原物反成為輔助手段。他們往往在成交前就能根據拓片來研判是否要購買貨在異地的金石。古董如果是印章、錢幣、封泥、陶文或金石拓片，體積和重量不大，運輸並不困難。青銅器如果是一個爵，問題也不大，但如果是大的鼎和鐘，如大盂鼎、大克鼎、虢叔鐘或大的銅鼓之類的銅器（圖 2-1），運送的困難就會增大。晚清還興起了收藏石刻原石的風氣，完整的墓誌，體積稍大者，分量很重，遠途運送相當不便。[1] 而前面提到的收藏中心地區的收藏家如要直接獲得陝西、河南、山東等地的金石，就出現了途程較遠的異地交易行為，如何獲取信息、支付款項、運輸古董就成為不可避免的問題。

1　中國國家圖書館藏王懿榮致陳介祺信札（稿本第一冊）：「滕縣所出永壽殘石，在朱子卿同部處見打本，聞為典史高君所寶。近來此事幾成風氣，聞長笏臣年丈之世兄，既取河南劉輯墓誌版原石，又遣人到黃石崖鑿大涅槃經偈，裂七石而下之。齊石為人所得，頗心戚焉。如此紛紛效法，吾東二十年後，寧有完石哉！」此札當寫於 1874 年，因信中提到「河陽之盂鼎未來」，亦即左宗棠贈送給潘祖蔭（河陽）的大盂鼎尚未抵京。大盂鼎在這年的年底到京。

《愙齋集古圖》．上海博物館藏

一、信息

　　吳大澂在 1873－1876 年出任陝甘學政期間，廣收古物。由於古董在出土地的價格遠低於主要城市的價格，吳大澂在離開陝西後，依然與數位在陝西的友人或文物商如官員韓惠洵（古琴）、韓學伊（繼雲）父子，古董商楊秉信（實齋，1831－1909）和蘇七，文人收藏家趙元中（乾生）保持着聯繫，委託他們打探消息，購買古董。吳大澂致韓惠洵父子和楊秉信的一些信札還都存世，內容大多涉及購買古董之事。如吳大澂在光緒己丑（1889）除夕致韓學伊（繼雲）的一信的附言中寫道：

　　　　敝藏古玉至富，圭璧琮三者得二百餘。雜佩亦幾及二百，可云鉅觀。若見圭璧價在十金以內者仍可代收，小品亦多可愛。關中所出皆土中原物，價亦最廉。廣蒐博採，必有異品也。[1]

　　吳大澂明確地指出了陝西出土的古董，價格最便宜。

　　讀晚清收藏家的信札，不難發現，他們十分重視古

1　稿本，藏者不詳。李軍在其《訪古與傳古：吳大澂的金石生活考論》（山東畫報出版社，2014）中，對吳大澂與西北友人的金石交往也有較為詳細的討論。此外，吳大澂還和北京琉璃廠的古董舖（如含英閣的老闆鬍子英）和在蘇州、上海一帶活動的蘇州古董商徐熙保持著密切的聯繫。

董信息的獲得和保密。清史專家鄧之誠先生曾購得盛昱（1850－1899）與潘祖蔭、李慈銘、王懿榮等往還書札若干，其中盛昱致一西安古董肆購買扶風新出土大鼎之札稿云：

> 其字百內外酬五百兩，三百內外酬一千兩，真到六百四千兩，貨到錢回，決無返悔，事須機密，勿使人知。[1]

這說明，當時收藏者之間的競爭相當激烈，為爭得先手，不向他人透露自己的信息來源。

雖然本篇所討論的是金石而非書畫，但是在書畫市場，信息的佔有也同樣重要。顧文彬在 1872 年十一月二十八日的家書中叮囑他的兒子顧承：

> 褚摹蘭亭及唐人寫經，皆人間至寶，幸而遇之，萬不可失，失之交臂即悔之終身。來稟所云，還價六百金，兩卷並獲，是否已算成交？若猶未成，不妨逐漸增添，總以成交為度。汝料及我遇此尤物，即千金拼得出，真知我心之言也，但切不可露風聲於外，設為香嚴所知，渠亦拼出重價者，兩家搶買，售主必更居奇。第一祕訣，總以不放出去為要著，切囑，切囑！我家既得永師書，茲若再得河南書，則大江以南推為收藏家第一，亦可當之而無愧矣。[2]

1　鄧之誠：《古董瑣記全編》，北京：北京出版社，1996 年，47 頁。
2　《過雲樓家書》，203 頁。

信中所說的「香嚴」，即李鴻裔，經濟實力和收藏古董的熱情都可與顧家頡頏，所以顧文彬囑咐兒子千萬不能走漏風聲。

信息傳遞的可靠性和速度，與收藏活動的活躍程度和規模有很大的關係。誰能及時地獲得準確的信息，盡快下手，誰的收藏規模就可能比較快地擴張。在吳大澂的時代，雖然已經有了電報，但異地信息的傳遞，主要通過書信。在擁有郵政資源方面，官與民差別很大。我們不妨比較一下文徵明和晚清官員吳大澂的書信傳遞，來看看一個明代普通文人和清代官員之間的差別。[1]

翁萬戈先生藏有文徵明在 1523 年春夏間赴京就職翰林院的途中和抵京後寄往蘇州的家書九通（圖 2-2），這九封信的傳遞方式在文徵明的信中都有記錄。第一封信札在淮安由家丁文旺帶回老家。第二封信在徐州遇到同行的蔡羽的鄉人，託其帶回。第三封信在山東聊城，巧遇南下赴任湖廣副使的方豪，託方豪帶信。「方公立馬相待，草草作此信。」第四封信寫於北京，託昆山奚糧長帶歸。第五封信，託沈潤卿家人帶回。第六封信託薛老親回鄉之便帶回。第七封信：「因張鎡還便，草草報此。」第八封信託潘和甫的舍人帶回。第九封信託周以發家人之便帶回。[2]

1 討論晚清官民郵政資源的差別，本應都選擇晚清的例子，因為目前還沒有找到晚清民間通信比較合適的例子，暫用比吳大澂早了三百多年的文徵明的例子來說明問題。

2 參見烏瑩君：《千金家報：文徵明的九封家書》，《中國書法》2012 年 7 月號贈刊，22－25 頁。

＊圖 2-2

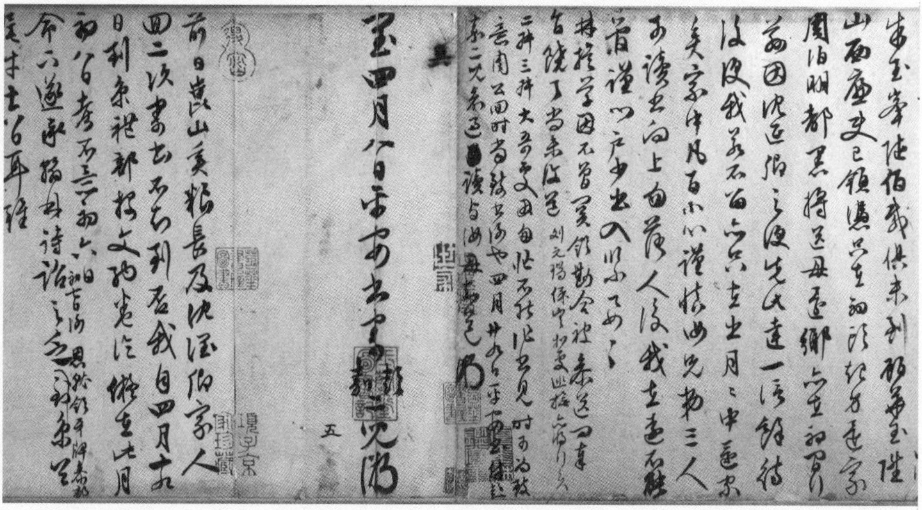

翁同龢舊藏文徵明家書

從這些信中不難看出，文徵明並沒有正常的通信管道，主要依靠友人來帶信，時間上沒有保障。文徵明在北上的詩中這樣寫道：「書寄故鄉何日到？寒兼羈思一時生。」「封題欲寄家人信，何處南帆有便舟？」[1] 文徵明在旅途中的感慨是如此真切：想家時，寫了信都沒有人可以馬上交付，只能等；即使等到了可以託付的人，信何時才能送到親人手中也不得而知。由此可見，異地送信是非常不容易的。文徵明的家鄉蘇州處於京杭大運河經過之地，經濟文化發達，南來北往的人多，加上文徵明是知名文化人士，朋友多，即便如此，他寄送家信還如此之難，遑論那些身在經濟落後、交通不便的偏遠地區的普通人了。因此，雖然學界有看法認為，民間的信局在明代永樂年間（1403－1424）就已經開始，[2] 早於文徵明出生的年代五十餘年，但顯然這時的信局在傳遞書信方面還不能起到很積極的作用。

　　清代（特別是晚清）的民間郵政比起明代有了長足的發展。這應該歸結於兩方面的因素：一是人口的快速增長。在人口稠密地區，交往更為頻繁，有建立民間郵政的需求。二是鴉片戰爭後西方的郵政體系和觀念進入中國。在道光年間以後，各種送信的機構數量大大增加。[3] 即便如此，各種民間的郵政機構的覆蓋面應該還不夠大，不夠密。有些地區沒有做官的讀書人，寄信也同樣沒有那麼方便。王懿

1　　烏鶯君：《千金家報：文徵明的九封家書》。

2　　參見蘇全有、崔海港：《論近代上海民信局的興衰》，《重慶郵電大學學報》2012 年第 6 期，43 頁注 1。

3　　關於民信局，各種關於中國郵政史的專著和論文中屢屢論及。中國知網輸入「民信局」檢索，便可得多種，此處不贅述。

榮在致潘祖蔭的信札中提到了京師的信件難以到達一些較
為偏遠之地：

> 頃接尹慈經來信並拓本，乃居後彝也。此信云，
> 曩所發信渠多未見。又此信乃渠赴郡試託官封遞來
> 者。是以知其寄書之難也。

> 東信總無消息，不知何故？戴子終日夢夢，固
> 無足怪。尹君不知如何，或今冬青州歲考，渠未及料
> 理。遠信或窮鄉僻壤，倩人匪易。侄臆度之詞耳。[1]

信中所說的尹君即王懿榮的友人、諸城尹壽彭（慈經、
竹年，約 1835−1904 年後）。尹壽彭出身官宦世家，但因不
住在大些的城市，遞信竟也如此不便，以致友人從京師寄
給他的信多未能致。

相比之下，曾在京師任官、致仕後回家鄉山東濰縣居
住的陳介祺和友朋之間的通信就頻繁得多。由於京中故舊
甚多，那裏的收藏家喜愛陳介祺製作的金石拓片，經常索
取，經濟實力雄厚的他竟能派出專足往返京濰兩地傳送書
札。陳介祺在 1873 年八月二十九日致在京師的收藏家鮑康
（1810−1881）的信中談到派送專足的費用：

> 今夏秋弟處來往便適多，此次後恐不易，若一
> 月專足一次，計費十千，如可三人任之，則可源源而

---

1   上海圖書館藏《王懿榮書札》（致潘祖蔭者，稿本），葉 23−24（書札冊並無
    頁碼，此處頁碼為筆者所加）。此札約書於 1872 年。

來。中間有便足，則又無須一年有四五次，即可每人不過十餘千也。[1]

專足費用甚昂，每次赴京送信，收信者不止一位，可以分攤郵資。陳介祺在 1874 年三月二十三日致鮑康信中談到了一次專足送出多通信札：

> 子年尊兄世大人左右，傅足將行，竭一日夜，檢金石文，覆廉生畢，又覆伯寅數語，尚須作家書，吾兄與清卿學使，皆未能詳覆。[2]

傅足即為陳介祺往返京師和濰縣之間的送信人傅冬。這一次，陳介祺就請傅冬帶金石拓片到北京，帶給鮑康（子年）、王懿榮（廉生）、潘祖蔭（伯寅）、吳大澂（清卿）和京中親戚的家信，[3] 加起來至少五封（家書幾封不詳），郵資想必由京中數位收信人分攤。此時，吳大澂正在西北任陝甘學政，因無專足送信至陝甘，陳介祺寫給吳大澂的信通常是先送到北京再轉到陝西，甚是周折。

上海圖書館藏有陳介祺致王懿榮信札四十二通，十

1　陳介祺：《簠齋尺牘》，754－755 頁。

2　陳介祺：《簠齋尺牘》，819 頁。

3　上面在引用烏瑩君的文章時，已經顯示了託人帶信在古代是極為普遍的異地通訊方式。陸蓓容在《上海書評》發表的《翁大人進京記》一文中，提到翁心存（1791－1862）在從老家常熟返回北京官任時，為人帶信：「過去郵傳未便，寄信多靠私人關係，託翁心存帶信帶東西的竟有三十多位。」見 2017 年 1 月 24 日澎湃新聞網。

分慶倖的是，這些信札的信封大都保留着，許多信封上除了收信人的地址和姓名外，還有陳介祺專門寫明的需付郵資，是否急件，而在信封的背面，王懿榮有時會寫下收信的日期，我們可以對照信札中的日期，計算出這個專足從山東濰縣到北京送信大約花費多少時間。以第一札——光緒元年（1875）正月十二日陳介祺寫給王懿榮的信為例，信封上寫着「祈賞力資京票捌千」（圖 2-3）。王懿榮在信封的背面寫着：「光緒元年正月廿四日酉刻到。」（圖 2-4）此外，涉及郵資的還有：「信到付京票二千文」，「京票二千」，「傅足無專事，懇以京票錢二千賞之」，「賞京票拾陸千文」（圖 2-5）。[1] 有時，並不寫明應付多少郵資，而是「酌與茶資」、「信資酌賞」、「厚付信資」、「酌賞攜書酒資」、「酒例倍付」等，不一而足（圖 2-6）。

從山東濰縣到北京，如走陸路的話，約五百公里。從遞送所花時間來看，通常是十幾天，快的約十天。國家圖書館藏有王懿榮致陳介祺信札八大冊，其中有些信也可推算傳遞所用時間。如第四冊有一札云：「二十日凌晨，傅足來京師，又奉到十日賜書一件。」（此札走了 10 天）第五冊：「十七日辰刻，傅足來，接到月之六日賜書。」（此札走了 11 天）「六月廿九日傅足來，又奉到月十七日手示。」（此札走了 12 天）「月廿二日午刻，徐足至，得月十二日賜書。」（此札走了 10 天）第六冊：「月七日傅足來，接奉十月廿五日賜書。」（此札走了 12 天）計算傳送時間時，還要考慮陳介祺信寫完後，信使是否馬上就出發，以及途中天氣等

1　見第 3、12、15、24 等札的信封。

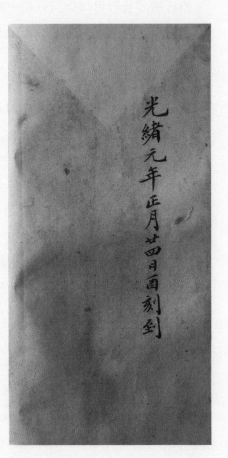

陳介祺致王懿榮信札信封，
上海圖書館藏

陳介祺致王懿榮信札信封背面，
上海圖書館藏

陳介祺致王懿榮信札信封，
上海圖書館藏

陳介祺致王懿榮信札信封，
上海圖書館藏

原因。這個速度按照今天的標準來看自然是不快，但在晚清，這已屬發達。陳介祺在 1873 年十一月望日致鮑康的信中說，送信人有時並不可靠，所以必須給足郵資方能託付：

> 徐足亦由利津過，想必更有書致，此等人待之少厚，即可為郵寄。但傳足人狡，常失信，未可深恃，交物必即齎致也。[1]

話雖如此，也正因為有自己的專足，陳介祺能夠與京師的金石收藏家和學者保持着密切的聯繫，傳遞信息，交換拓片，交流學術心得。

陳介祺信中提到的利津，今屬山東東營，黃河出海口在此。濰縣距利津約一百五十公里，為陳介祺送信的人，應是先抵利津，然後坐海輪經渤海抵天津，再由天津前往北京，返程亦然。當時蒸汽輪船已經廣泛用於中國沿江、沿海城市之間的交通，由於航行速度大增，運載量大，成本亦低，盡量走水路應是送信人普遍的旅行方式。

陳介祺和南方金石學者的交流則沒有北京那樣頻繁。我們從吳雲寫給陳介祺的信中可知，陳介祺寫給蘇州友人的信，有時是派專足送信至揚州，再由揚州的友人轉送吳雲。有時則交由老鄉韓偉功到南方做生意時，帶給吳雲。吳雲給陳介祺寫信，或由韓偉功帶回濰縣，或由輪船局的信局寄送。[2]

1　陳介祺：《簠齋尺牘》，785 頁。
2　吳雲：《兩罍軒尺牘》卷九，葉 5a、6a、17b、25a 等。

在沒有學術刊物和學術研討會發表自己的研究心得的時代，信札是學術交流最為及時和重要的方式。由於異地送信之不易，陳介祺寫給友人的信通常都很長，如寫給鮑康的信，經常都有七八頁，甚至十多頁，作為文言文信札，近千字或逾千字，包含的信息十分豐富。很多晚清學者之間的信札倖存於世，為我們了解當時的學術動態留下了十分珍貴的文獻。

與民間通信的不便相比，晚清官員可以利用官方的文書專遞系統來傳送信息。吳雲在 1879 年閏三月致正在河南任河北道道員的吳大澂的信中說：「往後惠書，只須用馬封遞，由撫、藩署轉交。既快且穩。」[1] 吳雲是湖州籍的退休官員，長期住在蘇州，蘇州是江蘇巡撫和布政使（藩）的官署所在地，吳雲與官方關係密切，所以，他讓吳大澂把信直接寄到上述官署，這樣「既快且穩」。吳雲在此後致吳大澂的一札中再次囑咐：

> 兵興以後，郵政尚不廢弛，如用官封驛遞，由三大吏衙門轉交，必無遺誤，亦不遲滯。[2]

「三大吏」即指省級首長巡撫、布政使、按察使。吳大澂等高官正有這樣的資源：利用官方的郵遞系統來帶送自己的私信。

1　虞和平主編：《近代史所藏清代名人稿本抄本》第一輯「吳大澂檔」，鄭州：大象出版社，2011 年，216 頁。

2　虞和平主編：《近代史所藏清代名人稿本抄本》「吳大澂檔」，190 頁。

1880－1883 年，朝廷委派吳大澂赴吉林屯邊，他在吉林期間所作的《北征日記》，[1] 記錄寫信極多，基本上每天都寫，有公函也有私信，是日常主要工作之一。現存《北征日記》殘本始於光緒壬午（1882）五月，我們就以這個月為例，看看他一個月寫了多少信。這個月共有二十九天，其中有六天吳大澂或因巡查軍營、或因接見從山東招募來墾荒的農民等事沒有寫信，其他二十三天都有寫信，全月共寫信 66 通。[2] 從吳大澂現存的信札來看，他的信通常不短，所以，寫信要花去他大量的精力（雖然他有時借助幕友為其起草和謄錄信札）。但是，這卻是管理一個廣袤的帝國所必需的信息流動的重要方式。由於朝廷允許官員的私信通過官驛遞送，官員（包括退休官員）在通信方面要比一般士紳方便多了。[3]

晚清官員和古董收藏相關的許多信札正是通過官驛或摺差傳送的。1882 年九月二日，吳大澂在吉林致陳介祺信札云：

> 簠齋老前輩大人閣下：敝藏封泥八十種久欲奉寄，因無妥便，遲遲至今。茲交摺差帶至都中，由東甫同

1　《北征日記》，稿本，現藏上海圖書館。

2　與吳大澂一樣，曾任龍遊、新昌知縣的楊葆光（1830－1912）在其日記《訂頑日程》中，凡寫信必記載。可見寫信是日常生活中極為重要的一件事。

3　不過，在不發達地區，官方驛站也有廢弛的。上海圖書館藏梁肇煌（1827－1887）致朱學勤手札：「去年九月在昭適呈遞折件交滇弁朱文德帶京，至今十個月，尚未到曲。尊處覆函想交此弁帶回，故至今尚未奉到。公事廢弛如此，其他亦可想見矣。」見上海圖書館歷史文獻研究所編：《歷史文獻》第十輯，上海古籍出版社，2006 年，116 頁。

年處寄呈賞鑒。[1]

東甫即吳大澂的同榜進士、諸城徐會澧（1837－1905），他是陳介祺的外甥女婿，和陳介祺的關係十分密切。吳大澂在吉林時和陳介祺通信，有時通過遞摺子的系統帶到北京交給在京任官的徐會澧，再由徐轉寄山東。

在政府的文書傳送系統中，奏摺的傳送最快。1889年九月二十一日，人在河南的吳大澂給在京為官的表弟汪鳴鑾的信中，專門談到了用哪種方式送信最快：

> 惠書如有要事，由府尹官封遞下，亦不甚遲。鄭師處常用馬封，間有至二十日始達者。究不如摺差之速。以後路途無所阻滯，不過六七日即可接到（每月必有一次，九月發兩次矣。公冗無暇時，即不必見覆，或用廢片寫數語）。[2]

從北京往河南送信，普通的馬封比摺差要慢許多。吳大澂的信札不但告訴我們用哪種管道遞送書信最快，而且反映出，他們對與信息交流的效率直接相關的日常生活中書信的往返速度十分關切。

張宏傑在研究曾國藩日常生活中的收支的近著中指出：

1　謝國楨編：《吳愙齋（大澂）尺牘》，336頁。
2　北京故宮博物院藏吳大澂致汪鳴鑾的信札（稿本，編號00071315）。信中所言「鄭師」，即潘祖蔭。

在督撫們的諸多不合理費用中，有一項最具有代表性，那就是皇帝與督撫們的通信費用，或稱「督、撫齎摺等差遣盤費」。封疆大吏經常要派人往返京城，遞送奏摺、表本等。奏摺事關國家機密，需要幹員專程護送，這筆路費每年平均不下千兩，邊遠省份花費更多。……這些支出同樣不在國家經費的報銷範圍內。[1]

不過，由於摺差不僅為督撫傳送官方文書，還為官員帶私信，所以督、撫齎摺等差遣盤費或可以與其他託帶私信的官員分攤。官員利用這個系統傳遞私信要穩定、安全、便捷很多。

晚清正處在中國郵政發生重要變革的前夕。此時的書信往還，除了託友人捎帶，專足送達，官驛傳遞等方式外，一些大的錢莊、票號、洋行也兼辦書信傳遞。1878 年海關也開始辦理郵政，[2] 此外還有各種信局（如上面提到吳雲通過輪船局的信局寄信給陳介祺）。官員們有時也會用這些機構送信。1879 年二月三十日，人在河南任官的吳大澂寫信給其兄吳大根云：

大兄大人尊前，十二日在保陽泐寄一函，由阜康轉寄，想已達到。昨接二月初二日手書，知正月內曾寄一函至今未到。[3]

1　張宏傑：《給曾國藩算帳：一個清代高官的收與支（湘軍暨總督時期）》，89 頁。
2　參見黃福才：《試論近代海關郵政與民信局的關係》，《中國社會經濟史研究》1996 年第 3 期，74–82 頁。
3　中國國家圖書館藏《吳大澂書札》（編號 4803），第四冊，葉 14。

阜康即為浙商胡雪岩（1823－1885）經營的著名阜康錢莊。而吳氏兄弟之間利用它來通信，還可追溯到更早。1871－1873 年吳大澂在翰林院任職期間，吳氏兄弟的通信主要是由阜康錢莊傳遞的，如 1872 年九月十九日吳大澂在致其兄的信中說：「如有覆信交到，望託阜康寄來，最速最妥。」[1] 而此時的阜康可能還有郵件加快業務。1873 年八月初五日，吳大澂在北京致吳大根的信中說：「月朔曾發一函，交阜康速寄，想初十左右必可到達。」[2] 從北京到蘇州的信件，通常先到天津大沽，然後走海路到上海，再從上海送蘇州。如果真如吳大澂所說八到十日內必到，這在沒有火車、飛機、汽車作為運載工具和現代郵政網絡的時代，應該算是很快的了。

1880 年五月九日，第一次出關赴東北的吳大澂在遼寧給吳大根的信中說：「前月廿二日在通州泐布一函，由三弟帶京交華洋書信館轉寄。」[3] 可知此時吳大澂也用海關督辦的華洋書信館傳遞信件。

1889 年八月十七日，時任河東河道總督的吳大澂在致陝西古董商楊秉信的信中寫道：

> 實齋大兄閣下，前月由渭南縣轉寄六月廿八日手書，不過十餘日即到，知有六月十六日一函並有韓繼

1　《愙齋家書》第一冊，葉 10。原冊並無頁碼，頁碼係筆者根據冊頁的次序所加。以下同。

2　《愙齋家書》第一冊，葉 15。

3　中國國家圖書館藏《吳大澂書札》（編號 17678），葉 22。華洋書信館即 1878 年由海關督導開辦的郵政。

雲書交與日昇昌，至今杳無信息。即使票號由山西轉寄，何至兩月有餘尚未即到？而所在天氣暢晴，道途不致阻滯。何不雇一驢馱，五件並不甚重，只要有伴同幫，或有貨車附便東來，較為放心。[1]

日昇昌是著名的山西票號，由於有跨區域的網絡，所以也辦理書信寄送。只是途中不知出了甚麼事故，從陝西六月十六日寄出的信走了兩個月也沒到河南。

1891 年二月二十四日，吳大澂在致子禾的信中寫道：

> 去秋聞臺旌榮旋珂里，文郎昆仲同擷芹香。曾泐一函奉賀，寄至旗昌洋行，交尹伯圜轉呈。後接伯圜函，並未提及此書，或當隨節赴粵之時，前信已付洪喬矣。[2]

旗昌洋行（Russell & Co.）是 19 世紀遠東最著名的美資公司，1818 年由美國商人撒母耳·羅素（Samuel Russell）創辦於廣州。在蘇州守喪的吳大澂給廣東的子禾寫信，就是通過旗昌洋行遞送。可見，當時寄送信件的機構很多，五

1　中國國家圖書館藏《吳大澂書札》（編號 18862），第六通。書法是黃庭堅的風格，可見寫於離開廣東以後。專差云云，東來云云，應是在河南時所書，專差不必行路太遠。

2　此札為山東大學圖書館藏。參見包雲志：《劉墉、周永年、吳大澂、葉昌熾未刊信札四通考釋》，《古籍整理研究學刊》2006 年第 3 期，68 頁。作者考證此札書於 1888 年有誤，此信吳大澂的署款「治愚弟制吳大澂頓首」，說明吳大澂此時正在蘇州為其母守喪，時間在 1890 年。考證者認為是寫給祁世長，很可能也有誤。因為此札是寫給一個廣東籍的友人，祁世長是山西人。

花八門。由於傳遞書信是一個潛在的巨大市場，著名的票號和大的洋行也都開辦了郵政業務。

陳介祺在去世前一年，亦即 1883 年，也開始用信局寄信。上海圖書館藏陳介祺致王懿榮的信札冊的最後一札，寫於 1883 年，信封上寫滿了如何遞送此信的指示：

> 內要信，即煩貴便並信資錢二百文同寄交天津招商信局，即妥寄京都南城外繩匠胡同，確交翰林院王大老爺（官印「懿榮」）開啟。信到京時，酒資加給，並取覆信，交津煙信局煙裕隆德行濰送信局收寄。[1]
> （圖 2-7）

此時，陳介祺已經不再派遣「專足」往京師送信，而是通過濰縣的信局送信至煙臺的信局，由煙臺經海路送到天津的招商信局，然後再送往北京。陳介祺似乎是嘗試使用信局給北京寄信不久，所以在信封上寫的指示甚是詳細。由於有了蒸汽輪船在各大港口之間往還，1880 年代區域性的信已經相當活躍。不過，這些區域性的信局還沒有完全制度化。繆荃孫在 1889 年十二月二十四日的日記中記載：「覆丁次郇淮安信，送至信局，信局不收，云各莊停匯信，船不行，甚為悶悶。」[2] 不過，此時已是中國郵政史開始步入現代化的前夕。

---

1 張佩綸致王懿榮信札：「昨由鹽局寄上一書，當已入詧。」（上海圖書館藏張佩綸後人捐贈張佩綸信札之致王懿榮信札冊）「鹽局」可能是地方政府鹽務總局的簡稱。

2 繆荃孫：《繆荃孫全集 · 日記》，南京：鳳凰出版社，2014 年，101 頁。

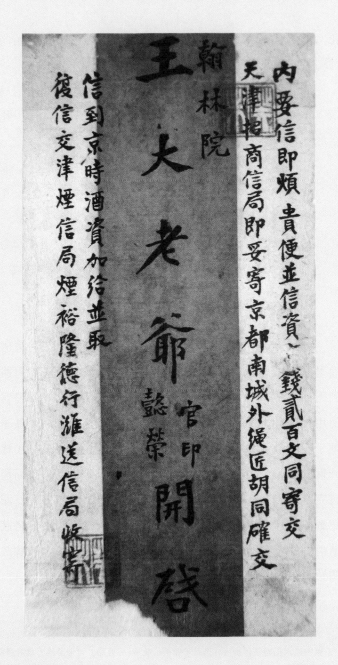

內要信即煩　貴便並信資、　錢貳百文同寄交

天津招商信局即妥寄京都南城外繩匠胡同確交

翰林院

王大老爺　懿榮　開啟

官印　懿榮

信到京時酒資加給並取

復信交津煙信局煙裕隆德行滙送信局收當

1883 年陳介祺致王懿榮信札封面，
上海圖書館藏

二、票號[1]

當古董買賣的交易談成之後，購買方就要付款。同城付款很容易，大筆的款項，也可以用現銀支付。1875 年，翁同龢花了四百兩銀子購買王翬的《長江萬里圖》，他在日記中記載：「還博古齋賬，竟以白金四百易《長江萬里》。」[2]這四百兩，有可能是現銀。若是異地交易，支付款項就不會那麼簡單。1889 年六月初七日，正在開封任河道總督的吳大澂致信在煙臺任山東登萊青兵備道道臺兼東海關監督盛宣懷（1844－1816），信中提到：

> 濰縣高家藏有古銅印六百三十方，已與言定價銀壹千兩。寄來印譜一部，存在兄處。若由汴專差往取，攜帶銀兩甚不放心，因思煙臺號家與濰縣俱有來往，乞代匯銀壹千兩，由尊處派弁至濰，憑函取印，憑票付銀。便中交輪船帶津。由何小山處委員帶汴最妥（七月中有閩廠解鐵柱，由津轉解之便），匯款亦託小山寄還尊處，亦甚便也。兄大澂又啟。外致王西

1　關於票號和吳大澂收藏活動的關係，李軍在《訪古與傳古：吳大澂的金石生活考論》一書中（參見 41－42 頁），也簡略地提到。

2　《翁同龢日記》第三卷，1168 頁。

泉一信，取印憑條一紙。[1]

　　吳大澂洽談好的古印價格為一千兩銀子，若派人從開封到濰縣去取，「攜帶銀兩甚不放心」，所以請他的結拜兄弟盛宣懷通過煙臺的票號給濰縣的票號匯款，這樣方便安全。

　　煙臺、濰縣同在山東，這樣的異地轉帳可能還會比較簡單。若是跨省，即使是用票號，也多了一層麻煩，原因是各地的銀兩標準不同。中國貨幣史專家彭信威先生這樣描述清朝幣制中的銀兩：

> 　　舊日稱砝不統一，同是所謂兩，種類也很多，各地不一樣。最重要的是庫平兩、海關兩、廣平兩和漕平兩。…… 由於銀色的紛繁，我們可以想像流通時人民所感到的不便。尤其是散碎的銀子，一次交易，要把各種不同成色的銀子折合計算，不知要花費多少心思。[2]

　　在這種情況下，各地的錢莊和票號就起了很大的作用。曾在中國工作多年的美國傳教士、外交官何天爵（Chester Holcombe，1844－1912）曾這樣描述晚清的貨幣和票號：

1　王爾敏、陳善偉編：《近代名人手札真跡》，第九冊，香港：中文大學出版社，1987 年，3824－3825 頁。

2　彭信威：《中國貨幣史》，上海：上海人民出版社，2007 年，575、577 頁。

在中國，京城與其他城市或者地區所使用的銀兩標準互不相同。事實上，即使在同一座城市或者同一地區，也未必通用統一的銀重和成色標準。全國各地根本沒有統一稱量銀子的標準。顯而易見，這種現象對於商業貿易的正常運行會帶來極大的不便，造成某種不穩定性。銀行和錢莊對於各個城市之間不同的銀價標準必須做到瞭若指掌，他們在兩地之間進行業務上的匯票往來或者現銀交易時，都要為自己留出充分的餘地。……專門經營匯兌業務的銀號遍佈全國各地。這些銀號可以負責把匯款寄送到國內的各個角落。[1]

從吳大澂和友人往還的信札中可以看出，他使用的票號之繁多，不一而足。信中經常提到各地銀兩標準（「平」），也超過了彭信威先生所說的四種主要的銀兩標準。他在南方用的票號主要有蔚盛長票號（總號在山西平遙）和源豐潤票莊，在北方常用的則是山西票號日昇昌。吳大澂在致陝西古董商楊秉信（實齋）的信札裏專門談到了從吉林向陝西匯款一事：

實齋大兄足下，三月廿一日泐覆一緘，遞至糧道署，由毛子靜轉交，計四月中必可達到。茲託吉林票號源昇慶匯去銀五十兩，由都中日昇昌轉匯西安。此

1　（美）何天爵著、鞠方安譯：《真正的中國佬》，北京：中華書局，2006年，263、272－273頁。

間匯京費已付訖，由京匯陝之費，即屬日昇昌於原平內扣算，大約吉省市平較陝西公議平略大，匯費所用無幾也。手此即問近祉。三月廿五日，愙齋手泐（以後寄信由日昇昌交源昇慶最妥）。[1]

從此信可以看出，吉林沒有日昇昌分支，所以款項由吉林票號源昇慶寄到北京，再由日昇昌從北京寄往西安。信中也反映出吉林、北京、陝西銀兩標準的不同，這些都是匯款時要注意的事項。

即便有票號專門辦理匯款之事，晚清各地銀色的紛繁也給匯款帶來麻煩。吳大澂致楊秉信的另一通信札裏解釋為何他寄出的款項楊遲遲沒有收到：

> 實齋大兄足下，三月十一日接誦來書，寄到玉印。當即泐函寄京，交日昇昌匯去一款。又於廿一日手覆數行，附入毛子靜信內，託其轉達。旋聞西號因銀色參差，往復函詢，致稽時日，不知何月寄到也。[2]

連委託日昇昌這樣的大票號匯款都「不知何月寄到」，異地古董交易的不便於此可見一斑。

1　中國國家圖書館藏《吳大澂書札》（編號 18862），第三通。

2　中國國家圖書館藏《名賢尺牘冊》（編號 3832）。

三、運輸

　　以下討論的運輸分為兩類：一，古董交易過程中的運輸，亦即已經成交的古董如何運到買家手中；二，在各地任職的官員收藏家，要欣賞自己的藏品，如何將它們運到為官所在地。

　　體積小的古董（如古印、封泥、拓片等）運輸並不困難。票號代送、友人捎帶都可以。吳大澂請楊秉信購買古董，有時就請票號託帶。有信為證：

> 　　實齋大兄足下：前月泐覆一緘，計已達覽。所懇代留漢印作價，毛詩一部，又吾兄所購各種，日昇昌號內信足可以託帶。分作數起，每次帶印三四十方，想無不可，望與梁笏臣商之。[1]

　　但是，對於一些體積大、分量重的古董，運輸就成為一個很大的挑戰。我們不妨以 1870 年代大盂鼎由陝入京為例，[2] 看看運輸對古董收藏的重要性。大盂鼎銘文長達 291 字，是晚清金石圈中流傳的最著名的西周重器之一

1　中國國家圖書館藏《名賢尺牘冊》（編號 3832）。

2　關於大盂鼎運送至京的討論，讀者亦可參見程仲霖的博士論文《晚清金石文化研究 —— 以潘祖蔭為紐帶的群體分析》（中國藝術研究院，2013 年），35 – 37 頁。

（圖 2-8）。吳大澂《盂鼎考》記載：

> 右鼎於道光初年出土，為岐山令周雨樵所購得，
> 旋歸岐山宋氏。同治間袁筱塢制軍以七百金購得之。
> 今歸吾鄉潘伯寅師。癸酉冬大澂視學關中時，袁公督
> 理西征，轉餉駐節長安，獲觀是鼎。[1]

袁筱塢即袁世凱的叔叔袁保恆（1826－1878）。1873 年
冬，吳大澂在任陝甘學政時，曾在西安袁保恆處見到大盂
鼎。此時，陝甘總督左宗棠（1812－1885）已有意從袁保恆
的手中購得此鼎，送給京師高官潘祖蔭（伯寅）。

左宗棠之所以花重值買大盂鼎贈潘祖蔭，是為了報答
潘當年的解救之恩。1862 年十月二十三日，左宗棠致其子
孝威信札中詳細地敍述了事情的原委 —— 當年他蒙冤被
告，不曾謀得一面的潘祖蔭挺身相救：

> 官文因樊燮事欲行構陷之計，其時諸公無敢一言
> 誦其冤者。潘公祖蔭直以官文有意吹求之意入告，其
> 奏疏直云：天下不可一日無湖南，湖南不可一日無某
> 人。於是蒙諭垂詢，而官文乃為之喪氣，諸公乃敢言
> 左某果可用矣。[2]

---

1 收入《愙齋公詩文考釋手稿四十三葉》，上海圖書館藏稿本。一說袁保恆原本
就是代左宗棠購此鼎。見上引程仲霖博士論文，31 頁。
2 左宗棠著、劉泱泱注解：《左宗棠全集》「家書・詩文」，長沙：岳麓書社，
2009 年，63 頁。

大盂鼎，清道光初年陝西岐山禮村出土，
中國國家博物館藏

大盂鼎銘文

左宗棠向酷愛金石的潘祖蔭贈送大盂鼎或許還有另一層打算。當時左宗棠正在謀劃收復新疆，但是，朝廷經費拮据，對是否應該出兵新疆一直有爭議。潘祖蔭的家族成員（他的祖父潘世恩、伯父潘曾瑩、本人）長期在京城為官，是皇帝所信任的近臣。左宗棠以報答當年的解救之恩為由，贈送大盂鼎，也為他的西北雄略爭取更多的朝廷支持。

潘祖蔭獲贈大盂鼎的消息，迅速傳遍了南北的金石圈，在當時金石學家們的往還信札中，多次提到並十分關心大盂鼎何時進京。人們都把這作為金石圈的一件盛事對待，畢竟這一重器到了京師，就有機會親睹和獲取拓片了。當事人潘祖蔭對大盂鼎更是朝思暮想。但盂鼎體積巨大，高 101.9 釐米，口徑 77.8 釐米，重 153.5 公斤，從陝西到京師，路途遙遠，陸路運輸，十分不便。左宗棠便委託掌管軍糧轉運的袁保恆來辦理此事，他在致袁保恆的信中寫道：「伯寅侍郎書來，亟盼盂鼎之至。前函敬託代為照料，輦致都中。計已承籌措及之。」[1] 即便如此，大盂鼎也遲遲未能上路。潘祖蔭久等大盂鼎不至，心中未免惴惴，他在致吳雲的信札寫道：「盂鼎杳然，左相不通音問者四閱月，或中變耶？」[2]

由於潘祖蔭來信急催，左宗棠便在 1874 年九月十八日致潘祖蔭的信札中詳細解釋了原因：

1　《左宗棠全集》第 13 冊，書牘卷十四，葉 17b，新頁碼 11664 頁。

2　上海圖書館藏《潘祖蔭與吳雲手札》（稿本）。

伯寅仁兄大人閣下：前奉惠書，敬承獎飾有加，益增愧赧。盂鼎筱塢閣學擬以小車運致，適秋霖大作，野潦縱橫，慮或損壞，故爾遲遲。旬內稍霽，當可啟運。屬題尊鍥，因東南餉源頓塞，西北轉饋正殷，日事籌維，並無佳想，恐一落紙貽笑方家，俟所事漸定，當有以報命也。手此敬覆，即請大安，維亮察不宣。愚弟左宗棠再拜。九月十八日。[1]

在延宕數月後，大盂鼎終於到了北京，[2] 入城時的壯觀居然成為京師一景！晚清著名金石學家楊守敬（1839－1915）在為吳昌碩所藏盂鼎拓片題跋時這樣寫道：

此器之大，罕有倫匹，袁侍郎保恆從關中以數十健卒扛抬入都，以贈潘鄭盦者。餘適在都中，親見其事。余亦得數拓本，未及此之精也。甲寅春仲，鄰蘇老人記。[3]（圖 2-9）

果然，志得意滿的潘祖蔭製作拓片廣贈友人，楊守敬和吳昌碩都能沾溉其惠。

大盂鼎運京的例子，說明了官員收藏家可以直接動用政府資源來服務於自己的收藏活動。更為重要的是，在大

---

1 任光亮、朱仲嶽整理：《左宗棠未刊書牘》，長沙：岳麓書社，1989 年，167 頁。

2 預計大盂鼎抵達北京那天，潘祖蔭既興奮又焦急，給鮑康寫了一個短條子：「盂鼎聞今日來，至今尚未至。」（見上海圖書館藏《潘伯寅致鮑子年札》稿本）

3 見《金石齊壽 —— 金石家書畫銘刻特集》上卷，上海：上海三聯書店，2016 年，172 頁，圖 137。

一統的政治體制之內，官員們為自己的收藏活動建構起了一個覆蓋廣大地域的網絡，使他們的收藏活動可以跨越地域之圍。這一社會機制又和人們當時的觀念相符合，反映出在傳統中國公私之間關係劃分得不清晰。

大盂鼎由於其體積大、分量重，又無順暢的水路可走，以致它的運輸過程帶有傳奇色彩。但是，在日常生活中，官員收藏家利用官場資源來運送古董的例子俯拾皆是。1881 年吳大澂在致陳介祺信札中云：

> 古匋殘字，不收復者，則佳者亦不可得。求為代收千餘片，完器自二三至五六兩均可留。上海阜康銀號內設有轉運局，王念劬大令（名書蕃）主其事。吉林所購外洋軍火，皆念劬經理。如有古陶器由尊處寄上海當不難也。營口亦有轉運局，縣丞李海帆（名慶榮）司其出入。如由煙臺寄書營口，當可速達。海帆、念劬皆誠篤之人，必無失誤。煙臺上海當有相識之商人，亦乞示知，以便通函匯銀，不必由都門轉寄也。印舉告成後，即專足至煙臺，交輪船寄營口，亦甚便捷。每月必有解運機器軍火之員，大小書匜皆有攜帶至吉者，從無損傷。日久則漸熟，愈用心愈周密矣。[1]

1　北京故宮博物院藏吳大澂致陳介祺信札（稿本）。我將此札的書寫時間訂於1881 年，是因為吳大澂在信中提到汪鳴鑾補刻韓崇著作一卷，這年汪鳴鑾重刊了外祖父韓崇的《寶鐵齋詩錄》，附「續錄」。

盂鼎

倉頡道人藏本 大澂題

大盂鼎銘文拓片
（最右側為楊守敬跋）

古陶器原器體積不小，但殘破的帶字古匋殘片通常體積不大。吳大澂求陳介祺為其在山東代收千餘片，數量可觀。由於是古董而不是信札，所以吳大澂準備委託他的兩個得力幹將 —— 在上海的王念劬和在遼寧營口的李海帆來操辦匯款和運輸事宜，走的依然是海路。值得注意的是，吳大澂在吉林期間，已經開始撰寫他最重要的著作《說文古籀補》，而其中就根據先秦古陶器文增補了不少《說文解字》所沒有的字。此書最初的版本在 1883 年刊行，距吳大澂請陳介祺為其代購陶文兩年後。可以說，信息傳遞和古董運輸的順暢，為吳大澂在地域偏遠的邊地仍然能夠從事前沿的學術活動提供社會機制方面的保證。

下面再舉吳大澂向山東濰縣古董商裴儀卿購買文物的例子，來更為具體詳細地顯示晚清官員的社會網絡在收藏活動中是如何發揮作用的。

大約從 1888 或 1889 年開始，正在河南開封任河道總督的吳大澂經王懿榮介紹，通過山東濰縣古董商裴儀卿購買古董。1889 年除夕，吳大澂在致裴儀卿的信中寫道：

> 儀卿大兄足下：頃得所示漢印，價值尚不甚遠，古鉨未免太貴，茲照單另開價值，如可脫手，便中交下可也。

此信後，吳大澂附上了幾紙單子，列出了裴儀卿開的價格以及吳大澂的還價。在「唐墓誌石三種」下，吳大澂專門注明：

此石不必送至汴梁，就近送煙臺盛道臺代收可也。另致盛道臺信一函，想煙臺與濰縣常有大車往來，帶送較為便捷。（圖 2-10）

在「磚文四方半」下，吳大澂又注明：「此磚亦可送至煙臺，交盛道臺代收，轉寄蘇州。」（圖 2-11）在單子的最後，吳大澂寫道：「先付銀三百兩，由濟南王藩臺處代付。其餘七百兩俟各種送到再給。」[1] 王藩臺即王毓藻（1837–1900），1887 年吳大澂任廣東巡撫時，王毓藻任按察使，吳大澂寫此信時，他在濟南任山東布政使。吳大澂請他在濟南先支付三百兩的訂金。古董則請裴儀卿用大車拉到煙臺交給盛宣懷，由海路運往蘇州。

半個多月後，亦即 1890 年正月十七日，吳大澂再次給裴儀卿寫信：

儀卿大兄閣下，前覆寸緘交來足帶回，計已達覽。新正十三日接去臘十七日手書，承示唐王士林墓誌銘拓本，想係白石所刻。惜乎字不精，而刻手草率，如百二十金可得，乞為留定，送交煙臺盛杏蓀觀察代收。前途不肯脫手，亦不勉強。此石不甚愜意，在可得可不得之間（如係精楷，即倍價亦願得之。隋唐墓誌，重在字不重在石）。廉生寄來隋邯鄲令蔡君夫人墓誌銘，真精品也（前示各印及古玉如尚未寄，暫可從緩）。手覆即頌春祺。弟大澂頓首。弟因母病，

1　中國國家圖書館藏《吳大澂書札》，（編號 17737）。

漢甎范　此漢文十秦也如係真確乃造

甎之范故反文

唐墓誌石三種　此石不必送去诈累就近

送煙台咸道台代收可也

另玻咸道台信一區想煙台与濰縣常有大車

往來帶送較為便捷

匣以文字而論乃匣也其形如來書作𣪘誤

若果是𣪘不應刻匣文恐是偽刻

圖
2-10

吳大澂致裴儀卿書札，
中國國家圖書館藏

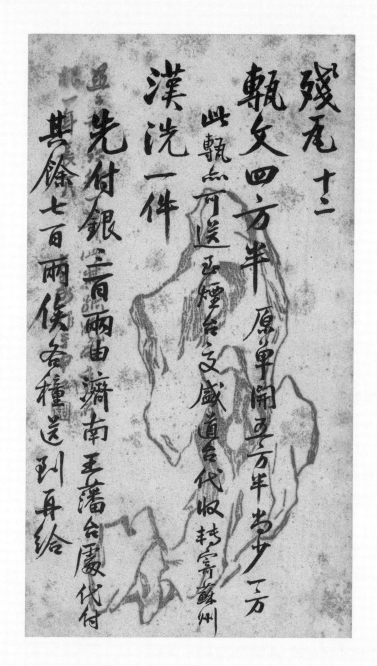

殘瓦十二

甋文四方半 原單開五萬半尚少了方

此甋尚可送至煙台又盛道台代收耕宇蘇州

漢洗一件

先付銀三百兩由濟南王藩台處代付

其餘七百兩候各種送到再給

吳大澂致裴儀卿書札，
中國國家圖書館藏

乞假一月，如蒙俞允，須閏二月中旬回汴也。正月
十七日。[1]

次日，吳大澂給盛宣懷寫了信，通知他運唐墓誌一事：

　　杏蓀仁弟大人閣下：茲有濰縣裴儀卿代購唐王
府君墓誌白石一方，屬其送至尊處。乞代付銀一百廿
兩。手懇敬請臺安！如兄大澂頓首。此石仍求寄交廣
葊弟代收為感。新正十八日。[2]（圖 2-12）

　　信中提到的「廣葊弟」即吳承潞（1835－1898），吳
雲之子，是吳大澂從小一起長大的好友，結拜兄弟，在太
倉任知州。所以，吳大澂請盛宣懷把東西通過海路運往太
倉，再從太倉運到蘇州。墓誌石雖重，但在抵達煙臺後，
由輪船運送（盛宣懷正是掌管輪船招商局的官員），問題
不大。

　　1890 年正月二十二日，朝廷著吳大澂賞假一月，准其
回籍省親。二十三日，吳大澂的母親去世。二十五日，吳
大澂啟程奔喪，由於被風雪所阻，二月十三日方抵家。閏
二月二十四日，吳大澂在蘇州收到了由吳承潞轉來的盛宣
懷從煙臺寄來的古董。三月三日（上巳日），吳大澂給吳承
潞（慎思主人）寫信感謝：

1　中國國家圖書館藏《吳大澂書札》（稿本），編號 17737。
2　陳善偉、王爾敏編：《近代名人手札精選》，香港：香港中文大學出版社，
　　1992 年，142 頁。

慎思主人如手，前泐覆書，虔伸謝悃，計邀青鑒。閏月廿四日，接奉手書並杏蓀弟寄緘，又唐石二方，木箱蔴包各一件，胡開文代製墨一大匣，似此笨重之磚石瓦片，屢瀆清神，好古之累，累及良友，無任歉仄。……如兄在苦吳大澂稽顙（覆杏蓀弟書乞交文報局轉寄為感。上巳日）。[1]

正如吳大澂在致吳承潞的信中所坦言：「似此笨重之磚石瓦片，屢瀆清神，好古之累，累及良友。」只不過，吳大澂的這兩位兄弟都是政府官員，有能力幫助吳大澂運送古董。

在給吳承潞寫信的同一天，吳大澂也給盛宣懷寫了信（由吳承潞轉寄）：

杏蓀仁弟大人如手，前月蕭覆一緘，虔申謝悃，計邀鑒及。廿四日接廣盦弟書，寄到惠緘，並裴儀卿代購唐石二方，包匣一件，大木箱一隻，內古印磚瓦古玉各種，照單點檢，均已收明。屢次瀆神，且感且歉。外覆裴信並開一單呈閱，款交票莊，另函寄上。先此泐覆，敬請勛安。如兄在苦吳大澂稽顙。上巳日。[2]（圖 2-13）

此信後附有吳大澂開的單子如下：

1　上海圖書館藏《吳愙齋尺牘》（稿本）。

2　王爾敏、陳善偉編：《近代名人手札真跡》，第九冊，3024－3825 頁。

杏蓀仁弟大人閣下前有濰縣裝儀仰代購唐王府君墓誌白石一方屬其送正尊處乞代付銀壹百廿兩查懇敬請台安

此石仍求寄交廣菴弟代收為望

弟大澂頓首

新正十八日

吳大澂致盛宣懷信札，
香港中文大學文物館藏

杏蓀仁弟大人如手前月肅復一緘
慶申謝惘計邀
鑒及甘日接廣盦弟書寄到
惠織並裝儀卿代購唐石二方包
匣一件大木箱一隻内古印搏見
古玉各種匹單點檢均已收明屬
次瀆
神且感且歉外復表信並開一單呈
閱欵支票莊另函寄上先此泐復敬請
勛安　　如兄在苫吳大澂稽顙
上巳曰

吳大澂致盛宣懷書札，
香港中文大學文物館藏

原購古印磚瓦舊玉刀鏟銅鉤，共銀九百十二兩。又舊玉圭一件，四十兩。大銅印四方十二兩。續寄玉印、官印、套印三十方，漢銅印八十五方；瓦詔二塊，泥封三塊，破瓦四塊，瓦頭五塊；古玉八件，原開價銀五百兩，除退還古玉八件外，還價銀三百二十兩。又寄殘石二塊，漢磚四塊，墓誌蓋一塊（原單未開價值），給銀四十兩。以上共應付裴儀卿銀一千四百〇四兩（照煙臺通用之平），又代墊唐石價一百二十兩，共銀一千五百二十四兩。[1]

吳大澂請盛宣懷按照煙臺通用的銀兩標準支付裴儀卿貨款。

吳大澂和裴儀卿的這筆生意，對我們所討論的收藏活動中的網絡因素頗具典型意義。這筆生意的數額超過一千五百兩，內容包括古印、封泥、磚瓦、玉器、墓誌原石等，數量和重量皆大。交易過程中，除了吳大澂和裴儀卿買賣雙方外，還涉及人在濟南的王毓藻、人在煙臺的盛宣懷、人在太倉的吳承潞，異地付款也涉及濟南、煙臺、蘇州、濰縣等地。它充分顯示出，官員收藏家在擴張自己的收藏規模時，由各地政府官員構成的人際網絡所發揮的重要作用。

以上討論的是古董交易過程中的運輸問題，下面我們

1　王爾敏、陳善偉編：《近代名人手札真跡》，第九冊，3859頁。這一價目表在原書中的排列有問題。但從信箋上的木印字來看，應該是附在 3823 頁的信札後，作於 1890 年吳大澂在蘇州守制期間。

再來看看官員藏品的運輸問題。張仲禮先生在談到清代的官員和家鄉的關係時曾這樣寫道:

> 按照清朝法律,官員必須到異地任職。在擔任官職時,他們是代表政府而不是作為紳士來和各種社會打交道。但在家鄉,不論他們在家中還是身在遙遠的任所,他們仍然保持着紳士成員的地位,來對家鄉施加影響。[1]

官員不但要到異地任職,而且經常輪換。比如學政一職,通常為三年。以吳大澂為例,他在每一個職位上都沒有超過三年。這就意味着,很多官員要不斷地搬遷。那麼,他們的收藏品怎麼辦?如果有收藏而不能研究和鑒賞,收藏又有何意義?

吳大澂在任官期間,會視任期的長短、路途的遠近、水路還是陸路,來決定帶多少、帶甚麼樣的古董。1880年吳大澂在去吉林時,走的是陸路,吳大澂隨身帶的僅僅是一些圖書、拓片和少量的小件古器。他在致陳介祺信中說:「庚辰春間由豫來吉,大半拓墨多置行医中。」[2]1886年,吳大澂再次到吉林,與俄官共同勘界,由於認為在比較短的

1　張仲禮:《中國紳士的收入》,上海:上海社會科學院出版社,2001年,2頁。

2　謝國楨編:《吳愙齋(大澂)尺牘》,333頁。吳大澂的好友顧肇熙在《吉林日記》光緒七年辛巳正月三日記載:「飯後攜文衡山瀟蘭圖與蘭竹石三妙兩卷過恆軒,並觀古器。」初八日:「與恂卿同過恆軒評古器。」參見顧肇熙:《吉林日記》(上海圖書館藏稿本),葉34–35。吳大澂在吉林期間,通過陝西和山東的友人繼續購買一些小件的古董。吳大澂:《北征日記》1882年六月十九日:「手拓金文各種寄簠齋丈。」

時間內就能完成任務，而且路途遙遠，天寒地凍，所以吳大澂把自己的青銅器留在天津的家裏，由幕僚尹元鼐（伯圜，卒於 1892 年）保管，自己只帶着拓片到吉林，在那裏題跋。[1]

1887 年，吳大澂出任廣東巡撫，官署在廣州。由於有海路可走，輪船可以運大和重的古董，吳大澂便把自己收藏的部分青銅器帶到了廣東。1887 年閏四月十六日，吳大澂在給蘇州的侄子吳本善（訥士，1868－1921）的信中說：

> 翰卿新得鼎敦，先寄拓本一閱，問一實價，可定留否。若攜器而來，未知能否合意。粵中古緣絕無可觀也。

同年六月一日，吳大澂在致吳大根的信中說：

> 適翰卿來粵，帶到銅器數種及零星字畫，擇其佳者留之，已費不貲矣。[2]

青銅器運到廣州後，吳大澂把它們置放在官署中，時時觀覽。此時擔任廣東學政汪鳴鑾幕僚的蘇州籍學者葉昌熾在這年二月二十六日的日記中寫道：

1　參見白謙慎：《吳大澂和他的拓工》，北京：海豚出版社，2013 年，61－66 頁。

2　吳大澂：《愙齋家書》第二冊，葉 14－16。信中提到的「翰卿」即蘇州古董商徐熙。

謁清卿中丞,並見仲平、同鄉陸松生、皖中吳文伯、山左尹伯淵。清丈遍示所藏彝器,內外籤押房羅列幾滿。[1]

吳大澂在廣東任上僅一年多,便被朝廷任命為河東河道總督,前往河南治理黃河。1889 年八月十一日,已經離開廣東的吳大澂給在上海擔任招商局會辦的友人沈能虎(1842－?)寫信:

軼儕仁兄大人閣下:…… 弟去夏在粵時,曾借川沙沈氏舊藏宋拓劉熊碑,後有趙撝叔雙鉤本,精妙絕倫。因屬歙人黃君穆甫(名士陵)即依撝叔鉤本勒之端石。近已刻竣,遠勝於翁覃溪阮文達摹刻漢碑。後有撝叔縮本全碑圖,亦並橅刻於後,共石二十九方(碑文廿五方,圖跋四方),尚在粵省。擬懇轉屬粵垣商局委員代為搬運至滬,暫存尊處,如閣下欲顧工精拓(以淡墨薄紙為宜),盡可多拓幾分。俟廣巷觀察處有回蘇之便,再託帶蘇也。住址單一紙附覽,即可憑此取石。[2]

吳大澂此時雖已在河南任官,留在廣東的一些碑石,還要託沈能虎用輪船運到上海再轉往蘇州。

1892 年四月,吳大澂為母親守喪期滿,五月二十二

---

1 葉昌熾:《緣督廬日記》第三冊,南京:江蘇古籍出版社,2002 年,1287 頁。

2 吳大澂致沈能虎信札(嘉德 2015 年秋拍,11 月 15 日,lot 1714)。

日，吳大澂赴京領命，啟程時寫給親友的《壬辰北上留別》組詩中的第一首就寫道：

> 生平嗜古累紛紛，金石圖書喜博聞。
> 細載行裝忙未了，出門一笑等浮雲。[1]

這首詩很生動地說明了，有長物之累的官員在遷徙時，要為他們的古董操多少心！

六月，吳大澂被任命為湖南巡撫。七月十五日，吳大澂出京，抵天津後，坐船到上海，再坐江輪至武漢，再轉至長沙。走水路畢竟方便得多。1892 年七月八日，人在北京的吳大澂在寫給侄子吳本善（訥士）的信中，告訴他長沙到蘇州的水路行程：「長江輪船最為舒服，由湘還蘇，六日即到，至為便捷也。」[2]

在 1894 年的日記中，吳大澂的友人繆荃孫（1844－1919）詳細地記錄了自己從上海坐英國太古公司的江輪「鄱陽」號從上海到漢口的路程：六月十二日寅刻（3－5 點）開船，亥刻（晚 9－11 點）到鎮江。在鎮江逗留三天后，換江孚，溯江而上，經江寧、蕪湖、大通（今安徽銅陵西南）、安慶、九江、武穴（湖北黃岡），於十八日抵漢口。[3] 如果繆荃孫不在鎮江停留，從上海到漢口要四天時間。從漢口

1　吳大澂著、印曉峰點校：《愙齋詩存》，上海：華東師範大學出版社，2009 年，85 頁。
2　吳大澂：《愙齋家書》第三冊，葉 2。
3　繆荃孫：《繆荃孫全集·日記》，314－315 頁。

到長沙，還需兩天。這就是吳大澂說的由湘返蘇六日（還要加上蘇州到上海的路程）。

正因為往返長沙和蘇州之間「至為便捷」，1892 年九月二十三日，人在長沙的吳大澂致信吳本善，囑咐他將家藏古董交由下屬帶到湖南：

> 茲派姜玉懷赴滬管帶湘帆輪船來湘，屬其到蘇搬取古銅器十二件（開單附覽），又乞代檢瓦當文新奇者十六種，如有小木箱，裝作一箱，交江玉懷帶來甚便也。胡子英在署無事，大可屬其拓瓦當條幅，前次僅帶四瓦耳。吾任所存九十八鏡，內有辟雍明堂鏡一匣，一併帶下可也。[1]

吳大澂在光緒二十一年（1895）四月親筆寫了《帶湘吉金類》清單，從中可知，他先後運到湖南的青銅器共有五十二件，其中包括鐘、鼎、簋、盤等。[2]（圖 2-14）在湖南，吳大澂像在廣東那樣，將他的青銅器陳列於公眾可以見到的場所。他在《求賢館藏古器記》一文中這樣寫道：

> 餘承乏湘中，竊念以人事君之義，當以尊賢育才為己任。奏設求賢館，以待天下之賢者。落成之日，同寮賓客相與宴飲於其堂，爰出所藏商周彝器及漢器之有文者十種，古器二十種，置之館中，俾湘士大夫

1　吳大澂：《愙齋家書》第三冊，葉 5。
2　參見上海圖書館藏有《愙齋公手書金石書畫草目卅六葉》（稿本）。

之好古者，知三代之真器至今猶有存焉。[1]

以上所談都是官員方面的運輸活動。難道晚清的古董商就不運古董嗎？當然運。且不說北京琉璃廠出售的青銅器，除了傳世古董外，很多都是從出土地運到北京的，古董商們也經常攜帶青銅器到吳大澂的家鄉蘇州兜售。吳大澂曾在自藏的井人鐘的全形拓上題跋曰：

> 濰縣陳簠齋丈所藏邢人殘鐘，與是鐘文同而器略小。虎字當釋妟，或即佞之省文。首行邢人二字下有重文，疑即妟之人旁也。第二行克質乃德之質，陳氏鐘已漫漶不可辨矣。是鐘與克鼎同時出土，陝估攜至吳門，皆為大澂所得。[2]（圖 2-15）

可見，這個鐘是陝西的古董商帶到蘇州的。另一位蘇州收藏家顧文彬在 1871 年正月初八日寫道：「河南客攜來周邢叔鐘，一見歎為真器，未知有緣能得之否？」次日，顧文彬「以二百十四元得邢叔鐘」。[3]

既然古董商有時也會把東西帶到收藏家聚集的地方，為何不叫他們直接帶？但是，將古董帶到北京、蘇州等地，加上運費，價格肯定要比在原地購買貴得多。王懿榮

1　吳大澂：《求賢館藏古器記》（吳湖帆舊藏稿本）。

2　西泠印社編著：《吉金留影 —— 青銅器全形摹拓捃存》，上海：上海書畫出版社，2014 年，146 頁。

3　顧文彬：《過雲樓日記》，90−91 頁。

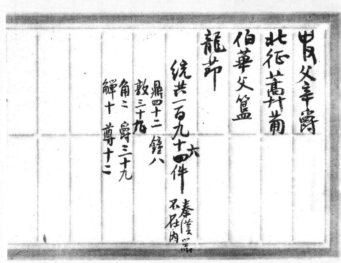

吳大澂帶湘吉金目，
上海圖書館藏

吳大澂題井人鐘拓片，引自西泠印社編著
《吉金留影 —— 青銅器全形摹拓捃存》，
上海：上海書畫出版社，2014 年，146 頁。

吳大澂題井人鐘拓片（局部）

* 圖 2-15

曾致潘祖蔭一信，講到運輸古董的費用：

> 　此事（謙慎按：指從山東尹彭壽處買一銅器，見
> 同信）唯仰求鈞裁，姪不敢主。以欲取之必須由京師
> 遣人去（來往不過廿金內外，然亦不菲，以在彼購之
> 亦須用度，則兩費也），若萬一不真，則彼既浪費，
> 而我們又狂花矣。[1]

雖然潘祖蔭也是政府官員，但在委託諸城尹彭壽購買青銅器這件事上，如果沒有便利的人際網絡利用，從北京專門派人去取，運費起碼就得十多兩銀子。在出土所在地買，競爭的人少，如果能夠解決運輸問題，價格肯定便宜很多。所以，當吳大澂委託陝西、山東等地的友人和古董商購買古董時，他應該已經盤算過有哪些人脈資源可以動用。

1　上海圖書館藏《王懿榮書札》，葉 23。

四、餘論

美國傳教士丁韙良（William A. P. Martin，1827－1916）曾經在中國生活六十多年，並長期從事教育工作，曾談到通訊與交通對中國現代化的意義：

> 中國的羸弱並不完全是因為它在技術和科學方面落後。它也是因為部分和整體之間的連接存在着缺陷，以及各個不同地方之間缺乏聯繫。因此中國人缺乏共同感，地方觀念往往高於國家利益。關於這種疾病的治療方案很快就會出臺——鐵路和電報正在把帝國各個互不相干的部位焊接為一個統一的整體。郵局也正為這同一結果作出貢獻。
>
> 中國很久以前就已經擁有了一種驛站制度：騎馬的信使用來傳遞官方的急件，步行的信使則為私人信件提供傳遞服務。前一種服務是由國家提供的，後一種服務則屬於商行。現代化的郵局目前在每一個行省都提供以上這兩種服務。對於多數的大城鎮來說，郵件可以用輪船或鐵路送達——相對於騎馬和步行來說，這會省下大量的時間。舊方法緩慢而不確定，新方法既安全又方便。[1]

1　（美）丁韙良著、沈弘譯：《中國覺醒：國家地理、歷史與炮火硝煙中的變革》，北京：世界圖書出版公司，2010 年，157 頁。

在丁韙良看來，鐵路、郵局、電報正在把廣袤的大清帝國各個互不相干的部位焊接為一個統一的整體。受到西方郵政制度的啟發，晚清的許多官員都曾發表過建立現代郵政體系的言論。吳大澂的友人、曾出使多國的外交家張蔭桓（1837－1900）在致盛宣懷信中這樣寫道：

> 外國郵政歲獲亦巨，開銷亦多。中國可仿其意為官信局，官給士擔。每年所收士擔費不少，無傷國體，有益偏氓，即以此款濟海軍之用，不無小補。昨曾上書師相，如以為可，兄當博考善章，以備採擇。吾弟覺其能否有成，既成之後，有無利弊。乞詳示。果有把握，兄當具疏請行也。[1]

位居中樞的翁同龢也在 1887 年十二月初九日的日記中記載：

> 鍾傑臣（英）來，以劉銘傳致閤相函見示（用輪船運漕，臺灣亦欲買輪船助運），裁驛站，仿北洋郵政。[2]

吳大澂也曾用過郵政局寄信。1890 年十二月初二日，吳大澂寫信給在京師的表弟汪鳴鑾，信中提及：「前月曾

1　王爾敏、陳善偉編：《近代名人手札真跡》，第一冊，134 頁。這封信裡還談到，有西方人想在中國建電話（稱為電筒）。
2　《翁同龢日記》第五卷，2206 頁。

覆一緘由郵政局寄京，亮早達覽。」[1] 此時，吳大澂正在蘇州為母親守喪，不得用官方摺差和馬封，所以用郵政局寄信。只是吳大澂所說的郵政局，應是海關所辦，而非清政府建立的全國性郵政局。不過，數年之後，全國郵政系統正式建立，中國郵政翻開了新的一頁。

上引丁韙良的論述中還提到了電報在現代化中的重要性。電報在 1870 年代初傳入中國，到了光緒年間，在那些發達的省會，封疆大吏之間用電報來互通信息已經相當普遍。[2] 電報也應用於商業和金融。1889 年，吳大澂在河南致徐熙的信札中談到了電匯：「玉圜、玉璧即乞代付六十金。前次電匯之款計早收到，此款有便再行匯還。」[3] 這說明吳大澂在支付文物商款項時也曾用電匯。次年，吳大澂向主持電報事業的盛宣懷推薦他的學生韓繼雲到陝西電報局工作，盛宣懷接受了吳大澂的推薦。[4]

也就在 1874 年左宗棠派士卒由陸路將大盂鼎運送至京的兩年後，由英國人建造、我國第一條鐵路 —— 淞滬鐵路正式通車運營。1905 年，亦即吳大澂去世後的三年，由詹天佑（1861－1919）主持設計的京張鐵路開工。如果用鐵路和公路在陸路上運送大盂鼎這樣的重器，並非難事。

進入民國以後，中國政府為統一貨幣做了種種努力。如果我們讀吳大澂的孫子吳湖帆的日記，會發現古董的買

1　北京故宮博物院藏（編號 00069140）。

2　吳大澂和張之洞之間的通電稿尚有許多存世。吳大澂的電報稿現存於上海圖書館。

3　《吳大澂手札》，上海：上海書畫出版社，2007 年，47－48 頁。

4　參見香港中文大學文物館藏吳大澂致盛宣懷信札。

賣已經用銀元結算。

　　無論是政府的驛站還是各種信局，蒸汽輪船還是鐵路，票號還是洋行，銀兩還是銀元，它們都不是為了古董收藏活動而設立和製作。但是，身處變革之際的晚清官員和學者卻能利用既有的和新興的社會網絡和機制，在更大範圍內以更快的速度開展他們的收藏活動，與此同時，與收藏活動密切相關的學術領域也呈現出新的規模和氣象。這才是我們不能忽略收藏史上網絡因素的原因。

下 篇

吳大澂的
收支與收藏

在近年來的藝術史研究中，收藏史日益引起了人們的重視。在收藏活動中，除了家族遞傳、禮品贈送、彼此交換，以及隨着時間的推移，本來無價的禮品成為有價的藏品外，購藏是文物流通最常見的模式。購買行為與收藏者的經濟來源、實力直接相關，因而收支的問題便自然而然地出現在研究者的面前。

　　無獨有偶，和收藏史的研究不斷進展幾乎同步的是，關於晚清官員收入的研究在近年也進入了一個新的階段。從早期的張仲禮的《中國紳士的收入》[1]、張德昌的《清季一個京官的生活》，到最近幾年張宏傑關於曾國藩（1811－1872）的著作[2]和其他學者的論文，對晚清官員的收入和支出的研究越來越具體深入。在早期的研究中，張仲禮的著作使用的文獻主要是地方志（包括省志、府志、縣志）和家譜、族譜這類「公共性」的資料，所作的是一個社會學的綜合性敍述，視野宏闊，高屋建瓴。與之形成鮮明對比的是張德昌的《清季一個京官的生活》，此書依據的主要文獻是李慈銘的日記 —— 一種「私密性」的文獻。李慈銘雖為晚清享有盛譽的文人，但對日常生活中的收入和開銷，無論多麼細小，都有具體的記錄。張德昌據此做了十分細緻深入的研究，使我們對一個晚清京官生活的瑣屑細節，

1　張仲禮著，費成康、王寅通譯：《中國紳士的收入 ——〈中國紳士〉續篇》，上海：上海社會科學院出版社，2001 年。張先生的英文原著完成於 1950 年代初，於 1962 年出版。

2　張宏傑：《給曾國藩算算帳：一個清代高官的收與支（京官時期）》；《給曾國藩算算帳：一個清代高官的收與支（湘軍和總督時期）》，北京：中華書局，2015 年。

包括每一筆具體的收與支都會有真切的了解。在晚近的研究中，張宏傑的著作最令人矚目，他關於曾國藩收支狀況的研究，除了援引當事者的日記、家書外，還有存世的帳單。張宏傑的研究不但有可靠而又具體的文獻資料為依據，還能廣泛地援引清代的制度與種種慣例習俗，將深入而又細緻的個案研究置於一個更為廣闊的社會文化背景中去理解和闡發，堪稱研究晚清官員收入和支出的力作，對研究晚清其他官員的收支深具啟發性。

　　吳大澂和曾國藩相識，與李慈銘為友。但他既沒有為我們留下收支的帳目，在其殘存的日記中，也幾乎沒有收支方面的記載。所幸的是，在存世的二百多通吳大澂家書中，[1] 他經常提到自己的各種收支，為我們大致了解他這方面的情況提供了一些原始資料（圖 3-1）。家書同樣屬於「私密性」的文獻，雖然不如日記那樣每日都有記載，但在提及收入和支出時，常需向收信人解釋前因後果，所以能提供比流水帳更為具體的上下文。

　　需要指出的是，吳大澂本人留下的資料還不足以讓筆者完成像張德昌和張宏傑那樣比較準確的敘述，筆者對吳

1　存世的吳大澂信札主要有由吳湖帆收藏並裝訂的《愙齋家書》（共四冊），始自 1871 年，迄於 1898 年，共一百六十一通（含附函），此為大宗，現藏上海圖書館。另外中國國家圖書館藏四十通，中國國家博物館藏四通，北京故宮博物院藏四通，1996 年 3 月 27 日在 Christie's 紐約分公司拍賣的十八通（目前藏者不詳），上海蓈齋藏九通，加上其他的公私收藏，已有二百餘通。此處所說的「家書」，僅指吳大澂寫給母親、哥哥、弟弟、侄子的書札，寫給叔叔、表弟、親家、妹夫等的信札不包括在內。以古人寫信的標準來看，吳大澂的家書通常相當長，包含的信息量也比較大。文本所引吳大澂信札，皆為稿本。其中吳大澂致徐熙信札，原件也存世，但文本已經整理出版為《吳大澂書信四種》，為便於讀者查找，引用整理版。

寰齋公家書一冊

辛未年 一通　在京供職翰林院時
壬申年 四通附函二通　仝上
癸酉年 五通附函一通　仝上將赴陝甘學政時
己卯年 八通附函二通　在河南河北道任所
庚辰年 六通附函一通　在甯古塔時
壬午年 一通　在吉林屯墾事宜
癸未年 二通　仝上

計四十一葉　前附信封書五葉

吳湖帆舊藏《寰齋公家書》
現藏上海圖書館

大澂為官時的收支情況只能做一些盡可能合理的推測。這些推測，雖然並不能確切地告訴讀者吳大澂每年的收入究竟有多少，他花了多少錢來買古董，但通過直接援引本身帶有敍述性的私密文獻，讀者或許能在本篇的引導下，對吳大澂的收入來源和具體開銷有一些比較真切的感受。由於吳大澂是晚清活躍的收藏家，本篇的另一個重點便是嘗試性地分析他的收支和收藏活動的關係。

一、吳大澂的收入

1. 吳大澂的家境

我們首先來介紹一下吳大澂的家境，因為財富也可能來自家庭財產（家族留下的田產和生意）的繼承。關於吳大澂的家世，顧廷龍所編《吳愙齋先生年譜》有簡略的介紹，李軍的《吳大澂交遊新證》討論最詳。吳大澂的祖上本為徽州人，明成化年間入吳。較之同城的顧氏、彭氏、韓氏、潘氏諸姓，科名雖不如其盛，但也是書香門第，吳中望族。[1]

我們雖沒有具體資料來考察吳大澂的家族在他步入仕途前的財產規模，但是從已有的記載可知，他的祖父吳經堃（1794－1838）為監生，捐授州同，喜歡收藏書畫。父親吳立綱（1814－1857）因家道中落，棄儒從商，然不改書生好讀本色。母親韓氏出生於蘇州的大家族，外祖父韓崇是甚為活躍的收藏家，家境應該相當殷實。韓崇的兄長韓對（1758－1834）功名不高，但官至廣東巡撫署總督、刑部尚書兼兵部尚書，是韓氏一族中的高官。如果從門當戶對的角度來看，吳氏家族在當時的蘇州算得上是大戶之家。

但吳氏家族在吳大澂和他的弟弟吳大衡通過科舉成為政府官員前，並不是豪富。吳大澂在中進士前，曾不時地

1　李軍：《吳大澂交遊新證》，復旦大學博士論文，2011 年，21 頁。

向寓居蘇州的退休官員李鴻裔借錢，為官後才逐步還清。
1873 年八月，吳大澂被任命為陝甘學政，他在蘇州聘請幕
僚。所聘之人赴陝需要川資，蘇州家中一時拿不出錢，吳
大澂請哥哥吳大根向李鴻裔借五百兩銀子。[1]1879 年春，吳
大澂被任命為河南河北道道臺，他在五月初七日發給吳大
根的信中說：

> 茲託日昇昌匯去蘇曹平銀一千兩，係還香嚴處借
> 款。……都中借款均已清理，尚有各科團拜費及喜
> 助、喜舉未盡繳清耳。[2]

由此可見，吳大澂在翰林院時，仍常向他人借款，
一直到當了一個有實權的地方官後才還清。吳大澂為官以
後，一直努力實現父親生前的願望，建立吳氏義莊。這從
另一個方面說明，在吳氏兄弟為官前，吳家的財產可以維
持一個富足而體面的生活，但要購買土地建立義莊，卻一
直心有餘而力不足。而建設義莊的計劃，則直至 1879 年吳
大澂擔任道臺這樣有實質性權力的地方官後才開始實施。

2. 吳大澂為官後的收入管道

俸祿

晚清官員的俸祿極低，一品官的正式年俸不足二百

1　《愙齋家書》第一冊，葉 13。

2　《愙齋家書》第一冊，葉 23。

兩，遑論其他。所以，當吳大澂在信中談到自己的收入時，基本不提及俸祿。1871 年至 1873 年，吳大澂在翰林院任編修，這個職務榮譽高，令人歆羨，但京官的收入總顯微薄。不過，吳大澂總算是有了穩定的收入，加上各種補貼和禮金，經濟狀況總比入仕之前好了許多，收藏活動也在此時開始。

養廉銀

從雍正年間開始，清廷實行養廉銀制度。討論清代養廉銀的論著相當多，在網絡資源豐富而檢索又十分方便的今天，讀者可以自己查找，此處不再贅述。在此只是指出，學者們都指出養廉銀是比俸祿更為重要的收入，對於外放的京官及地方官而言，尤其如此。

1873–1876 年吳大澂出任陝甘學政一職，這是他第一次被朝廷外派，可以得到較高的養廉銀和其他費用。何剛德在《春明夢錄》中寫道：

> 從前，京官以翰林為最清苦。編檢俸銀，每季不過四十五金。所盼者，三年一放差耳。差有三等，最優者為學差。學差三年滿，大省分可餘三四萬金，小亦不過萬餘金而已。次則主考，主考一次可得數千金，最苦如廣西，只有九百金。[1]

1　何剛德：《春明夢錄》，載何剛德、沈太侔：《話夢集・春明夢錄・東華瑣錄》，北京：北京古籍出版社，1995 年，88 頁。

也就是說，出任學政是清貧的翰林院編修和檢討發財的一個最佳機會，收入多少又和地區差別有關，大省份多得、小省份少得 —— 差異很大。此外，學政還可以在所派省份將許多才俊納入門下，其中的成功者日後可以增強自己的政治實力，門生們在經濟上接濟老師也是情理中的事。所以，吳大澂在翰林院時，一直盼望着被朝廷任命為考官。1872 年九月十九日，吳大澂在致哥哥吳大根的信中寫道：

> 都中傳言李相密保四人，有弟在內，新放九江道之沈品蓮（保靖）亦在四人中。弟有「才堪大用」等語，此係樞府中傳出，或非無因。然弟自入詞林，不欲遽放外官。明年尚擬得一試差，此味不可不嘗。若放一府道，為風塵俗吏，殊非所願。此事能不發動最妙。況外官實不易做，未敢自信也。此說幸勿告人為禱。[1]

信中提到的「李相」即李鴻章，1870 年吳大澂曾短暫地在李鴻章的手下做幕僚。當吳大澂聽到京師傳聞李鴻章要推薦他當地方官時，他想的卻是被朝廷外派當主考官。次年，吳大澂如願，獲得了比考官更為優越的陝甘學政一職。只是陝甘地處偏遠，經濟本不發達，長達十二年的「回變」剛剛平定不久，百業凋敝，不是何剛德筆下的「大省」，所入也自然受到影響。不過，倘若他這次得到的是

---

1 《愙齋家書》第一冊，葉 7。

「試差」（鄉試主考官）而非學政的話，能剩下的錢也就幾千兩。而作為學政，他的收入結餘會超過考官，理應知足。無論如何，在任陝甘學政期間，吳大澂的收入有了明顯的改善，他利用陝西為古代文物主要出土地，古董價格便宜的地利之便，開始了有規模的收藏活動。

1879 年，吳大澂出任河南河北道道臺，這是他第一次擔任地方官，可以領道臺的養廉銀。1880 年正月，吳大澂被朝廷派往吉林。這年的三月十六日，他在赴吉林任之前寫給吳大根的信札中提到了自己的養廉銀：「現在道缺未開，尚可支領全廉，每季可領六百餘金。」[1] 由於朝廷尚未派人來頂替吳大澂的空缺，所以他照領道臺的全分養廉銀。以每季六百餘兩來推算，吳大澂在河南任道臺時的一年養廉銀約二千五百兩銀子。[2] 但是，我們從吳大澂在河南任道臺期間寄回家的錢來看，他的收入遠遠超出養廉銀的數額。1880 年三月初八日致吳大根信云：

> 茲託日昇昌寄去蘇漕平銀二千兩，以五百歸還莊尾款，其餘千五百金，望交五叔父存典生息，以此息銀為弟婦等月費。為數雖屬無多，恐將來緩急所需，不能不稍留餘地也。……定於初九日由汴起程，計二十前可抵津門。月杪到京，至多不過半月之留，

1　《愙齋家書》第一冊，葉 37。

2　耿茂華引光緒《清會典事例》，認為清代中期以後，河南的道員的養廉銀在
　　3893－4000 兩。見耿著《清代養廉銀制度》，載《中國近代史史料學學術會
　　議論文集之七 —— 中國近現代史及史料研究》（2007），93 頁。由於晚清的養
　　廉銀經常被扣減，這一記載和吳大澂信中所說有較大出入。

一切應酬，概從刪減。託日昇昌匯京二竿（謙慎按：「竿」為千兩之別稱，「二竿」即二千兩銀子）作為都門用度，想師友同鄉亦必見諒。此次不敢過費，恐有虧累，無從彌補也。[1]

光是三月從河南寄出的錢就有四千兩，吳大澂在養廉之外必然還有其他的收入來源，這其中之一便是「公費」。

公費（津貼）

晚清的地方政府官員，在日常工作中會有種種花費，補貼花費的津貼稱為「公費」，既用於公務開銷，結餘部分也可充作私人收入。關於「公費」的研究，張仲禮的《中國紳士的收入》已有涉及，但極為簡略。[2] 美國學者曾小萍（Madeleine Zelin）的《州縣官的銀兩》對此也有專門討論。[3] 近年來，史學界對晚清的「公費」問題研究頗有成果，其中關曉紅關於晚清直省公費的討論與本篇的關係最為密切。[4] 關曉紅指出，「直至光緒時期，清廷的正式規制中，文職外官在俸祿之外有養廉銀，卻無公費」。由於養廉銀經常用於一個官員日常辦公的開支，上級官員便向下級收取津貼，

1　《愙齋家書》第一冊，葉 34−35。
2　張仲禮：《中國紳士的收入》，37−39 頁。
3　曾小萍著、董建中譯：《州縣官的銀兩 —— 18 世紀中國的合理化財政改革》，北京：中國人民大學出版社，2005 年，160−178 頁。
4　關曉紅：《晚清直省「公費」與吏治整頓》，《歷史研究》2010 年第 2 期，65−80 頁。其他討論「公費」的論文，由於各種資料庫檢索論文方便，不在此一一列舉。

「津貼除補助公務用途外，似有逐漸演變為官員個人額外收入的趨勢」。[1] 雖然晚清的一些財政改革旨在使公費成為一種公開撥予的固定經費，但從吳大澂的書札所反映的情況看，在有的情況下，公費的多少可能是官員根據慣例和本人的需求自行申請，繼由上級核准。核准後實行包干制，多餘者，官員可以留作私用。

1879 年赴河南河北道任時，吳大澂在閏三月初九日致吳大根的信中提到自己的公費：

> 每月提用公費千金，署內約須用七八百金。四廳節壽照常致送。三府各縣均未開徵，不能不量加體恤。弟不欲居裁減之名。而於公事有礙之陋規，亦須核汰，於心稍安。約計都中用款及去年積欠，五六月間均可清理。[2]

對我們了解吳大澂作為一個地方官的收入來說，此札極為重要。其一，每月的公費可結餘二百多兩，歸吳大澂自己。由於省下的公費歸自己，所以吳大澂盡量節省。在同一通信中吳大澂還說：

> 歷任往來輿從甚繁，用車至一二十輛。弟此次到工，只幕友一人，隨員一人，跟僕兩人，用車四輛，

1　關曉紅：《晚清直省「公費」與吏治整頓》，67頁。
2　《愙齋家書》第一冊，葉 20–21。

向無此清簡者。其實體恤屬員即體恤百姓，供應出自四廳，車馬出自民間，何必以此為體面耶？[1]

其二，吳大澂提到了公費以外的幾種收入：下屬四廳在主要節日（如端午、中秋等）和官員壽辰送的節壽禮金；但目前尚未向其他下屬三府的各縣開徵各種「陋規」允許的費用。吳大澂既要「量加體恤」，於有礙公事的陋規有所核汰，但又「不欲居裁減之名」，因為這可能為自己和將來的繼任者製造麻煩。因為依陋規所得到的「規費」很大部分用於辦公費用。[2] 其三，在出任道臺之前，吳大澂在京師任職翰林院，欠下了一些債務，也要靠當道臺的所得來還清。

1880 年二月十三日，吳大澂在給吳大根的信中說：「刻下尚有養廉二季未領，公費一月，盤費之外，略有盈餘，亦尚從容也。」[3] 可見養廉與公費的結餘，是吳大澂主要的可支配私人收入。信中所言「盤費」是指吳大澂在這年春天被任命為吉林事務幫辦後赴任的路費。

1880 年四月，吳大澂被朝廷派往吉林。他四月十七日在吉林致吳大根信云：「弟之公費，自行奏請每月五百金，亦可敷用。」[4] 吳大澂此次是作為吉林事務幫辦派往吉林的，

---

1 《愙齋家書》第一冊，葉 22。

2 關於陋規及其規費的討論，參見瞿同祖著，范忠信、晏鋒譯：《清代地方政府》，北京：法律出版社，2003 年，46－57 頁；曾小萍：《州縣官的銀兩》，51－67 頁；張宏傑：《給曾國藩算算帳（湘軍暨總督時期）》，90－163 頁。

3 《愙齋家書》第一冊，葉 34。中國國家圖書館藏有一通類似內容的信，也寫於二月十三日，後附一紙：「前託日昇匯去千金，阜康匯去四百金，未知已達到否？」見中國國家圖書館藏《吳大澂書札》（編號 4803），第四冊，葉 15。

4 中國國家圖書館《吳大澂書札》（編號 17678），葉 18。

並非像道臺那樣是正式的地方官，所以公費並非按照朝廷已有的規定來核發，而是「自行奏請」。吳大澂在 1882 年七月十四日由吉林覆其兄的信札中說：

> 連月不出門，一切用度較省，每月公費略有盈餘，特屬念劬匯去漕平銀三百兩，稍資挹注，乞收入。冬間喜用，容再另籌寄去可也。[1]

這後一通信除了說明節省下的公費歸官員自己外，吳大澂或許還有其他管道可以籌到冬天辦喜事所需的錢。雖說管道不詳，但是晚清官員在俸祿、養廉銀、公費之外，還有別的途徑（如種種陋規）得到收入則是可以肯定的。正如瞿同祖所指出的那樣：「通過在每一個可以想像的場合收費，中國官僚體系每一層級的成員們都能補充他們的收入。雖然這種慣例是『不正常的』『賤鄙的』，正如『陋規』一詞本身所表示的；但它仍然被確立和承認，並成為廣泛接受的事實。因此，它也在法律的默許之內。」[2]

不過，從上引吳大澂的家書來看，談及自己的收入，吳大澂所言多為「養廉」和「公費」，而且在前引家書中他還提到要核汰不合理的陋規。可見，在「陋規」氾濫的時代，吳大澂還是一個具有自我約束力的官員，和他的「清流」名聲吻合。

1887 年吳大澂出任廣東巡撫，成為一方諸侯，位高權

1　中國國家圖書館藏《吳大澂書札》（編號 4803），第八冊，葉 2。
2　瞿同祖：《清代地方政府》，47 頁。

重。廣東海關每年給巡撫官署送一萬兩的津貼，津貼是以
節敬和壽禮的名義奉送的。吳大澂在五月十三日致吳大根
的信札中說：

> 此間因海關為稅司所併，一切酬應，將來恐難開
> 報。現已陸續裁減。撫署本有津貼，每年一方（謙慎
> 按：即一萬兩），分節壽五次。此時僅送午節，未知
> 中秋有無變動耳。赫德因釐稅併徵，先攬六廠貨釐之
> 權，繼奪海關六廠常稅之權，監督所管各口。十去其
> 八，甚為焦急，只得先裁本省之用款。或裁壽而不裁
> 節，稍留餘地，尚為平允，否則將軍支持不下矣。[1]
> （圖 3-2）

吳大澂原來以為，赫德在 1887 年三月的關稅改革會導
致廣東海關所承擔的巡撫津貼有所裁減，如果裁掉十分之
八，每年要少掉八千兩的銀子，令他十分焦慮。如果只是
「裁壽而不裁節」（亦即裁去壽禮，不裁節敬），情況稍好。
不過，吳大澂的擔憂後來被證明是多餘的。當年十月吳大
澂的母親生日時，廣東海關還是送來了禮金。吳大澂十月
十八日致吳大根的信中寫道：

> 母親壽辰，海關送來祝敬二竿，照例受之。茲屬
> 票號匯去，請以一竿呈請母親收用，以一竿歸入修理

1　1996 年 3 月 27 日 Christie's 紐約分公司拍賣吳大澂信札冊。

*圖 3-2

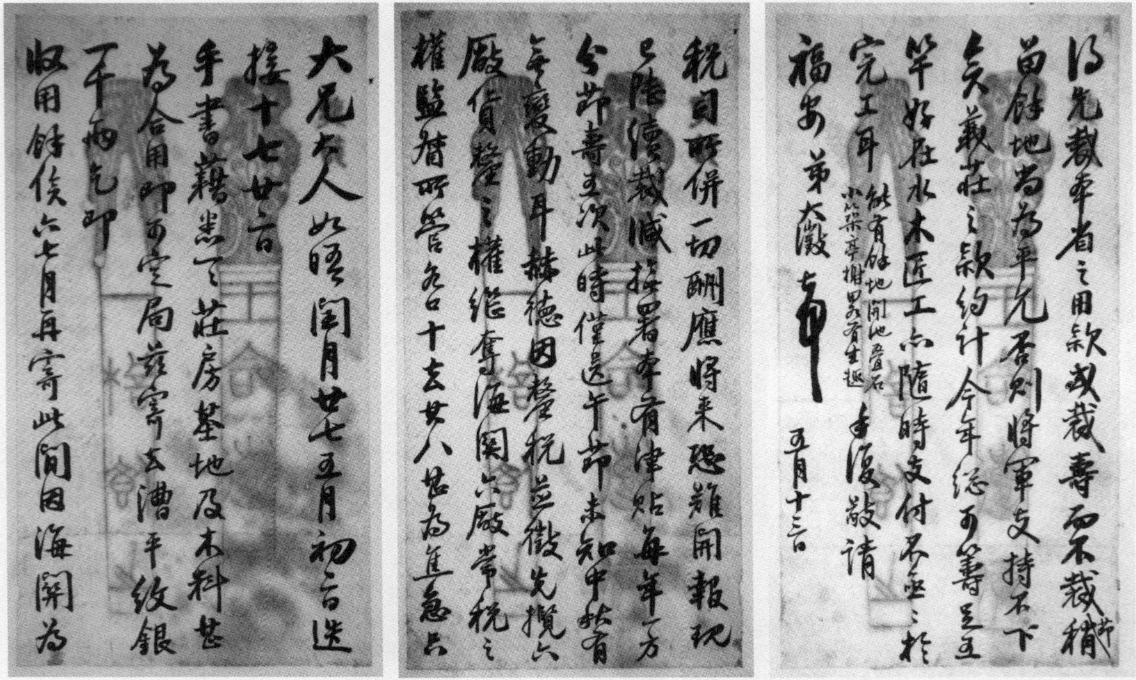

吳大澂 1887 年致吳大根信札
私人收藏　Mrs. Judith Smith
提供圖片

義莊之用。尊意想亦以為然也。[1]

　　這一年是吳大澂母親的七十四歲壽辰，並不是逢五、逢十的大壽，送禮多達兩千金，而且吳大澂還是「照例受之」，可見，以節敬與壽禮為名的津貼並沒有被裁去。如果不是吳大澂在下一年離任去河南治理黃河，他每年都能在母親的壽辰得到兩千兩賀金，亦即前面提到的「每年一方」中的一筆。在同年十一月初七日致吳大根的信札中，吳大澂再次談到了海關送的津貼：

　　　　海關每節二數現已照送，總可用一存一，因撫署每節送將軍都統，亦須五百金。署中節敬、節賞，約需四百餘，全賴海關一款為之抪注也。[2]

　　也就是說，廣東海關送給巡撫署的一萬兩津貼，分五次支付，每次兩千兩。但吳大澂也需用差不多一半的津貼來作為送給他人的禮金。

經營收入

　　很多晚清的官員為官時積聚財富，到手的銀兩扣除用項後的結餘部分，通常會投入經營，致仕後更是依靠投資收入來維持生活。晚清大收藏家顧文彬的日記和家書中有

1　《愙齋家書》第二冊，葉 22。吳湖帆注曰：「丁亥十月十八日。廿二日為韓太夫人七十四歲壽誕。」

2　《愙齋家書》第二冊，葉 24。

大量涉及生意的內容，如 1878 年六月初四日日記記載：

> 新得潘和豐醬園，有東西兩店，房屋、店貨、生財，約共七千餘金。先已成交，是日盤店，三兒、四孫及帳房友俱往。[1]

我們從顧文彬的日記和家書還能看到，在典當業比較發達的晚清，蘇州的退休官員收藏家如吳雲、李鴻裔、顧文彬等，都參與了典當業的經營。[2] 鍾佩賢（1850 年進士）在做京官時，把錢放在蘇州的典當舖，由吳雲照管。需要錢時，由吳雲寄到北京。[3]

吳大澂的經濟實力與上述收藏家相比差了很多。但是，當有一些錢不是急用時，他也會存入典當生息。在前引 1880 年三月初八日致吳大根的信中，他就提到了要把一千五百兩銀子「存典生息」。

1887 年七月初九日，時任廣東巡撫的吳大澂在致吳大根的信中說：「茲寄去漕平紋銀二千，乞代交典中存息（龐芸皋處如可存最好。數目不多，想易安置）。」[4] 龐芸皋即龐元濟（1864－1949）的父親龐雲曾（1833－1889），湖州南潯富商，存入他的典當或許能獲利較多。

1　顧文彬：《過雲樓日記》，469 頁。

2　顧文彬：《過雲樓家書》，葉 158。

3　參見 2014 年 12 月 14 日西泠拍賣公司秋拍，「鍾佩賢致吳雲信札」，編號 1133。

4　《愙齋家書》第二冊，葉 16。

禮金

關於禮金，在張德昌和張宏傑的研究中都多有涉及。李慈銘的日記詳細記載了在京期間收到的各種禮金，張德昌製錶列出，令人一目了然。張宏傑對曾國藩所收禮金的分析，則從體制、官場習俗、官員的心理等不同層面入手，更為深入。曾小萍曾這樣描述官場的禮金文化：「所有的官吏，從最底層的縣丞到總督，都定期向上司呈遞已成慣例、數目確定的白銀作為禮物。這些禮節包括上司的生辰規禮、新官到任的賀禮、拜見官員的表禮、每年主要節日的四節節禮。這些禮物數目可觀，尤其是省裏大員比如巡撫和布政使所收受的禮物。」[1]

我在上面討論「公費」時，已經涉及了廣東海關定期定額送給巡撫署的津貼。但是，晚清官場上不定期不定額的禮金饋贈名目遠遠多於曾小萍所述。正如張宏傑指出：「清代官場的基層官員需要向上級致送的禮金異常繁重複雜。」[2] 而禮金的收受可能還受制於很多我們依然了解不夠的慣例和習俗。由於吳大澂的友人翁同龢的日記中記載的禮金甚為詳細，我想從此入手，提出一個和晚清官員（包括吳大澂）收入相關的問題：禮金的收受與拒絕（特別是後者）受到哪些因素的制約？

讀翁同龢的日記不難發現，晚清官場上禮金的贈送、收受、謝卻的名目繁多，十分複雜。1858－1859 年，翁同

1　曾小萍：《州縣官的銀兩》，51－52 頁。

2　張宏傑：《給曾國藩算算帳（湘軍總督時期）》，110 頁。有興趣的讀者可參考
　　張宏傑在此書中給各種名目的禮金的描述和分析，見 110－118 頁。

穌任陝西鄉試的副考官,在任官期間和返回北京途中,一些地方官贈送的禮金他基本沒有接受。[1] 翁同穌為何退回禮金,原因不詳。而一向以廉潔自居的曾國藩,卻在 1842 年擔任四川鄉試主考官後返回北京的途中,對各省地方官的饋贈基本來者不拒。[2] 同為清官,個人的處境不同,對禮金的認知有異,對禮金收受的把握尺度自然也就會有所差別。可是到了 1862 年,翁同穌出任山西鄉試正考官,考試結束要返回京師時,對各方所送程儀卻又都接受了。[3] 為何與三年前的所作所為截然不同,難道是正副考官的身份差別使之如此?

在此後的政治生涯中,翁同穌位居中樞,官場人脈綿密廣泛,經常收到各種禮金(包括別敬、炭敬等等)。這在他的日記中,一般都會有記載,雖然難免遺漏。有意思的是,他經常收受禮金,也經常退回禮金。如 1869 年五月二十五日:「英西林以二百金贈,卻之(明日仍送來,使者

1　「沈棟泉暨各房官均有贈,卻之。」「王竹侯觀察贈百金,卻之。麟鹽道贈五十金,卻之。蕭令贈百金,力卻之。」「李惺夫贈百金,卻之。」「永濟令嶽玉溪(號昆圃)來見,有贈,卻之。」「張石卿大令來見,有贈,卻之。」「仍食王靜盦齋中,太守有贈,卻之。」以上都是翁同穌從陝西回北京的路途上地方官員送的錢。見《翁同穌日記》第一卷,40、57、60–62 頁。「有贈」有時指贈物。

2　參見張宏傑:《給曾國藩算算帳(京官時期)》,130–135 頁。

3　翁同穌 1862 年閏八月初六日日記:「九房公送折席銀一百兩。」十一日日記:「九房送程儀二百兩,又磨勘費廿五兩。」二十日日記:「是日同城各官送程儀八百兩(隨封一百)。」同月二十三日日記:「以千二百金託淩月槎會寄京師。」見《翁同穌日記》第一卷,257–260 頁。寄回北京的一千二百兩銀子即在山西所得各種禮金,包括程儀。

三返，仍受之，傷廉矣）。」[1] 英西林即滿族大臣英翰（1829－1876），此時正領兵剿捻軍，暫時回京營葬，給翁同龢送禮金。翁同龢連退三次，最後覺得再退簡直是太不給情面了，勉強接受，卻說自己是「傷廉」了。

1874 年四月十二日，翁同龢在常熟為母親守喪後，返回北京，途中路過蘇州，「撫、藩、吳縣、首府皆有贈，皆卻之」。[2]

翁同龢為何對巡撫、布政使（藩）和其他地方長官的禮金「皆卻之」，原因依然不詳。京官收受地方官或外放官員的禮金，似乎有慣例可依。翁同龢 1877 年三月二十九日的日記寫道：「龍芝生來談，贈六十金，卻之，向來試差回京無此應酬也。」[3] 龍芝生即龍湛霖（1835－1905），1876年秋任雲南鄉試正考官，回到京師後拜訪翁同龢，送上禮金。翁同龢以為有違慣例，不予接受。這說明，送禮金和接受禮金皆有一定規矩。

翁同龢 1883 年元月十四日的日記記載：

> 李丹崖從家來，長談，贈物受，贈金卻之。粵海崇（光）君有贈，卻之。[4]

1　《翁同龢日記》第二卷，727 頁。
2　這條記載之下，翁同龢列了送行官員名單。《翁同龢日記》第三卷，1074 頁。
3　《翁同龢日記》第三卷，1316 頁。
4　《翁同龢日記》第四卷，1757 頁。

五月二十一日：

　　薛叔耘（福成）、張屺堂（富年）兩觀察皆有贈，
受之。裕壽泉京尹（長）有贈，卻之。[1]

1885 年九月十四日：

　　李丹崖（鳳苞，出使德國大臣，從海外歸）來謁，
余曾識於雨生處，蓋崇明諸生，精洋學者也，臨行懷
中出二百金為贈，力卻之。李相國、王魯薌觀察皆有
贈，受之。[2]

　　上引三條日記都在同一天裏對禮金有受有卻，卻沒有
告訴我們背後的原因。

　　在吳大澂其他友人的日記和書札中，也不時能見到類
似的記載。張佩綸的日記記載：1885 年五月十三日，「胡
守三寄百金來，作書卻之」。九月二十八日，「周子玉寄百
金，璧之」。1888 年春，張佩綸返鄉，三月二十四日，「伯
平遣記來，贈贐二百金」。三月二十六日，「午後張令遣使
來送贐，卻之並覆一書」。[3] 胡守三乃胡傳（1841－1895），
曾為吳大澂幕僚，雖無甚功名，然為人幹練。吳大澂與張
佩綸友善，胡贈送禮金或許也有建立關係之考慮。周子玉

1　《翁同龢日記》第四卷，1877 頁。

2　《翁同龢日記》第五卷，2008 頁。

3　張佩綸著、謝海林整理：《張佩綸日記》上冊，59、86、184 頁。

即周懋琦（1836－1896），1885 年任福州船政局提調，張佩綸曾在 1884 年任福建船政大臣，但在同年十二月就因馬江之戰的失敗而被革職，兩人在公務上似無交集。這些禮金為何被退，原因依舊不明。

香港中文大學文物館收藏了吳大澂的結拜兄弟、晚清官辦商人盛宣懷的友朋信札逾萬通，其中一些涉及退還禮金。曾官至吏部尚書、文淵閣大學士的孫家鼐致盛宣懷信札云：

> ……八月間由某號寄來之件，弟緣深知閣下之累，當由該號璧回。來函未曾提及是否收到，祈便中示及。[1]

孫家鼐又有致盛宣懷信札云：

> 承惠多儀，豈敢固卻。惟聞閣下積累尚多，正需清理廉泉分潤，實覺不安，仍交原號寄回。伏希鑒收。叨在世好，不敢效世俗之交際也。[2]

盛宣懷寄來的禮金全被孫家鼐原封不動地退回。吳大澂的老師俞樾（1821－1907）謝絕盛宣懷禮金之贈的信札寫得更妙：「閣下雖有金玉，幸勿見投，省兩邊費事。」[3] 譯成

---

1 王爾敏、陳善偉編：《近代名人手札真跡》，第六冊，2689 頁。這通信是次年初寫的，因為落款時提到新禧。

2 王爾敏、陳善偉編：《近代名人手札真跡》，第六冊，2694 頁。

3 王爾敏、陳善偉編：《近代名人手札真跡》，第九冊，4086 頁。

白話便是：我知道閣下很有錢，但是請不要匯款為盼，免得你寄來我再退回，兩邊費事。

在絕大多數的情況下，上引日記和信札只記載着「受」「受之」「卻」「卻之」「力卻之」「璧回」……至於為甚麼有些人的禮金收，有些人的不收，在大多數情況下並沒有給出具體的理由。「受之」通常易於理解，因為這畢竟是實實在在的銀兩，世上有幾人不喜歡？可這「卻之」又是為何？似乎更應該有它的道理。我們對送禮的習俗都比較熟悉，但是對退禮的各種慣例卻知之甚少。在中國古代的禮品文化中，全部或部分退還被贈與的物品，是常見的禮品文化實踐。[1] 禮金是「錢」，錢可以如物，當作「禮」來送。錢便於儲存，使用方便，為何拒之？是贈禮金者求其辦事，他不願意辦？還是有違送禮慣例，無法接受？由於記載簡略，要回答這些問題實屬不易。但如果我們能夠把大部分送禮的官員的背景（包括科舉、官職、籍貫、家庭）都查出來，找出和「受」「卻」對應的、帶有一定規律性的東西，則會對這一問題的理解有相當的推進。雖然這個工作量很大，但在「E 考據」的時代，未必不能做到，做到了將會是一個很有意義的貢獻。以我目前讀到的資料，似乎同年和門生的禮金經常被接受。例如翁同龢罷官後，饋贈禮金的

1 　關於這點，讀者可參見陳智超：《美國哈佛大學哈佛燕京圖書館藏明代徽州方氏親友手札七百通考釋》（合肥：安徽大學出版社，2001）一書，書中送禮的信極多，涉及退禮的信札亦複不少，如：第 1 冊，70、177、242、265、456、603 頁；第 2 冊，751、754、758、767、919、955、995、1030、1044、1087、1088、1089、1095、1102、1123 頁。

人大幅減少，友人（特別是門生）贈其禮金，則多收之。[1]可以推想，是收還是拒，和贈與人的背景及收受者的當下處境很有關係。

通過上面的例子不難看出，在吳大澂的時代和他的政治文化圈子，接受和退還禮金都是十分普遍的現象。那麼，吳大澂在翰林院任職時，是否也會收到各種禮金和團拜費呢？他出任學政和道臺時，是否收受過地方官吏、學生和其他人送的禮金呢？在他的日記和信札中，基本沒有這方面的信息。不過，我在上面不厭其煩地介紹他的友人收受和拒絕禮金的例子，就是想說明：按常情來推斷，吳大澂應該收過禮金。比如說，他在任陝甘學政的最後一年（1876）時，曾寫信給表弟汪鳴鑾，談到他離開陝西時會收到「程儀」，而且他會接受（詳細討論見後）。但是，吳大澂和翁同龢、張佩綸等同屬晚清政壇的「清流」，平素自我約束甚嚴，他大概也經常會退還禮金。只是資料闕如，我們不清楚他在禮金這部分收入的大約數額。

晚清官員可以接受他人一定數額的禮金，但若是利用職權向人索取銀兩，則被認為是索賄，觸犯朝廷的律令。翁同龢在日記中這樣記載：

1　翁同龢 1899 年十月二十八日日記：「柳門遣僕送廣西學政劉元亮（己丑朝殿，號菊農）函，並饋六十金，受之，知吾貧也，可感可感。」《翁同龢日記》第七卷，3288 頁。翁同龢是光緒己丑恩科的閱卷大臣，故劉元亮（1861－1908）為翁的門生。又見同書 3356 頁。

衡司阿（克占）、劉（篤康）來回，軍直房經
承餘翼朝向不安分，今聞向山東解硝委員索巨賄
（三千），已革之。[1]

作為官員，特別是掌握大權和實權的官員，還有各種
機會被人行賄，行賄也會以各種禮金的名義進行，關鍵在
於是否接受這些賄賂。吳縣張一麐在其撰寫的《吳大澂妻陳
夫人墓誌銘》中這樣寫道：「尚書撫湘，有武人介所親行賕
萬金，夫人立斥去之，其明於義利如此。」[2] 吳大澂擔任湖
南巡撫期間，有武官送上一萬兩銀子，走的是姨太太的路
子，但陳氏深明大義，認為此乃行賄，不為金錢所動，毅
然拒絕。總其一生，吳大澂是個相當清廉的官員，張一麐
所述基本可信。

其他

甲午戰敗，吳大澂被罷官，晚年的收入受到嚴重影
響。他開始變賣部分收藏，這也可以視為一種特殊的收
入。1895 年閏五月十五日，戰敗後回到湖南的吳大澂在致
吳大根的信中寫道：

> 弟致萊臣一書內有書畫單。弟思古畫文玩皆身
> 外之物，不如做些好事積德，以貽子孫。湘中五月無

1　《翁同龢日記》第四卷，1863 頁。

2　此墓誌銘由武進莊蘊寬書丹，吳縣汪榮寶篆蓋，篆蓋為「清故貤封一品夫人
　　吳副室陳太夫人墓誌銘」。

雨，步禱半月不應，旱象已成，弟勸鄉民掘井，每口津貼錢二串。又直隸水災，捐銀五百兩。望囑萊臣匯銀四千，以資應用……書畫隨後再寄，如不願留，即作暫抵亦可。[1]

兩個月後，在七月八日致吳大根的信中，吳大澂談道：

六月廿七日接奉十五日手書並萊臣所寄蘇漕平銀二千兩，當先付收條一紙。[2]

在八月初二日寫給侄子吳本善的信中，吳大澂又說：

擬送龐萊臣四王惲吳二十軸，茲交許鋐帶去十軸。其餘在家者，乞為檢齊，一併送去。前寄二竿已收用，如有續交之款，乞留蘇用（葬費即在此款內動用），不必匯湘也。[3]

1　《愙齋家書》第四冊，葉 21－22。

2　《愙齋家書》第四冊，葉 26。

3　《愙齋家書》第四冊，葉 32。吳大澂在信後附了二十軸的單子：「王煙客絹本山水軸。王煙客金箋山水軸（在家）。又設色山水軸（在家）。王廉州仿巨然大障。又仿范華原立軸。王廉州仿黃鶴山樵萬松蕭寺圖（在家）。王麓臺水墨山水二軸（在家。一軸維揚道中作，一軸七十三歲作）。設色山水一軸。王石谷松石立軸。送暘谷山水軸，仿李營丘（在家）。又仿癡翁夏山圖。寫蘇子美詩意。惲南田秋水征帆。又梅花竹石。惲南田仿黃鶴山樵玉山草堂圖（在家）。吳漁山湖山春晚圖（在家）。吳漁山為兩公作山水軸（在家）。吳漁山水軸（蘇鄰題簽，在家）（吳漁山五軸均未帶來，送去十軸皆有圈，未圈者在家）。」

以上是對吳大澂各種收入的一個粗略的描述。張仲禮在《中國紳士的收入》一書中這樣寫道：「官員收入的構成……非固定的但經實行和習慣而變成合法的額外收入，遠遠超過規定的並記錄在案的正式俸祿和津貼。」[1]他還估算了主要的漢族地方官員每年的額外收入，認為一個道臺每年的額外收入在七萬五千兩，布政使及漕督、河督每年的額外收入為十五萬兩，總督和巡撫每年的額外收入為十八萬兩。[2]吳大澂擔任過道臺、河督和巡撫，但是若從他的家書涉及的收支，以及與友人、古董商因購買古董的通信（見以下的討論）來看，張仲禮的估算遠遠地超出了吳大澂的實際收入，很可能存在嚴重誤算。

　　那麼吳大澂的年收入究竟多少呢？他在河南任道臺期間，綜合考慮其所得養廉、公費及寄回家的款項，他的年收入可能在二萬至二萬五千兩兩之間。他任廣東巡撫後，收入應該有所提高。乾隆年間規定廣東巡撫的養廉銀為一萬三千兩。如果這一規定沒有很大變化的話，光是養廉銀加公費就超過了兩萬，如果還有其他收入的話，年收入達到三萬至三萬五千兩是完全可能的。由於對各類禮金的收受情況不詳，我們很難準確地計算出吳大澂每年的收入。

1　張仲禮：《中國紳士的收入》，32頁。

2　同上，39頁。

二、吳大澂的主要支出

吳大澂的支出可以分為幾大宗：1. 日常生活費用；2. 寄回家鄉蘇州的錢；3. 建設義莊的款項；4. 購買南倉橋新宅的款項；5. 聘請幕僚的支出；6. 紅白喜事開銷；7. 編書、刻書費用；8. 各類善款；9. 禮金及送給京官的炭敬、別敬、團拜費；10. 收藏古董的支出。

日常生活費用（包括應酬）

從記載來看，吳大澂是比較節儉的。他為外官後，可以住在官署，所以本人日常生活費用佔整個開支的比例不大。吳大澂 1868 年就已成進士並選為翰林院庶起士，在蘇州為繼祖母守喪後，於 1871 年回到北京翰林院，參加散館考試。初抵京後，吳大澂在二月二十九日致其兄吳大根的信中說：

> 此間租屋後，事事創始，共費百數十金，尚多不備。日用一切，均照柳門處所定，包飯每桌七百文，煤火每日九百文，飯米每人十二兩，至為省儉。每月總須四十金外。目前僅餘三百金。[1]

---

1 《愙齋家書》第一冊，葉 3-4。

看得出來，吳大澂的日子過得相當簡樸。在 1872 年九月十九日致吳大根的信中，吳大澂甚至提到，他準備在京招生，輔導舉子業，以此來增加收入。[1] 以後吳大澂的經濟改善後，依然過着簡樸的生活。

在吳大澂的日常開銷中，有一項我們還不是很清楚，就是應酬費用。晚清官場的應酬十分頻繁，尤以京師為著。李慈銘的日記和總理衙門章京楊宜治（約 1845－1898）的《懲齋日記》都記載了相當頻繁的飯局，以至於私人應酬比公事還要繁忙，這自然也開銷不小。[2] 吳大澂的摯友顧肇熙（1840－1910）在其日記中，也記載了 1870 年代初北京頻繁的聚會和飯局，當時吳大澂經常參加這類活動。[3] 在張佩綸的日記中，則記載了 1878 年十月至 1879 年正月期間，吳大澂在北京時與張佩綸、張之洞、汪鳴鑾、顧肇熙、曾之撰等甚是頻繁的雅集。[4]

寄回家鄉蘇州的錢（包括過年的年敬和給下人的賞錢）

吳大澂是大孝子，為官後經常給母親、哥哥、侄子寫信，與家鄉的親人保持着密切的聯繫，並一直匯款供養老母，接濟家用。吳大澂在 1880 年三月十六日致吳大根的信

1　《愙齋家書》第一冊，葉 5。

2　李文傑：《總理衙門章京的日常生活與仕宦生涯 ——〈懲齋日記〉與楊宜治其人》，《中央研究院近代史研究所集刊》第 70 期（2010），65－71 頁。

3　參見蘇州圖書館藏《顧肇熙日記》（稿本）第五冊（同治辛未五月朔日，訖同治壬申十二月十三日）。

4　張佩綸著、謝海林整理：《張佩綸日記》上冊，1－11 頁。

中說：「家中用款，仍託日昇昌按月匯寄百二十金。」[1]1880
年六月十八日，吳大澂致吳大根的信中說：

> 前託日昇昌匯寄家用，每月壹百二十金，可作四
> 月底截止。五月以後，即由念劬處寄去，如蘇市有可
> 就近劃用之處，望與念劬商之，弟由此間陸續寄還阜
> 康可也。[2]

以每月一百二十兩計算的話，吳大澂每年寄回家的錢
約一千五百兩。

除了每月寄蘇州的錢外，到了年底，吳家送給親友
和下人的禮金，亦由吳大澂匯寄。吳大澂在 1879 年十月
二十八日致吳大根的信中說：「今年用款較繁，一切未能寬
裕。家中年敬擬託日號匯寄五百金，乞為換洋分送。」[3]

這一年為建義莊，吳大澂已經給家鄉寄了很多錢，所
以在年底寄錢回家時囑咐將送禮的「銀兩」改為「銀元」（一
個銀元約為銀 0.72 兩），如果原來送三十兩，現在送三十
元，依然是個整數，但實際上禮金的費用卻減少了。1880
年十一月十一日，吳大澂給蘇州寄了六百兩，其中五百兩
用作年敬，請哥哥「換洋代為分送」。[4]1887 年十二月十四
日，又到了要給家裏匯年敬的時候，吳大澂寫信給吳大

1　《愙齋家書》第一冊，葉 37。
2　中國國家圖書館藏《吳大澂書札》（編號 4803），第八冊，葉 6。
3　《愙齋家書》第一冊，葉 33。
4　《愙齋家書》第一冊，葉 39。

根，再次提到「換洋」：

> 銀二百兩轉呈母親大人年敬，以資零用。外四百
> 兩乞代換洋，以五百元為饋歲之需。亦請母親大人酌
> 量分送，或增或減，皆無不可，愧不能豐耳。小坪曾
> 叔祖曾有書來，應否於歲暮另送三十元？乞酌之。今
> 年署中用度較費，又有意外之捐款。[1]

由上可見，吳大澂每年寄給家裏的年敬在四百兩至
六百兩之間。

吳大澂還常接濟在京師為官的弟弟吳大衡（運齋）。
1880 年十一月十一日，吳大澂告訴哥哥，弟弟吳大衡請他
在下一年開始每月寄四十兩以資家用。1887 年三月十七日
致吳大根的信中說：

> 此間用度，除家用、署用及京寓匯款外（運齋處
> 月寄百金），每月約可餘三四百金。[2]

從 1879 年開始，如果沒有特殊的紅白喜事，吳大澂每
年寄給家人的生活費約為二千兩（包括年敬），1881 年後約
為二千五百兩。

1　《愙齋家書》第二冊，葉 28。
2　此札提到「柳門於前月十九日出棚，按試高州」，正是汪鳴鑾任廣東學政時，
　　所以寫於吳大澂在廣東巡撫任上。此札見 1996 年 3 月 27 日在 Christie's 紐約分
　　公司拍賣吳大澂信札冊。

建立義莊的款項

前面已經提及，吳大澂的父親在世時，一直希望吳氏家族能有自己的義莊。吳大澂從 1879 年擔任道臺後，就開始寄錢回家建立義莊。一直到 1889 年，還在為義莊的建設寄錢（見下引 1889 年二月二十五日從河南致其兄吳大根的信），先後為此花費了很多錢。義莊和家族的事，全由吳大根操辦。吳大澂在 1879 年閏三月初九日致吳大根的信中，第一次提到了建義莊之事：

> 以後節省用度，略有贏餘，擬置義田五百畝為建莊之本，大約秋冬之間，此願可償。再籌三四竿，置一莊房，小小規模，立定基址，俟光景積裕，再為擴充。吾兄預為留意次第佈置，以承先志。其款當於七八月間陸續匯寄。趁健帥任內代為奏定，可省一切零費。此亦吾兄弟平日心願，急欲辦理之第一事也。[1]

五月初七日的信中說：

> 中秋節後，約可湊寄四竿為義莊之用。[2]

六月初七日，吳大澂把「四竿」改為了「五竿」，想必籌款相當順利：

1　《愙齋家書》第一冊，葉 21。

2　《愙齋家書》第一冊，葉 23。

……所購八百畝甚為湊巧，中秋可寄五竿。年底有寄都之款，未識能餘三四數否？[1]

四天后，亦即六月十一日，吳大澂又給吳大根去了一信：

茲託日昇昌匯去庫平足紋銀二千兩，乞先收入，餘俟中秋前再寄。[2]

六月二十九日寄大根的信中談到義莊規條，又說：

古市巷基地，索價若干，如尚寬展，不妨購定。多籌一二千金，尚不十分竭蹶，中秋節前當屬日昇昌匯寄五竿，年內總可湊足一草（謙慎按：「一草」為一萬的別稱），購定位址，將來逐漸興工，較為容易。[3]

吳大澂是在 1879 年三月六日接印的。當道臺三個多月後，就估計自己年內能湊足一萬兩寄回家辦義莊，可見地方官收入之高。況且吳大澂任官之地，屬於經濟比較貧窮的地區，又正值水災，依然可以有如此之高的收入。九月十七日，吳大澂致吳大根的信中說：

1　中國國家圖書館藏《吳大澂書札》（編號 4803），第四冊，葉 7。
2　《愙齋家書》第一冊，葉 24。
3　《愙齋家書》第一冊，葉 27。

茲寄上蘇漕平足紋銀三千兩，又下人分賬壹百六十兩（內給藍寶三十兩），望即察收。以後須年底再寄。都中用款，約須三四數，年內未能寬裕也。[1]

十月二十八日，吳大澂致大根信中說：

　　月初託日號寄去兩竿，又振之寄還五十金，計冬月中旬必可達到。[2]

這「兩竿」應該用於（或部分用於）義莊建設。

在此後的十年中，為了義莊之事，吳大澂陸續向蘇州寄錢。1880年二月十三日，吳大澂在給吳大根的信中說：

　　茲託日昇昌匯去蘇漕平銀三千兩，以了莊田一款。刻下尚有養廉二季未領，公費一月，盤費之外，略有盈餘，亦尚從容也。[3]

三月初八日致吳大根信中，又提到寄去的二千兩中的五百兩用於「歸還莊尾款」（見188頁）。十月初五日，已在吉林的吳大澂在給吳大根的信中寫道：

1　《愙齋家書》第一冊，葉30。
2　《愙齋家書》第一冊，葉35、37。
3　《愙齋家書》第一冊，葉34。中國國家圖書館藏有一通類似內容的信，也寫於二月十三日，後附一紙：「前託日昇匯去千金，阜康匯去四百金，未知已達到否？」見中國國家圖書館藏《吳大澂書札》（編號4803），第四冊，葉15。

昨接九月十七日手書，藉悉一切，所需八竿之數，前月在省已先匯去三竿，想十月望後必可寄到。茲又託日昇昌匯去兩竿，計須出月始到。餘俟明春再寄，因年節一款，尚須留作都門炭費，約在三竿左右也。[1]

吳大澂九月（即信中所言「前月」）所寄三千兩銀子，當用於支付義莊建設之款。1880 年，吳大澂從河南和吉林共給家鄉寄了八千五百兩銀子，用於義莊建設。

存世作於 1881 年到 1886 年期間的家書不算少，但是，寄款回家建設義莊的信息闕如。1880 年三月十六日，吳大澂在浚縣舟次寫信給吳大根一札與前引三月八日一札內容相似：

前託日昇昌匯京二竿，盡此用之實有不敷，不過再借數百金，恐虧累難以彌補耳。前寄兩竿內，以五百金歸還莊田尾款，其餘擬託五叔父存典生息，俟到津後，再於盤費內提出五百金，湊足兩竿，以此息銀為弟婦等月費，恐至吉林未能源源接濟耳。[2]

最後一句似乎告訴我們，他在吉林的收入低於河南。1886 年三月初六日，吳大澂在吉林琿春寫給吳大根的信中

1 《愙齋家書》第一冊，葉 38。
2 《愙齋家書》第一冊，葉 36。

說：「新蓋花廳如有需款，望屬念劬墊匯，將來劃算。」[1] 這是目前筆者僅見的匯自吉林的建設之款。

1887 年二月，吳大澂抵達廣州任廣東巡撫，又開始加快了匯款的速度。四月二十三日，他寫信給吳大根說：「義莊之款，久未得寄，茲託日昇昌匯去漕平銀一千兩，並母親節用銀二百兩。」[2] 不到一個月後，吳大澂又給家裏匯了建莊之款。他在五月十三日致吳大根的信中說：

> 閏月廿七（謙慎按：是年閏四月）、五月初二日迭接十七、廿二日手書，藉悉一一。莊房基地及木料甚為合用，即可定局。茲寄去漕平紋銀一千兩，乞即收用。餘俟六七月再寄。……義莊之款，約計今年總可籌足五竿。好在水木匠工亦隨時支付，不亟亟於完工耳（能有餘地，開池迭石，小築亭樹，略有生趣）。[3]

六月一日，吳大澂在致吳大根的信中說：

> 五月中接奉手書，知前匯一竿已收到。端陽節後本可再寄一竿，適翰卿來粵，帶到銅器數種及零星字

1　1996 年 3 月 27 日在 Christie's 紐約分公司拍賣。由於吳家在 1884 年購置南倉橋新居（詳見下），我們不能確定這新蓋的花廳是屬於義莊的還是南倉橋新居的。

2　《愙齋家書》第二冊，葉 12。

3　此札見 1996 年 3 月 27 日 Christie's 紐約分公司拍賣吳大澂信札冊。上海圖書館藏《愙齋公遺墨第三冊》（有「吳氏家藏」白文印）所收一殘札：「五月中旬曾泐一函，並匯去義莊地價銀一千兩，票號已將收條寄到矣。」信中提到「弟自己已年在家度夏後，一十八年不見……」由此可以推算出，此札書於 1887 年，可與紐約拍賣的信札互證。

畫，擇其佳者留之，已費不貲矣。義莊之款，擬於望後再匯一竿，屬崧孫交票號寄去可也。[1]

吳大澂本計劃在五月十五日（端陽節）之後寄一千兩，但因為買了古董，未能實現。七月初九日，吳大澂寫信給大根：「建莊之款，八月再寄。」[2] 八月是否如約寄見莊之款，因無家書為據，不詳。但在九月十五日的家書中，吳大澂提到：

茲託票莊匯去千金，備義莊工程之用。[3]

七天后（九月二十二日），吳大澂在家書中又寫道：

（義莊之款）十月內有餘款，再行匯上。[4]

吳大澂所說的十月內可能有的餘款，即為廣東海關送給母親的壽敬。他在十月初八日的家書中寫道：

月之十三日為母親壽辰，粵海關有例送祝敬，想未必裁。俟有餘款，當寄作修莊之用。[5]

1　《愙齋家書》第二冊，葉 14－15。「崧孫」應即為松孫，吳大澂夫人陸氏的胞弟，名保安。
2　《愙齋家書》第二冊，葉 16。
3　《愙齋家書》第二冊，葉 19。
4　《愙齋家書》第二冊，葉 19。
5　《愙齋家書》第二冊，葉 21。

不久，廣東海關果真送來了壽敬。吳大澂在十月十八日家書中寫道：

> 十三日母親壽辰，海關送來祝敬二竿，照例受之。茲屬票號匯去，請以一竿呈請母親收用，以一竿歸入修理義莊之用。[1]

十一月初七日，吳大澂在給哥哥的信中談到，他已經得知義莊的房屋工程已完成五六分，甚為欣慰。他估計年底能匯去一千兩。[2] 一個月後，他果真如期匯款。在十二月十四日致吳大根的信中，吳大澂寫道：

> 茲屬崧孫交票莊匯去銀一千兩，乞收入。義莊用款，如年底開發工作尚有不敷，望將前存之兩竿先行提用。本以備緩急之需，非圖此區區生息也。[3]

1887 年這一年，吳大澂給家裏共寄了五千兩用於建設義莊，如果動用了七月已經存典生息的二千兩，這一年用於義莊的銀子可能為七千兩。

1888 年匯寄義莊之款的記錄闕如。目前能見到吳大澂最後一筆用於義莊的錢是 1889 年二月二十五日從河南致吳大根的信中提到的：「義莊公費，遲至春莫，必可匯寄一

1　《愙齋家書》第二冊，葉 22。
2　《愙齋家書》第二冊，葉 24。
3　《愙齋家書》第二冊，葉 28。

竿。」[1] 這一年寄的義莊款保守估計也有三四千，只是沒有留下相關的家書。

義莊建設的費用是吳大澂為官以後最大的開支，始於1879年，迄於1889年，前後歷時十一年。其中，第一、第二年為購買八百畝土地，花費最大。1879年吳大澂寄回家一萬兩，1880年八千五百兩。此後九年，除了已知的1887年七千兩外，其他八年匯了多少不詳，如以每年二千兩計算的話，為義莊支出的費用總計在四萬兩左右，這在吳大澂的支出中佔去了很大的比例。

購置南倉橋新宅

1884年，吳家在南倉橋購入新宅。吳本善在《瑞芝堂記》中寫道：「光緒甲申，先人以子姓漸繁，舊居偪仄，買宅於十梓街東，因顏堂曰瑞芝，不忘其朔也。堂建自宋代，梁棟雖微傾欹而材實堅好，雅不欲以六百餘年舊廬輕事改作，乃粉飾塗澤以居之。」[2] 據吳湖帆所言，此乃清宋牧仲撫吳時舊居。雖然我們不知吳大澂究竟花了多少錢，但是此宅原為清初江蘇巡撫宋犖的舊宅，價格必定不菲。這或許也能說明為何在吳大澂赴吉林至任廣東巡撫前這段時間很少提及義莊之款，大概也和購買南倉橋新居所費不少有關。

1　《愙齋家書》第二冊，葉49。

2　轉引自吳湖帆：《吳乘》，載《古今》48期，葉12。參見鄒綿綿：《晚清學者、湖南巡撫吳大澂故居逸事》，《中國文物報》2014年2月12日。

聘請幕僚的支出

官員出資自行招募幕友協助辦理公務，是清代政治的一個重要特點。吳大澂在被任命為陝甘學政後的第一件事，便是在蘇州招募幕友。1873 年八月初五日，吳大澂在家書中寫道：「惟學政所賴者幕友，所難者亦惟幕友。同鄉在京下場者，皆願赴豫，不願赴陝。」[1] 所以，他在家鄉請幕友時，要先派專人送上聘金十兩，另給盤費（川資）五十兩或一百兩，共聘五人（見同信）。次日吳大澂在寫給吳大根的信中談到了以自己的收入聘請幕僚：

> 向例學政幕友每年修金，秦關之數若陝甘，地遠而事煩。修少，斷不肯去。至少須二十金一月。計弟一任廉俸及棚費所餘，未必能多，然應用不能不用。譬得試差，能剩三四千金，亦不為少也。[2]

吳大澂在信中談到，因為陝甘路途遙遠，從家鄉聘請幕友要貴許多。如果一個幕友的年收入為二百四十兩的話，五個幕僚的修金就要一千二百兩，加上川資和聘金，大約在一千六百兩。此外，吳大澂還要自費印《弟子箴言》等書（是否最終由學生購買，不詳）和帶六七個僕人同赴陝甘。[3] 因為開銷不小，吳大澂預計自己的養廉銀和出棚費（亦即監考所得費用）將所剩不多。

1　《愙齋家書》第一冊，葉 11。
2　《愙齋家書》第一冊，葉 12。從吳大澂的信中所知，其所聘幕友多為蘇州人。
3　《愙齋家書》第一冊，葉 13－14。

幕友酬薪多少和幕主的養廉銀、路途、當地生活水準有關。1892 年七月八日，吳大澂在被任命湖南巡撫後，寫信給侄子吳本善（訥士，1868–1921）說：

> 湘省只有養廉，折實銀七千兩，幕友不能多請。已訂楚卿叔專辦錢席，厚甫教讀兼書啟，約送每月八兩。姚荷卿屢言願就外館，邀之同去，亦送八金，令其學習書札，如有閱卷等事，兩人皆可加修也。胡子英亦願隨行，京官中多為推載，只好位置帳房一席，兼管書畫金石，最相宜耳。[1]

1873 年聘請幕友每月二十兩，1892 年每月八兩，聘金非但沒有漲，反而降了。但是需要注意的是，學政幕友的主要工作之一是閱卷，所以聘金高。所以吳大澂說，幕友如有閱卷之事，可加修金。

紅白喜事開銷

中國傳統社會多是大家庭，講究人際關係的維繫。親友、老師、上司、同僚的家中有人結婚，要送喜敬；有人去世，要送賻儀；自己、親兄弟的子女結婚，也要花費，紅白喜事的開銷著實不少。翻開《李鴻章全集》的書札卷便可看到，1892 年夏季，李鴻章的繼配趙小蓮逝世，他寫了許多信感謝那些送了輓聯、祭幛、賻儀的人。[2] 吳大澂家書所記

---

1 《愙齋家書》第三冊，葉 2。
2 《李鴻章全集》第 35 冊，合肥：安徽教育出版社，2007 年。

載的紅白喜事都和家族成員有關，其中提到的銀兩讓我們可以推測這方面花費的大概。

吳大澂在 1880 年三月十六日致吳大根的信中提到：「偉如、柳門兩處奠分，擬各送五十金，五妹處甥女喜分亦送五十金。」[1] 友人潘霨（偉如，1816－1894）、表弟汪鳴鑾家中有人去世，吳大澂送去了奠分各五十兩。1888 年，吳大澂的舅舅去世，他送去一百兩。[2] 1893 年六月，吳大澂的五妹、沈樹鏞（1832－1873）夫人去世，吳大澂送奠分一百兩。[3] 可見，送人的奠分在五十至一百兩之間，依親疏來定多少。

吳大澂五妹的女兒結婚，吳大澂送了五十兩賀禮。但若是親兄弟的子女結婚，送的銀兩要多得多。1887 年，弟弟吳大衡的兒子吳本齊（卓臣，1868－1923）結婚，吳大澂在三月十七日致吳大根的信中說：

> 卓臣喜事擇定八月廿四日吉期。屆時弟婦小女輩亦可到蘇，必形熱鬧。所需六百金，已屬源豐潤劃交運齋。如留京寓之用，當再另匯亦可。[4]

---

1 《愙齋家書》第一冊，葉 37。

2 1888 年，吳大澂被調任署理河東河道總督，這年的年底他在寫給吳大根的信中說：「本擬還柳門代送母舅奠分百金，如未扣除，由蘇劃還可也。」「柳門」即汪鳴鑾，吳大澂的表弟，他倆的母親為親姐妹，母舅去世，吳大澂送一百兩銀子作為奠分。見上海圖書館藏《清人手札》之四《吳大澂信札》。

3 《愙齋家書》第三冊，葉 20。

4 此札見 1996 年 3 月 27 日在 Christie's 紐約分公司拍賣吳大澂信札冊。其中提到「柳門於前月十九日出棚，按試高州」，這正是汪鳴鑾任廣東學政時，所以寫於吳大澂在廣東巡撫任上。

七月十一日吳大澂在致吳大根的信中又提及吳本齊的
婚事：

> 卓臣喜用前由京號劃去一竿，如不敷用，由兄處
> 酌量墊付，念劬處尚存五百餘金，留備緩急取用耳。[1]

這已經不是簡單地送喜分了，而是吳本齊的結婚費用
差不多全由吳大澂來負擔，所花超過一千兩。吳大根的兒
子吳本善結婚時，吳大澂想必也寄出了數額相當的銀兩。

1893 年，吳大衡的女兒結婚，吳大澂的女兒也和張之
洞（孝達）的兒子訂了婚，置辦嫁妝的預算各為一千兩。
1893 年三月十五日，吳大澂致吳大根信談及侄女和女兒的
婚嫁：

> 小女吉期尚未諏定，達公來書約在明春，亦未便
> 過催，製備衣服稍可從容。四月以前養廉、公費提出
> 千金，寄運齋嫁女之資。五、六、七、八月又可省出
> 千金為小女製備嫁衣，無須動用存款也。愙齋善於籌
> 公而不善圖私，惟有一味節省而已。一笑。[2]

吳大澂有六個女兒，長女早夭。如果每個女兒的嫁妝花
費一千兩銀子的話，他先後得花五千兩嫁女。而他弟弟（運

1　《愙齋家書》第二冊，葉 17。前一年的九月二十八日，吳大澂在致吳大根信中
　　談及，侄子吳本善結婚，他請人電匯喜敬。雖未及數額，大概總也和吳本齊
　　婚事的喜用相當。見《愙齋家書》第二冊，葉 7。
2　《愙齋家書》第三冊，葉 11。

齋）的女兒出嫁，置辦嫁妝也由他出錢。上海圖書館藏《愙公手書雜件另片及各家名片等等》中，有一張紙片，從字跡辨認，似為吳大澂生命最後幾年的書跡，上面寫着：「前存摺印三千兩，擬提五百兩為六女嫁資，留五百兩為七女嫁資，以一千兩作為小妾養贍之費，以一千兩給三官。」此時的吳大澂，經濟拮据，最後兩個女兒的嫁資只有各五百兩。[1]

1894 年是慈禧皇后的六十大壽。為了慶典，從上一年的下半年開始，官員的養廉銀扣二成。1893 年七月初六日，吳大澂在寫給侄子吳本善的信中提到：「自七月起，養廉須扣二成，報效慶典也。」[2] 吳大澂在十二月十八日致顧肇熙的信中也說：「敝處俸廉所入，勉可敷衍。近以慶典報效，一律核減二成，歲事崢嶸，正形竭蹶。」[3] 扣了兩成的養廉銀，吳大澂每月花費之後的結餘就不多了。1894 年正月吳大澂在寫給吳本善的信中說：「每月養廉約可餘二三百金。」[4]

為了慈禧太后的慶典，各省大員不但養廉銀被扣了兩成，還要奉上貢品。吳大澂 1894 年六月二十八日寫給吳大根的信中詳述如何應對此事：

1　俞樾撰吳大澂墓誌銘稱吳大澂有六個女兒（見顧廷龍編著：《吳愙齋先生年譜》所附拓片），吳大澂稱最小的女兒為「七女」或有他因。

2　《愙齋家書》第三冊，葉 20。1894 年是慈禧太后的六十大壽。1893 年春，光緒下令成立慶典處，專門辦理慶典事宜。吳大澂此處所說的慶典，應是此事。

3　中國國家圖書館藏《吳大澂書札》（編號 4803），第六冊，葉 3–4。

4　《愙齋家書》第三冊，葉 48。

迭接運齋來書，知郎亭代捐知府，用去二千金。由仁昌匯蘇，若須報捐指省，必得另為籌借。昨已電致杏蓀，代借兩竿，由弟處歸還。今年正值嫁女，湘中無款可籌，因思浙省應備萬壽貢品，如未配齊，可為代配銅器、玉器一十八件（弟處尚有整玉如意，色甚白，而尺寸亦大）。函致越衢，屬其一詢谷翁。倘須代備，屬卓臣檢齊，交翰卿為之裝潢可也。玉器可備六七種，尚須託翰卿再配一二件，亦尚容易（前翰卿有信，蘇地有一玉瓶，約值六十兩），俟有便輪，當寄漢口。屬施子卿代寄上海春華祥，遇便即可寄蘇，如不用，即存家中亦可。……前為方伯代備貢品，以自藏銅器、玉器、瓷器湊入，餘銀千數百兩，留作今冬嫁女之需（鼎元捐官用四百數十金，亦在此款內劃去）。因思運齋捐款無著，再為谷士湊配數種，想其到任未久，貢品未必備齊也。[1]

這通家書內容豐富，需要仔細解讀。「郎亭」即汪鳴鑾，時任工部左侍郎。他在京為吳家人捐官先墊付了錢，吳大澂說這筆錢由他出。但吳大澂手頭緊，只得向結拜兄弟盛宣懷（杏蓀）借錢。這年吳大澂要嫁女，在湖南籌不到款，只能絞盡腦汁想辦法。在寫此信之前，吳大澂代湖南布政使（謙慎按：信中「方伯」即布政使之別稱）何樞（1824−1900）打理送慈禧太后的貢品，將自己收藏的青銅器和玉器湊入，省下了一千多兩銀子作為嫁女之資。吳大

1　《愙齋家書》第三冊，葉 64−65。

澂的親家廖壽恆（仲山，1839－1903）的胞兄廖壽豐（谷士，1836－1901）正好在 1893 年十二月被任命為浙江巡撫，因年底要封印，到浙江上任最早大概也要在二、三月間。[1] 吳大澂想起廖壽豐剛上任不久，或許尚未備齊貢品，便去函詢問是否可以代勞。如果廖壽豐同意，吳大澂也能得一千餘兩銀子，用於償還汪鳴鑾代墊的捐官銀兩。為了吳氏家族的利益，吳大澂真是操盡了心！

編書、刻書費用

吳大澂一生著述甚多，刻書、印書都是一筆不小的費用。他為官後，還曾贊助了族譜的修撰和刻印。1879 年吳大澂在致吳大根的信中說：

> 所示修譜一節，極應早辦。酌訂數人分任其事。藉資津貼一舉而兩善，將來付梓後校對錯字最為緊要，可屬俊卿、潤之互相參酌，須校兩三遍，舛誤或可略少也。經費先捐貳百金，擬於月內交日昇昌匯去。[2]

1886 年七月初四日致吳大根的信中說：「家譜刻印甚精，三年心血，成此巨觀，亦家政中第一要務。」[3]

1　為了準備獻給慈禧太后的壽禮，許多封疆大吏都為此費勁腦筋。讀者可以參見茅海建：《張之洞的別敬、禮物與貢品》討論張之洞送禮的問題，《中華文史論叢》2011 年第 2 期，1－100 頁；陸德富：《對〈張之洞的別敬、禮物與貢品〉的一點補充》，《中華文史論叢》2015 年第 1 期，391－395 頁。

2　《愙齋家書》第一冊，葉 19。

3　北京故宮博物院藏《吳大澂手札》（編號 00081529）。

吳大澂刻印的書，除了贈送友人之外，也銷售。1880年代末，吳大澂在致王懿榮的信中提到：

> 都門如有同志欲得敝藏印譜尚有七八部，可以分售：《十六金符齋印存》廿六本，每部四十金。《千鈢齋古鈢》九百餘紐，訂成八冊，每部八金。所費紙張印泥工本亦不少耳。[1]

吳大澂在 1890 年七月初二日致吳承潞的信中說：

> 毛上珍刷印《古玉圖考》能否於日內訂就，兄擬初六日送舍侄赴白門應試，欲帶往銷售耳。[2]

至於他銷售的書籍能拿回多少本錢，就不得而知了。

各類善款

從青年時代起，吳大澂就一直積極地參與地方的慈善事業，為官後依然如此，辦育嬰堂、節婦館……他為此投入了不少精力和錢財。他在 1879 年十月二十八日致吳大根的信中說：「弟在山西賑案內，陸續捐過七百餘金。」[3]

1892 年，吳大澂在記錄自己的支出時，寫下了善款一

---

1 此札無署款，裱在吳大澂 1884 年冬月初四日致王懿榮信札之後，但信箋、書法風格並不相同，書法為黃庭堅體，當書於 1888 年之後，與《十六金符齋印存》成書的時間也吻合。

2 中國國家圖書館藏《吳大澂書札》（編號 4803），第五冊，葉 31。

3 《愙齋家書》第一冊，葉 32。

項：「三百兩。」[1] 1892 年冬月二十一日，吳大澂在致吳大根的信中寫道：「保節堂年內可竣，已捐三千餘金。」[2] 1895 年閏五月十五日，吳大澂在致吳大根的信中說：「直隸水災，捐銀五百兩。」[3]

雖然類似的記錄不多，但吳大澂不時捐款贊助慈善事業，卻是可以肯定的。

禮金及送給京官的炭敬、別敬、團拜費

吳大澂為官時，會收到各種津貼和禮金，但是他也須從中拿出相當可觀的數額用作贈送將軍都統官署人員的節敬。上引吳大澂在廣東巡撫任上於 1887 年十一月初七日致吳大根的信札云：

> 海關每節二數現已照送，總可用一存一，因撫署每節送將軍都統，亦須五百金。署中節敬、節賞，約需四百餘，全賴海關一款為之挹注也。[4]

也就是說，凡是吳大澂在廣東每年收到海關送的一萬兩津貼中，有三千兩左右在當地就作為送他人的三節節敬了。

除了送給當地的官員和署僚的節敬，吳大澂還有幾宗

1　上海圖書館藏《愙齋公手書金石書畫草目不分卷》（稿本，編號 859762）。

2　《愙齋家書》第三冊，葉 42。吳大澂此處所說的捐款，似是他募捐到的款項，但他本人起碼是參與其中的。

3　《愙齋家書》第四冊，葉 22。

4　《愙齋家書》第二冊，葉 24。

大的禮金開銷，都是送往京師的。吳大澂的老師、晚清重要的思想家馮桂芬（1809－1874）在《厚養廉議》中曾這樣寫道：

> 大小京官莫不仰給於外官之別敬、炭敬、冰敬。其廉者，有所擇而受之；不廉者，百方羅致，結拜師生、兄弟以要之。[1]

這段話既寫出了京官收入對外官饋贈的依賴，也說明了外官對京官送禮金的「義務」。吳大澂外放或任地方官後，每年年底都會往京師寄炭敬；離開京師時，也會有別敬，且數額可觀。

吳大澂寄往京城的炭敬，現存最早的記錄出現在1879年他在河南的道臺任上。六月初七日吳大澂致吳大根的信提及：「年底有寄都之款，未識能餘三四數否。」[2] 雖然吳大澂並未言明這是甚麼用途，但是從時間和匯款的目的地來看，當為炭敬無疑。九月十七日的信又說：「須年底再寄都中用款，約須三四數。」[3] 也就是說，吳大澂計劃在年底寄往北京炭敬三四千兩。

1880年吳大澂任吉林事務幫辦，他在十月初五日致吳大根的信中說：

1　葛士濬輯：《皇朝經世文續編》卷十六，「吏治一」，臺北：文海出版社，1972年，12頁。

2　中國國家圖書館藏《吳大澂書札》（編號4803），第四冊，葉9。

3　《愙齋家書》第一冊，葉38。

年節一款，尚須留作都門炭費，約在三竿左右
也。[1]

當手頭拮据時，吳大澂便會減少寄往京師的炭敬。1887
年三月十七日，時任廣東巡撫的吳大澂在致吳大根的信
中說：

此間用度，除家用、署用及京寓匯款外（運齋處
月寄百金），每月約可餘三四百金。大約都中酬應，
不能周密。香帥向不送炭，只可仿法之。否則入不敷
出矣。[2]

「香帥」指時任兩廣總督的張之洞，他和吳大澂同屬清
流，平素也甚是廉潔。[3]

同年十二月十四日，吳大澂寫信給吳大根說：

今年署中用度較費，又有意外之捐款。……都
門炭敬，僅寄千五百金，師門及三邑同鄉略為點綴而
已。僕人節賞五十金，又賞沈貴十金，一併寄去。[4]

1　同上。

2　此札見 1996 年 3 月 27 日在 Christie's 紐約分公司拍賣吳大澂信札冊。此札提到
　「柳門於前月十九日出棚，按試高州」，正是汪鳴鑾任廣東學政時，所以寫於
　吳大澂在廣東巡撫任上。

3　但是，張之洞有時也會送禮的：如翁同龢 1869 年四月二十八日日記記載：「張
　香濤寄五十金。」《翁同龢日記》第二卷，723 頁。茅海建的《張之洞的別敬、
　禮物與貢品》專門了討論張之洞送禮的問題。

4　《愙齋家書》第二冊，葉 28。

1893 年十一月十八日，正在湖南巡撫任上的吳大澂致信在京師任官的汪鳴鑾，請其代送炭敬：

　　　　昨交摺弁帶去一緘，計封印前必可達覽。茲託蔚盛長匯去京松銀二千兩，以柏葉一尊（謙慎按：即一百兩的雅稱）聊佐椒盤，乞哂存之。令單一紙，敬祈飭紀分送。附去四信並察入，餘信陸續寄去，或後信到遲，年敬亦可先送也。同鄉能否普送，尚未能定。[1]

此札附有一張禮單：

　　　　大戴五百；額、張、許、孫各二百。以上五信交摺差先寄。常熟、仲山親家、守拙各一百，賀信續寄。潘師母五十，信後寄。祁子禾師分五十，信後寄。鶴巢三十、廉生二十、勝之二十（書院修

1　北京故宮博物院藏吳大澂致汪鳴鑾信札（新 00071315）第八札。這通信札應書於 1890 年後，因為潘祖蔭 1890 年卒，年敬給的是「潘師母」。由於 1890 和 1891 年吳大澂都在蘇州守制，並無俸祿，所以，應該不是這兩年的十月（關於清代漢官守制沒有俸祿的討論，參見徐雪梅：《清朝丁憂制度中的滿漢畛域》，《歷史教學》2014 年第 22 期，13 頁）。信是通過摺弁帶走的，應是吳大澂任官期間。1892 年吳大澂守制期滿，旋被任命為湖南巡撫，七月十五日出京前，向平素送炭敬的官員送了數量可觀的別敬。目前存世的信札中，不見吳大澂 1892 年冬寄炭敬的記錄。很可能是因為七月離送通常別敬的冬月（十月）僅為三個月，而他八月初才在湖南接印上任，所以他這一年很可能並沒有向京師寄炭敬。而且信中提到的炭敬總數兩千兩，和下引吳大澂在 1893 年十一月致姪子吳本善提到的炭敬「二竿」數字吻合，所以，這封信應該是 1893 年十月所寫。只是信中提到了祁子禾師，祁世長是 1892 年八月去世，吳大澂沒有提到送給祁師母。

金四十）、晏海臣（書院修金三十）皆有信。鳳石
三十、苙卿三十、康民二十，此三信續寄。以上共銀
一千九百兩，計十七分。

此時吳大澂的手頭並不寬裕，只能動用公款代墊炭
敬。他在 1893 年十一月十八日致侄子吳本善的信中提到：

> 都中炭敬，已寄二竿，只好由釐局代墊，從緩再
> 還。一年所虧，惟此一款。善後局向無此款，不肯代
> 出耳。[1]

所以他在上引致汪鳴鑾的信中還專門提到：「同鄉能否
普送，尚未能定。」

送炭敬之類的慣例一直是困擾官場的陋習，很多有志
之士都嘗試改革的方法。1893 年臘月十二日吳大澂在致吳
大根的信中寫道：

> 津貼京員經費，翰林每人五十兩，內閣四十兩，
> 部曹三十兩。本年籌寄銀三千五百兩，定為年例。[2]

這筆款是湖南省內籌到的款項，而非吳大澂私人的
錢。在這封信中，吳大澂談到了多筆省內的籌款，此為其
中之一。吳大澂還解釋道：「京員津貼，創自鄂省，去年新

1　《愙齋家書》第三冊，葉 40。
2　中國國家圖書館藏《吳大澂書札》（編號 4803），第八冊，葉 13。

例，湘省繼之。」[1] 看來，此時各省尚在摸索給京師官員津貼的方法。

現存最後一次寄炭敬的記錄是 1894 年（甲午）臘月二十日吳大澂致汪鳴鑾的信，他在信中說：

> 昨交摺差帶上一緘並賀函九封，想已達覽。茲託票莊匯去京松銀二千八百兩，乞察入。前單遺漏馮辛垞一分（二十兩），乞代送。[2]

吳大澂所說的「炭敬單子」尚存世：

> 恭邸五百兩，禮邸五百兩，翁二百兩，李二百兩，孫二百兩，徐二百兩，剛二百兩，慶邸二百兩（以上八分，共銀二千二百兩，信八封）。張中堂壹百兩，廖仲山壹百兩（有信），錢密翁五十兩，徐壽蘅五十兩，徐頌閣五十兩，綿佩卿師五十兩，郋亭主人壹百兩，陸鳳石五十兩，王苾卿三十兩（以上九分，共銀五百八十兩）。[3]（圖 3-3）

吳大澂寫此信時正在山海關，準備帶兵出關和日軍作戰，但還是不能忘記這一年寄給京師官員的炭敬。出現在吳大澂炭敬名單中的人，有滿族親王（禮邸、慶邸），他的

1　中國國家圖書館藏《吳大澂書札》（編號 4803），第八冊，葉 14。
2　北京故宮博物院藏《吳大澂手札冊》（稿本，編號新 00071309）。
3　同上。

圖 3-3

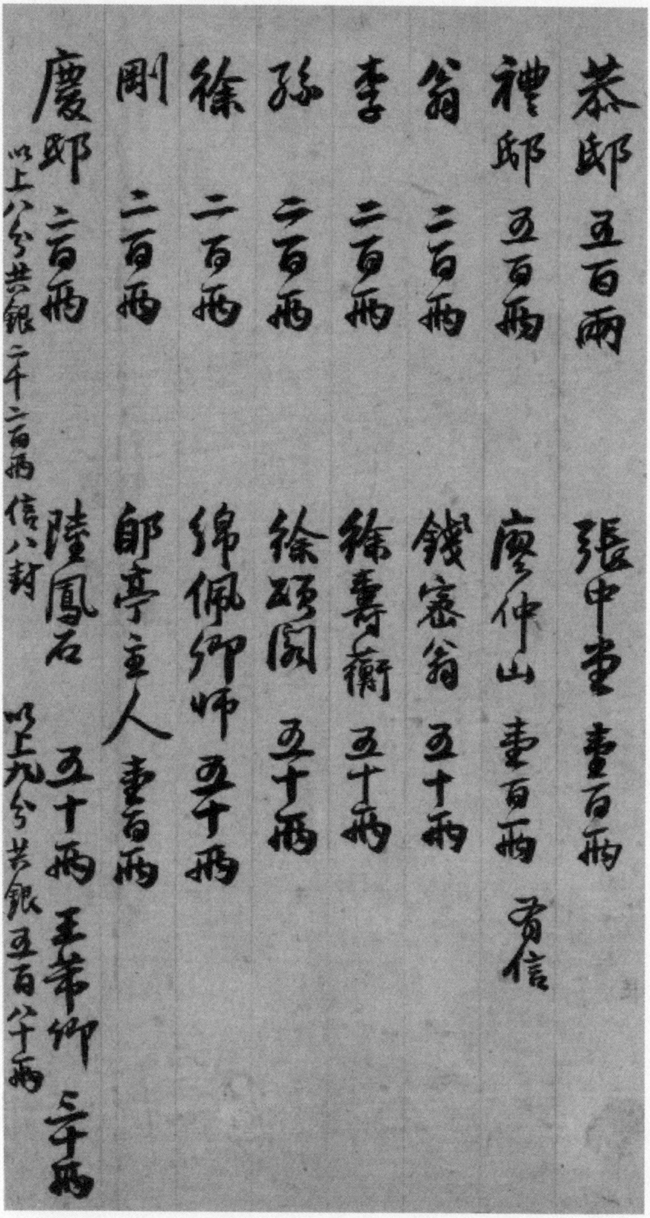

恭邸　五百兩　　　張中丞　畫百兩

禮邸　五百兩　　　廖仲山　畫百兩　另信

翁　二百兩　　　　錢塞翁　五十兩

李　二百兩　　　　徐壽衡　五十兩

孫　二百兩　　　　徐頌閣　五十兩

徐　二百兩　　　　綿佩卿師　五十兩

剛　二百兩　　　　郎亭主人　畫百兩

慶邸　三百兩　　　陸鳳石　五十兩　王希卿　三千兩

以上八分共銀二千二百兩　信八封　　以上九分共銀五百八十兩

吳大澂致汪鳴鑾信札
北京故宮博物院藏

老師、朝中重臣、親戚（汪鳴鑾、廖壽恆），大多位居中樞，位高權重，其中不乏甲午戰爭的積極主戰者（如翁同龢、剛毅等），由此可見炭敬用來維繫官場人脈關係之重要性。

如上所述，存世的吳大澂的炭敬共有五筆記錄：1879 年的三千至四千兩，1880 年的三千兩左右，1887 年的一千五百兩，1893 年二千兩，1894 年的二千八百兩。吳大澂在京城外為官大約十五年，送炭敬的年份當遠遠多於上述五個年份，只是很多信息沒有留存下來。不過，從上述幾筆炭敬來看，他送炭敬的金額大致在一千五百兩至四千兩之間。[1]

除了炭敬，在吳大澂送給京官的禮金中，還有兩個大宗：別敬和團拜費。1880 年，吳大澂被任命為吉林事務幫辦，三月初九日從開封啟程入京。啟程前一天他在致吳大根的信中寫道：

> 定於初九日由汴起程，計二十前可抵津門。月杪到京，至多不過半月之留。一切應訓，概從刪減。託日昇昌匯京二竿，作為都門用度，想師友同鄉亦必見諒，此次不敢過費，恐有虧累，無從彌補也。[2]

1　這一數字或是同治、光緒年間送炭敬的大概之數。1864 年十一月初一日，時任廣東巡撫的郭嵩燾發十封京信寄炭敬。最高者一百兩。共由新泰厚兌京平松江銀二千兩（庫平九百三十兩兌）。參見《郭嵩燾日記》第二卷，長沙：湖南人民出版社，1982 年，182－183 頁。1872 年十一月初三日，顧文彬在其家書中說：「接硯生信，將炭敬清單開來，大約二竿有零。」《過雲樓家書》，193 頁。

2　《愙齋家書》第一冊，葉 35。

吳大澂寄往都門的兩千兩銀子，相當大的部分應用作在京師的應酬出京時別敬。由於手頭不寬裕，吳大澂要刪減在京師的應酬活動。

　　1892 年四月，吳大澂為母親守喪期滿。五月入都候命，閏六月被任命為湖南巡撫。七月離京赴任前，依慣例給京師的一些親王和官員送了別敬。幸運的是，別敬單存世：

　　別敬：（光緒壬辰秋七月）禮邸（禮親王世鐸）五百兩，張中堂（之萬）貳百，額中堂（額勒和布）貳百，許星叔（賡身）貳百，孫萊山（毓汶）貳百，慶邸（慶親王奕劻）貳百，柳門（汪鳴鑾）壹百，文卿（洪鈞）壹百，仲山（廖壽恆）壹百（圈去），董老師（恂）壹百，福中堂（福錕）壹百（圈去），翁叔平（同龢）壹百，潘師母（潘祖蔭夫人）壹百，張師母壹百，容峻峰（山）壹百，陸鳳石（潤庠）五十，盛伯熙（昱）五十，王廉生（懿榮）五十，王勝之（同愈）六十，晏海臣（安瀾）五十，王芾卿（頌蔚）五十，徐蔭軒（桐）壹百，徐壽蘅（樹銘）五十，徐頌閣（郙）五十，徐小雲（用儀）五十，張樵野（蔭桓）五十，昆筱峰（岡）壹百，李蘭蓀（鴻藻）壹百（圈去），錢子密（應溥）五十，薛雲階（允升）五十，祁子禾師（世長）壹百，松壽泉（松溎）五十，立豫甫（山）五十，烏達峰（烏拉喜崇阿）五十（圈去），崇受之（禮）五十（圈去），孫燮臣太老師（家鼐）五十，徐季和（致祥）五十，楊蓉圃（頤）四十，善世兄五十（圈去），

伊立布壹百，常太太五十，延世兄五十。熙續莊（敬）五十（圈去），裕壽田（裕德）五十（圈去），周生霖（德潤）四十，李芍農（文田）四十，左豐孫（左襲侯）四十，龍芝生（湛霖）四十，李芯園（端棻）四十，許鶴巢（賡揚）三十，顧康民（肇新）三十，吳蔚若（鬱生）三十，張吉人（度）二十，延煦堂（煊）二十。以上共銀三千二百八十（四千〇五十）。[1]（圖 3-4）

由於這個單子幾經塗改，吳大澂書寫的總數和實際相加的總數並不相同，實際相加的總數應為 3880 兩。名單上的 45 人（圈去者不計入）中有滿族親王（禮親王、慶親王）、老師（董恂、潘祖蔭）、中樞（孫毓汶、翁同龢、李文田）、同年（洪鈞）、親戚（汪鳴鑾、廖壽恆）、好友（王懿榮、盛昱、顧肇熙）、門生（王同愈、晏安瀾）等，可見要照顧的面相當廣。

緊接着這個別敬單後，是其他的禮金：

江蘇全省乙千七百〇六兩，湖南全省八百兩，廣東團拜費二百兩，江蘇團拜費貳百兩（圈去），三縣團拜費壹百兩（圈去），河南團拜費壹百兩，山東團拜費壹百兩，陝甘門生五百兩，戊辰同年四百兩，甲子團拜費壹百兩，戊午團拜費壹百兩（圈去），丁丑

---

1 此單附在上海圖書館藏《愙齋公手書金石書畫草目不分卷》最後（稿本，編號 859762）。吳湖帆在別敬單上一一注明了收禮人的名字，括弧內的名即根據吳湖帆的注補充，並非原文所有。

吳大澂 1892 年的別敬
單和團拜費單
上海圖書館藏

團拜費壹百兩（圈去），小軍機四百兩，善舉三百兩。
以上約計銀四千六百兩。

吳大澂的團拜費可以分為地域、同年、門生三類。「地域」包括吳大澂的家鄉江蘇（單中的「三縣」即蘇州府的吳縣、長洲、吳江，因已有江蘇全省，吳大澂將「三縣」劃去），曾任道臺的河南，曾任河道總督的山東，即將上任的湖南；「同年」包括戊辰會試的同年，甲子（1864）江南鄉試的同年；[1]「門生」則是京師官員中由吳大澂擔任陝甘學政時擢拔的人才。可以看出，每一次重要的考試，都會製造出一個同年利益集團；每到一地當官，又結交了一批當地的官紳和這個地區出生的京官；每當一次學政和考官，便收穫一批門生。這種通過老鄉、任官之地結交的官紳、不同時期的同年、門生的紐帶建立起來的關係網，構成了晚清官場錯綜複雜的政治生態。

1892 年七月，被任命為湖南巡撫的吳大澂在離京前送別敬 3880 兩，這年的團拜等費送出 4600 餘兩，共 8480 兩。而此時吳大澂守制剛剛期滿，就送出了數額相當可觀的禮金，可以看出禮金作為官場的潤滑劑存在的必要性，再廉潔的官員也難免其俗。

1　吳大澂對送團拜費甚是重視。他和表弟都是同治甲子（1864）鄉試的舉人，是同年。在 1889 年十二月十五日，他在致汪鳴鑾的信札中寫道：「甲子團拜費，下次即匯，此亦年例所應有也。」（北京故宮博物院藏，稿本，編號 00071315）四天后，即十二月十九日，他在致汪鳴鑾的信札中提到：「甲子團拜費六十金，乞交漢三同年。」（同上）可以想見，吳大澂每年都會給京師寄去各種團拜費。

收藏古董的開支

在現存吳大澂的書札和題跋中，留下了一些購買古董的記錄，將零零星星的記載彙聚起來，涉及古董價格的總不下百十條。本篇下節專門討論收支與收藏的關係，此處不贅述。

如果將吳大澂的支出做一概述的話，我們可以這樣說，在吳大澂二十五年的仕宦生涯中，他最大的支出就是匯往家鄉蘇州的錢。「家族觀念」這四個字，在這裏不僅僅是平安家書中的噓寒問暖，還是實實在在的經濟責任。從家族的義莊、母親的日常用度、給下人的年敬，到侄子結婚的喜用和捐官的款項……吳大澂在月復一月、年復一年通過票號匯往蘇州的一筆筆銀兩中，實踐着「孝悌」的理念。友人們談起吳大澂，說他將漢宋之學融於一身[1]：在學術上，他繼承了漢儒注重實證考據的傳統；在社會實踐上，他深受宋儒理學影響，高懸道德理想，努力踐行，對自己約束甚嚴。他既是清官，也是孝子。收藏固然是他最重要的愛好，但是當他拒絕利用陋規放肆地積聚財富時，當他把自己的大部分收入寄回家鄉時，購藏古董的財力自然也就大大削弱了。

1　吳大澂去世後，翁同龢曾撰輓聯：「文武兼資南海北海，漢宋一貫經師人師。」見謝俊美編：《翁同龢集》下冊，北京：中華書局，2005 年，944 頁。

三、收支與收藏

吳大澂的財力

　　當古董的收藏主要經由市場購買時，經濟實力便起着極為重要的作用。1887 年七月，大收藏家沈秉成被任命為廣西巡撫。[1] 廣西地處邊遠，經濟上也不夠發達，加之養廉銀不高，所以在這年的十二月十四日，吳大澂在給吳大根的信中提到：

> 仲翁粵西一席，所入大減，每月不過一竿，有入不敷出之虞，似無暇留心博古矣。[2]

　　早在十五年前任上海道臺時，沈秉成便以五千兩白銀巨資購入西周重器虢叔鐘，成為當時收藏圈的佳話。如今每月所入僅為一千兩，何來餘力購買古董。吳大澂的這段話直接說明了一個官員的收入和他的收藏之間的密切關係。

　　自從 1868 年成為進士後，吳大澂先後在江蘇書局和李鴻章的淮軍內短暫供職，直到 1871 年重返翰林院任編修，才可以說是官宦生涯的真正開始。翰林院編修是京官，收

1　沈秉成於 1887 年七月任廣西巡撫，1888 年十月調任安徽巡撫。參見錢實甫：
　　《清代職官年表》第 2 冊，北京：中華書局，1990 年，1728 頁。

2　《愙齋家書》第二冊，葉 27。

入不高，即使會有些禮金，但吳大澂資淺而又沒有實權，額外收入不會很多。他在京師購買的古董，通常單價都不是很高。

1873 年至 1876 年，吳大澂出任陝甘學政，這是他的收入第一次有比較大的提升並開始積極收藏古董的時期。陝甘三年，吳大澂與陳介祺、王懿榮等學者之間許多具有很高學術價值的書信都保留下來了，可是現藏於上海圖書館、原由吳湖帆收藏並裝訂的《愙齋家書》中基本缺失了這一時期的家書，散存於其他地方的家書也很少有作於陝甘時期的，這給我們了解他在擔任學政時的收支情況造成了相當的困難。三年學政期間，吳大澂結餘的存款似乎不多。1876 年是吳大澂任學政的最後一年（他在這年的十月卸任），三月十九日，他在寫給汪鳴鑾的信中談到，一個叫迪甫的友人請他在經濟上予以幫助，自己卻心有餘而力不足：

> 計至交卸時，尚有虧累，而皞民代墊之款尚未清了，善願亦多未繳。此間瀕行，例有程儀，恐未能留壓歸囊，殊堪自笑。如晤迪甫，費神代為道意，鄙性素不慳吝，此時迫於境地，未敢輕許耳。[1]

由於要聘用幕僚，向蘇州家中匯款，購買古董，向慈善事業捐款等，吳大澂預計到他離開陝西時，雖有「程儀」入帳，但也將所剩無幾。

1　吳大澂致汪鳴鑾信札。北京故宮博物院藏（稿本，編號新 000713091）。

學政卸任後，吳大澂回蘇州省親，1877 年春又回到翰林院。此後，他曾被朝廷派往山西救災。1879 年後，他被擢為道臺，首次成為一個名副其實的地方首長，但所轄為貧窮地區，又值災害頻仍，所入不可能與南方富裕省份的道臺相比。儘管如此，他的收入還是比以前高了許多，並開始匯款回家鄉建立義莊。只是一年後便被朝廷派往吉林籌邊去了。

從 1880 年到 1886 年，吳大澂都是以朝廷的使節被派往吉林，籌邊、勘界，赴朝鮮，協助李鴻章與日本官員談判。現存這一時期的書札所及收支的信息依然不夠豐富。此時雖有養廉銀、公費等，但所入很可能低於任道臺時。不過，他與陝西的友人仍保持着密切聯繫，請他們代購古董。

1887 年，吳大澂出任廣東巡撫，成為封疆大吏，收入應有較大的提高。這一年寄往家鄉的義莊之款就達七千兩之多。這年的六月十六日，吳大澂在致吳大根的信中對未來十年的家庭財政安排提出了自己的設想：

> 此間公費雖不甚寬裕，每年撙節數千金似尚不難。弟年過半百，精力漸不如前。服官十年，亦當作歸田之計。擬每年酌存三四千金，存典生息，作為不動之款。再以三四千金為起造義莊之費（三年當可竣工），如此則公私兼盡。一旦解組，尚有薄田可耕。弟之志願並不甚奢。以十年計之，能積四五方，亦為可娛老之資矣。吾兄以為然否？ [1]

1　此札見 1996 年 3 月 27 日在 Christie's 紐約分公司拍賣的吳大澂信札冊。

寫此信時，吳大澂五十三歲。他說自己年紀不小了，精力也不及從前。他打算除了每年給蘇州寄家用和年敬外（信中雖未言此，但已為慣常），在未來的三年內，每年寄三四千兩銀子，完成義莊建設。再為官十年，每年為自己存三四千兩，告老返鄉時，能有四五萬兩的積蓄生息養老。最後那句反問意味深長：「哥哥，您覺得這個計劃怎麼樣啊？」吳大澂以徵詢意見的口吻提醒哥哥：雖然自己為官多年，但至今本人名下並沒有甚麼積蓄，是時候為自己今後的退休生活做些經濟上的安排了。這一安排自然意味着：他今後匯往蘇州的錢將會減少。

　　一年後，亦即 1888 年的七月，朝廷任命吳大澂署理河東河道總督，赴河南治理黃河。1888 年十二月黃河鄭州段的決口合龍後，吳大澂被任命為河東河道總督並加兵部尚書銜。河道總督位高權重，加兵部尚書銜後官階更高。[1] 不過，這一時期有關收入的具體記錄卻不多。

　　1888 年的十月或十一月，吳大澂在家書中寫道：

> 碩卿來電，粵中應領半廉一千二百廿兩，餘現已匯蘇，以千金交母親大人外，本擬還柳門代送母舅莫分百金，如未扣除，由蘇劃還可也。徐翰卿書畫價二百六十兩，尚未匯去，如伊需用，乞先墊付（十月

1　鄭民德指出：「清代河東河道總督是管理山東、河南段黃運兩河，以及附屬河流、湖泊、閘座、泉源等水利設施的最高行政長官。其不僅擔負着黃運兩河的防洪、修繕、挑挖等任務，而且還負責附近區域的治安、巡防、催攢漕糧等責任，是一種行政與軍事職能並舉的部門。」見鄭民德：《略論清代河東河道總督》，《遼寧教育行政學院學報》2011 年第 3 期，21 頁。

分兩道公費，尚未送來。近日道庫亦支絀耳。鄭工不
提公費，一塵不染）。[1]

這條信息說明，養廉銀和公費依然是吳大澂收入的重
要部分。

次年（1889）二月二十五日，吳大澂在致大根的信中
寫道：

> 翰卿攜來山谷墨跡手卷及古玉大鉢，皆難得之
> 品。楊椒山先生、周忠介公遺墨，亦可遇而不可求。
> 惲、王畫軸，名人卷冊，無一不精。擇其精而又精者
> 留之案頭，已成鉅富。惟價值只可分期匯還，三兩月
> 內亦可清償。[2]

1889 年吳大澂購買古董的興趣很高。他委託北京琉璃
廠的德寶齋、山東濰縣的裴儀卿、上海的吳承潞、蘇州的
徐熙、陝西的楊秉信、韓學伊廣收玉器、印章、磚瓦、墓
誌，由此來看（詳細討論見後），他在任河東河道總督期間
的收入很可能高於廣東巡撫任上。但是從他在徐熙處購買
書畫還要分期匯款來看（在匯出義莊之款和為退休留下的款
項外），吳大澂手中的現銀並不充裕。

吳大澂在河東河道任上只做了一年半不到，就因母親
去世回蘇州守制。1892 年五月服闋，吳大澂重返官場，閏

1　上海圖書館藏《清人手札》（四），吳大澂殘札。
2　《愙齋家書》第二冊，葉 48-49。

六月被任命為湖南巡撫。七月出京時，光是別敬和那年的團拜費，就花掉了八千多兩銀子。而湖南巡撫的養廉銀本來不高，加上要為慈禧太后祝壽，扣掉二成，所以吳大澂在湖南時的收入低於任廣東巡撫和河道總督期間。這一時期，吳大澂的古董收藏不很活躍。任湖南巡撫兩年後，甲午戰爭爆發，吳大澂率湘軍出關和日軍作戰。戰敗後，短暫地回到湖南，但不久便被革職。此後，吳大澂非但不能繼續收藏古董，反而還要變賣收藏來接濟生活。

同時代的大收藏家

吳大澂同時代的幾位收藏大家，經濟實力都明顯比他雄厚。在北京，收藏大家是吳大澂的老師潘祖蔭。[1] 潘祖蔭是京官，如果僅靠俸祿，日常開銷都成問題，遑論收藏。但潘家已經數代為官，潘祖蔭的祖父潘世恩曾任戶部尚書、武英殿大學士，地位崇高。在 1870 年代初開始收藏青銅器之前，潘祖蔭就早已是朝廷高官，曾任會試同考官、陝甘正考官、山東正考官、戶部右侍郎、吏部左侍郎、工部右侍郎等職。1870 年後，曾任禮部右侍郎、吏部右侍郎、工部右侍郎、戶部左侍郎、禮部尚書、工部尚書、刑部尚書等職，還經常同時署理他部的侍郎或尚書。有關京官養廉銀的研究指出，乾隆年間，戶部尚書的養廉銀比其他京官更加豐厚、優渥，和級別相當的外官的「養廉銀大體相當」。[2] 潘祖蔭雖未曾任過戶部尚書，但曾任職戶部侍郎

1　目前研究潘祖蔭的論文基本沒有涉及他的收入。
2　李娜：《清代京官的「養廉銀」》，《中國文化報》2016 年 9 月 27 日第 6 版。

和其他各部的尚書、侍郎，兼署他部的官員有時可以得到本官之外的收入。如果同治、光緒年間的京官養廉銀也基本如乾隆年間的話，加上他多次任考官，門生眾多，[1] 地方官晉京也會送上各種禮金，潘祖蔭自然具有雄厚的經濟實力。[2] 在同治、光緒年間，潘祖蔭無疑是京師最重要的收藏家。1889 年八月二十五日，吳大澂在致徐熙的信中說：

> 都中吉金價值日增，然亦只有鄭盦司空（謙慎按：即潘祖蔭）一人鬧哄。此外，亦無肯出重價者。鄙人力有不逮，即價廉亦不暇及。所示一鼎一尊只可割愛矣。[3]

　　1890 年冬，潘祖蔭去世，王懿榮十二月八日寫信給山東濰縣的文物商裴儀卿：「潘尚書前月仙逝，吾兄所拓之盤可不必買矣。此後古物不可再出大價收矣。」[4] 潘祖蔭生前和去世都直接地影響到了京師青銅器市場的價格。

　　就地方官而言，巡撫雖為一省的最高行政長官，但實

1　潘祖蔭在世時，吳大澂每年都會寄炭敬，出京時也會奉上別敬。潘祖蔭去世，吳大澂還會給潘師母寄錢。

2　同治、光緒年間，京官裡還有一個大收藏家 —— 景其濬。景其濬曾任安徽和河南的學政，他的收入情況我們也不詳。參見陳霄：《一個被遺忘的晚清大收藏家 —— 關於景其濬的初步研究》，《海外漢學研究通訊》第 11 輯，北京：北京大學出版社，2015 年，235－279 頁。

3　吳大澂致徐熙此札目前由上海朵雲軒收藏。參見陸德富、張小川整理：《吳大澂書信四種》，南京：鳳凰出版社，2016 年，170－171 頁。但由於冊頁的裝裱前後次序有顛倒，有一封信竄入其他的信中，筆者根據信札的內容、書法特點、用印來考訂它們的書寫時間，重新編排上述順序。

4　中國國家圖書館藏《四家書札》。

際收入未必高於道州府縣官員。居住在晚清收藏重鎮蘇州的收藏大家吳雲、李鴻裔、沈秉成、顧文彬，[1] 都曾在富庶地區任知府或道臺。吳雲在 1859 年署理蘇州知府，雖然上任僅一年就因太平軍攻陷蘇州而避居上海，但是他在 1844 年便已經在江蘇任官，曾署理寶山知縣、鎮江知府，正如俞樾在吳雲的墓誌銘中所說：「君官江蘇，三宰劇邑，兩典名郡。」[2] 他在經濟發達地區積聚了豐沛的人脈、可觀的財富，加之善於理財，吳雲在隱退後依然很有經濟實力，所以在戰後依然能積極蒐羅金石書畫。他在致顧文彬的信中說：「兵燹以後，東南巨跡，我二人所得不少。」[3]

寓居蘇州的另一位大收藏家李鴻裔，曾是曾國藩最信任和親近的幕僚。太平天國平定後，曾國藩權重一時，李鴻裔也官運亨通，在富裕的江蘇省先後任徐海道臺（1866 年任），署理江安督糧道，官至江蘇按察使。致仕後，他在蘇州購買園林，廣收金石書畫。1879 年四月，吳大澂在致吳大根的信札中提到，李鴻裔給災區的一次捐款竟高達八千兩銀子。[4] 如果沒有極為雄厚的經濟實力，即使再慷慨，也斷斷拿不出這樣的巨款來賑災。

蘇州耦園的主人沈秉成曾在 1872－1873 年任蘇松太道

1　對於吳雲和顧文彬，研究收藏史的人通常比較熟悉，對於沈秉成和李鴻裔，則鮮有研究成果，但是從晚清人的日記和信札（包括吳大澂的信札）中，我們不難感覺到，他們是實力雄厚的收藏家。

2　俞樾：《江蘇候補道吳君墓誌銘》，載《春在堂雜文》（1899 刻《春在堂全書》本），四編三，葉 21a。

3　吳雲：《兩罍軒尺牘》卷七，葉 22b，新 494 頁。

4　中國國家圖書館藏《吳大澂書札》（編號 4803），第八冊，葉 10。

臺（又稱上海道臺），是當時上海地區的最高長官，上海海
關（江海關）也由其管轄。這一官職可以說是大清帝國最大
的「肥缺」之一。前此，沈還曾擔任常鎮通道臺，所轄常州
府和鎮江府也屬經濟發達地區。1872 年冬，沈秉成以五千
兩銀子的巨款買下了曾由張廷濟收藏的虢叔鐘，創清代青
銅器市場價的最高紀錄。這筆銀子在當時差不多能買下蘇
州著名園林網師園和留園。[1] 沈秉成手筆之大，令人咋舌。

近年來，由於《過雲樓日記》和《過雲樓家書》的
出版，使我們對晚清東南最大的書畫收藏家顧文彬的收入
有了相當具體的了解。顧文彬的財富在他擔任寧紹道臺時
（1871－1875）急遽上升。在寫給兒子顧承的家書中，顧文
彬經常提到匯蘇之款。如 1872 年正月初八日：

> 三竿仍託阜康匯寄，昨已向致，到日收明，存款
> 交去，大票必須趕緊收回，切勿大意。[2]

十月十四日家書云：

> 前月匯蘇之款，共三次，初六匯五竿，二十匯

1　顧文彬 1872 年二月十八日致顧承家書中寫道：「網師園許緣仲以四千金得
　之，今緣仲已故，此園不知肯讓否？此園我從前頗愛，取其結構周密，得價
　亦便宜，若起造此園，恐萬金亦不夠也。」見《過雲樓家書》，140 頁。顧
　文彬 1876 年五月初一日日記：「余為介紹，以臥雲所購劉園售與旭人，議價
　五千六百五十金。是日在余家成交。余不取中費，程藁安亦在中保之列。」
　見《過雲樓日記》，392 頁。「劉園」即蘇州著名園林留園，旭人即盛宣懷的父
　親盛康。
2　顧文彬：《過雲樓家書》，128 頁。

五百，二十四匯五竿，俱有收條。[1]

不到二十天就匯往蘇州 10500 兩！

1873 年五月十一日的家書又記錄了一筆不小的款子：

得田有需巨款，即日匯蘇六竿，到日收明可也。[2]

七月十六日：

所需用四竿已囑阜康匯寄。[3]

以上所引只是顧文彬家書記載的向蘇州匯款的一部分，根據艾俊川的研究，統計匯蘇記錄，同治十年四萬三千四百兩，十一年二萬六千兩，十二年五萬一千六百兩，十三年三萬八千兩，光緒元年一萬八千兩。四年多合計十七萬七千兩。[4]

這還不算顧文彬的兒子顧承從寧波以及其他管道帶回去的錢。「將有據可查的支出和匯款簡單相加，顧文彬的收入已在二十萬兩上下。」[5] 也就是說，在扣除各種開銷後，顧文彬每年仍然能夠寄回家約四萬兩銀子。這一數目遠遠高於吳大澂能夠寄回蘇州的錢。

1　顧文彬：《過雲樓家書》，188 頁。

2　顧文彬：《過雲樓家書》，245 頁。

3　顧文彬：《過雲樓家書》，291 頁。

4　艾俊川：《顧道臺的十萬雪花銀》，《文匯報·學人》2017 年 3 月 3 日。

5　同上。

山東濰縣的陳介祺是晚清學林公認的金石收藏第一人。他出生官宦家庭，父親陳官俊（1782–1849），曾任工部、兵部、禮部、吏部尚書，官至協辦大學士。陳介祺在1845年成為進士，但是九年後，他厭惡京師官場的傾軋，致仕隱退故里。[1] 陸明君分析了陳介祺富於收藏的原因：陳官俊為一品大員，家財殷富，陳介祺為其獨子，享其財富，很多青銅重器便是陳介祺在道光末年和咸豐初年（約1854）就在京師購入。[2] 陳家在濰縣有地產，在京城還有生意。[3] 讀陳介祺和友人往還的書札，不難看出陳介祺是一個善於經營的收藏家。加上濰縣距古物遺存集中的齊魯古都大邑很近，又是重要的古董集散地，陳介祺遂得地利之便。

　　在山東，還有一位活躍的收藏家與吳大澂交好。李宗岱是廣東人，道光年間的副榜貢生，功名不高，但是有才幹，仕途順暢，曾任山東濟東泰武臨道道臺，署理山東鹽運使、布政使，後又在李鴻章的支持下在山東開金礦。從這一履歷，我們可以大致想像他的經濟實力。李宗岱的收藏興趣主要在青銅器，容庚先生根據《南海李氏寶彝堂藏器目》《寶召齋吉金目錄》等著錄，計算出他收藏的青銅器在二百五十四件，其中不乏重器，如大保方鼎、頌簋、虢叔編鐘等。[4] 在吳大澂《愙齋集古錄》著錄的商周青銅器中，注明李宗岱所藏或是拓本上有李宗岱收藏印的有五十餘

1　筆者對陳介祺家世及其經歷的描述，參考了陸明君撰：《簠齋研究》（北京：榮寶齋出版社，2004），12–17頁。

2　晚清古董市場價格飛漲發生在1870年之後，陳介祺早已佔得先機。

3　陸明君：《簠齋研究》，44–46頁。

4　容希白：《商周彝器通考》，《燕京學報》專號之十七，1941年，249頁。

件。每當吳大澂向友人提及李宗岱，語氣總是十分歆羨。大約在 1877 年，吳大澂寫信給王懿榮說：

> 擬於中秋後薄遊貴鄉，訪壽老、山農，許以繪圖墓款，只要得千金之館，不復吃長安塵土。兩公必能為兄力圖之。陳李書成，極天下之大觀，而無憾矣。人生碌碌，能得一種筆墨流傳不朽，亦足千秋，何必與眼前人爭功名富貴耶？[1]

吳大澂將陳、李並提，可見李宗岱收藏之富。1872 年，當虢叔鐘在市場出現時，各方有實力的藏家都覬覦這一西周重器，金石圈內傳聞李宗岱準備出一萬兩銀子將之收入囊中。雖然虢叔鐘最終被沈秉成購得，但這一傳聞卻告訴我們，李宗岱是一個經濟實力雄厚的收藏家。

概言之，吳大澂為官的收入不可望以上幾位藏家的項背。加上他家族觀念強，將相當大部分的收入寄回家鄉孝敬母親、建設義莊。正因為如此，他財力有限，必須根據經濟狀況、愛好、學養、人脈來形成自己的收藏策略。

吳大澂的收藏策略

作為一個清廉且家族觀念很強的官員，吳大澂自知財力有限，因此在收藏方面表現得相當節制。從目前能見到

---

1 《吉林省圖書館藏名人手札》，第二輯，176 頁。此札只有「十三日」而無年月，當時吳大澂和王懿榮同城時所書。從筆跡看，似在 1874 年後，故訂此札的書寫時間在 1877–1878 年左右，時吳大澂任職翰林院。

的吳大澂談及購買金石書畫的價格來看，還沒有發現購買時單價超過三百兩者。1888年四月二十四日在致吳大根的信中說：

> 弟在京時，以三百金購得顧亭林先生稿本，每卷有先生手補數頁，小行書甚精。其中改字及每本題籤皆先生真跡。本係黃蕘圃所藏。[1]

這是目前能見到的吳大澂收藏中單價最高的一件藏品。

在購買青銅器方面，目前能見到吳大澂所出最高價是一百二十兩。大約在1872年，吳大澂在致王懿榮的信中說：

> 昨有事過前門，歸過筠清，亦未見孫四，前卣還百金，渠云百金必不允。兄許以酌加一二十金，渠云日內即送去。鄙意以為說定，怪某連日不送來，豈孫四昏頭搭腦，竟以鄙言為遊移乎？兄之始意以為百金以內可得，欲效宋芝山耳。一笑。[2]

此時吳大澂在翰林院任官，一個卣的價格超過一百兩，對他而言實在是很高了。

吳大澂也曾有過單筆達到一千兩銀子的生意，但都是購買一批東西。1889年六月七日，正任河道總督的吳大澂

1　《愙齋家書》第二冊，葉34。
2　《吉林省圖書館藏名人手札》第二輯，195頁。此札無年款，應是吳大澂與王懿榮同在北京時所作，從書跡來看，應在1872年左右。

在開封致信在煙臺任山東登萊青兵備道道臺兼東海關監督的盛宣懷，信中提到：

> 濰縣高家藏有古銅印六百三十方，已與言定價銀壹千兩。寄來印譜一部，存在兄處。若由汴專差往取，攜帶銀兩甚不放心，因思煙臺號家與濰縣俱有來往，乞代匯銀壹千兩，由尊處派弁至濰，憑函取印，憑票付銀。便中交輪船帶津。由何小山處委員帶汴最妥（七月中有閩廠解鐵柱，由津轉解之便），匯款亦託小山寄還尊處，亦甚便也。兄大澂又啟。（外致王西泉一信，取印憑條一紙）[1]（圖 3-5）

一千兩買 630 方古印，每方不足二兩。

1889 年農曆除夕，吳大澂給山東濰縣的文物商裴儀卿發出一信並購物單，上面有討價還價的具體內容。信後吳大澂附言：

> 先付銀三百兩，由濟寧王藩臺處代付，其餘七百兩，俟各種送到再給。[2]

這一千兩要買古印 119 方（五百兩），漢印 220 方（三百五十二兩，每方一兩六錢），此外還有磚瓦等（圖3-6）。平攤下來，每件古董的單價並不高。

1　王爾敏、陳善偉編：《近代名人手札真跡》，第九冊，3846 頁。

2　中國國家圖書館藏《吳大澂書札》（編號 17737），第三冊，葉 6。

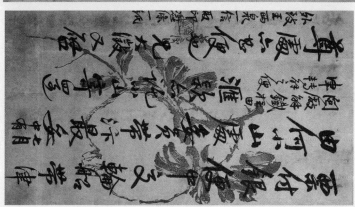

吳大澂 1889 年致盛宣懷信札，香港中文大學文物館藏

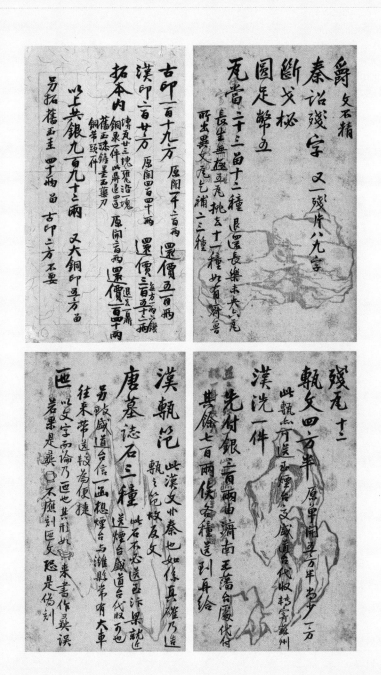

吳大澂 1889 年致裴儀卿信札

中國國家圖書館藏

1890 年三月初三日，在蘇州為兩個多月前去世的母親守制的吳大澂致信盛宣懷：

　　　　廿四日接廣盦弟書，寄到惠緘，並裴儀卿代購唐石二方，包匣一件，大木箱一隻，內古印、磚、瓦、古玉各種。照單點檢，均已收明。屢次瀆神，且感且歉。外覆裴信並開一單呈閱，款交票莊，另函寄上。[1]

吳大澂開的單子如下：

　　　　原購古印、磚、瓦、舊玉刀、鏟、銅鉤，共銀九百十二兩。又舊玉圭一件，四十兩。大銅印四方，十二兩。續寄玉印、官印、套印三十方，漢銅印八十五方；瓦詔二塊，泥封三塊，破瓦四塊，瓦頭五塊；古玉八件，原開價銀五百兩，除退還古玉八件外，還價銀三百二十兩。又寄殘石二塊，漢磚四塊，墓誌蓋一塊（原單未開價值），給銀四十兩。以上共應付裴儀卿銀一千四百○四兩（照煙臺通用之平），又還代墊唐石價一百二十兩，共銀一千五百二十四兩。[2]（圖 3-7）

　　同樣，每一古董的單價並不高，其中最貴的便是唐墓誌原石（二方？），價格是一百二十兩。

1　同上。

2　筆者對陳介祺家世及其經歷的描述，參考了陸明君撰：《簠齋研究》（北京：榮寶齋出版社，2004），12－17 頁。

又舊玉圭一件　四十兩　大銅印四方　十二兩

原購古印搏尾舊玉刀鐲銅鉤　共銀九百九十二兩

續寄漢銅印八十五方

玉印官印套印三十方　良詔二塊泥封三塊　破瓦四塊瓦頭五塊　古玉八件

原開價銀五百兩除退還古玉八件外還價銀三百二十兩

又寄殘石二塊漢博四塊墓誌蓋一塊　原單未開價值給銀卌兩

以上共應付裝儀卹銀千冊〇四兩　血煙台通用　之平

又還代墊唐石價一百二十兩黃銀千五百二十四兩

吳大澂1890年致盛宣懷信札所附
古董單　香港中文大學文物館藏

但是，這並不意味着吳大澂的收藏中沒有精品。吳大澂於 1876 年三月獲愙鼎於長安，在拓題上寫道：「是鼎為鳳翔周氏所藏，其友人攜至三原，餘以百金購之。」[1] 在同年四月四日致王懿榮的信中，吳大澂說：「兄以重值得此鼎，為所藏諸器之冠。」[2] 可見當時吳大澂以一百兩買了愙鼎，他都認為是「重值」了。愙鼎銘文不長，僅 28 字，所以在價格上和毛公鼎、盂鼎、虢叔鐘等無法相提並論。但是吳大澂在研究過銘文後，考證出此鼎為周朝宋國的始祖微子所作：「宋祖法物，至今完好，洵為千古瑰寶。」[3]（圖 3-8）能以一百兩白銀買下「千古瑰寶」，實因為吳大澂購自愙鼎的出土地，價格自然會比京師或其他地方便宜許多。

正因為如此，吳大澂離開陝西後，一直與數名陝西官員和文物商保持着聯繫，委託他們購買古董，他們是楊秉信，韓惠洵（古琴）、韓學伊（繼雲，生於 1850 年）父子，蘇億年（蘇七），趙乾生等。

1880 至 1883 年，吳大澂被朝廷派往吉林，作於這一時期的《北征日記》（僅存 1882 年五月初一日至 1883 年八月十九日）記載了吳大澂和楊秉信之間相當頻繁的書信往還，如 1882 年六月二十二日，「覆楊實齋書」；七月十六日，「覆楊實齋書」；十月二十一日，「致楊實齋書」；十二月二十三日，「覆楊實齋書」；1883 年二月初十日，「覆楊實齋書」；四月二十二日，「覆楊實齋書」；七月二十八日，「致楊實齋

1　晚清古董市場價格飛漲發生在 1870 年之後，陳介祺早已佔得先機。

2　陸明君：《簠齋研究》，44－46 頁。

3　吳大澂：《愙齋集古錄釋文剩稿》下冊，14 頁。

吳大澂舊藏窶鼎
南京博物院藏

書」。大約平均兩個月就有一次書信往還，其所言之事當然都和購買古董有關。[1]

吳大澂致楊秉信的書札大約有十通存世。在1881年八月十三日致楊秉信的信中，吳大澂提到託日昇昌匯去四百兩銀子，這是他支付給楊購買印章和其他古物的款項。[2]1881或1882年的三月二十五日，吳大澂寫信給楊秉信：

> 茲託吉林票號源昇慶匯去銀五十兩，由都中日昇昌轉匯西安。此間匯京費已付訖，由京匯陝之費，即屬日昇昌於原平內扣算，大約吉省市平較陝西公議平略大，匯費所用無幾也。[3]

上引兩通信札都是目前存世的吳大澂在吉林任官期間和陝西文物商保持聯繫的文獻。

1889：捨吉金而求古玉

吳大澂另一個策略便是利用學術研究的視野和藝術鑒賞的眼光，另闢收藏的「主戰場」。吳大澂在1880年代末開始積極收藏玉器、印章、兵器等。在1889年五月十一日致楊秉信的信中，他談到了自己「捨吉金而訪求玉器」的收藏策略：

1　中國國家圖書館藏吳大澂致楊秉信信札六通，也有寫於吉林時期的（編號18862）。關於吳大澂在陝西的訪古以及後來與陝西古董商的聯繫，參見李軍：《訪古與傳古——吳大澂的金石生活考論》，濟南：山東畫報出版社，2014年。
2　中國國家圖書館藏《吳大澂書札》（編號18863），葉4。
3　中國國家圖書館藏《吳大澂書札》（編號18862），葉3。

實齋大兄閣下，前覆一緘，由陶方伯處轉送。又
交日昇昌匯去銀四百兩，專備代收古玉之資。愙齋捨
吉金而訪求玉器，猶南田避石谷之畫，棄山水而專攻
寫生也。都中、歷下蒐羅古玉，頗得寶器數十種。前
寄鳳翔所出玉爐乃周之玉敦，盟誓歃血所用。又於濟
南購得二玉敦，與此相類，特非新出土之器耳（此等
古物以二三十金得之，實不為貴）。費神訪求玉藥鏟，
無論大小，方首、圓首皆可得之（玉斧、玉刀大者皆
可取）。又有兩頭似刀而中間有數孔（謙慎按：吳在
此畫一圖像），不知其名，決無偽作者，皆為留之（藥
爐鏟有一孔，有二孔，一面大一面小者，的真古物。
後世無仿造者，亦不能仿製）。色澤不論，價值之貴
賤亦不論（藥鏟有黑玉，色澤純黑，其光可鑒者，即
重價亦可得）。至釭頭，以大者為貴（近日所得有高
七八寸者，有高一尺外者，亦不易得），尋常小釭頭
價值在十金內外，亦可收大器，則不惜價也。[1]

　　有意思的是，吳大澂在信中以清初兩位大畫家王翬（石
谷）和惲壽平（南田）為例，來說明自己為何會由收藏青銅
器轉向玉器。王翬和惲壽平為至交，惲壽平見王翬在山水

1　北京故宮博物院藏吳大澂致楊秉信書札（編號新 00180785）。信中所言陶方伯
　即陶模（1835－1902），光緒十四年戊子（1888）三月庚辰由直隸按察使遷陝
　西布政使，護理陝西巡撫，1891 年二月遷新疆巡撫。陶模是吳大澂的同年進
　士，官至新疆巡撫、陝甘總督。所以此札在陶模 1888 年任陝西布政使之後，
　但不會在 1890 年的夏天，因為那時已經守制，信中署款會用「制」。由此判
　斷，此札寫於 1889 年五月，可與下引 1889 年五月十日致韓學伊書札互證。

下篇·吳大　的收支與收藏　│　253

畫方面成就卓著，遂專攻花鳥，終成一代大家。吳大澂的意思是：他雖然喜愛青銅器，收藏亦近二十年，但終因財力所限，無法和潘祖蔭等大藏家競爭，故放棄青銅器，以玉器作為收藏重點。所以，在八月十七日致楊秉信的信中，吳大澂又說：「古玉藥鏟，不論玉質好壞，仍乞代收。九十月後或由此間專差往取亦可。」[1]

除了楊秉信外，1889 這一年，吳大澂還廣託各地的友人為其羅致玉器。在陝西，他委託了韓學伊（繼雲）；上海、蘇州一帶，他委託友人吳承潞和古董商徐熙（翰卿）；在山東，他委託丁艮善（少山，1829–1893）和濰縣的古董商裴儀卿；在北京，他委託琉璃廠德寶齋的李誠甫。值得慶倖的是，他和這些人在 1880 年代末的通信還有不少存世者，讓我們有機會了解他在那一年的收藏活動。

1889 年五月十日，亦即在上引寫給楊秉信書信的前一天，吳大澂已先行給自己在陝西的學生韓學伊寫了一信：

> 張祥回汴，得手書，承示布泉拓本二種，莽範之最精者。惟兄近日於吉金不甚著意，鐘鼎大器既不能與都下士大夫力爭，其零星小品不足以資考證，因專心訪購古玉。已編成《古玉圖考》一書，寄滬石印，秋初即可印成，於經傳注疏、《說文》考核甚詳，實發漢、唐以後諸儒所未發。並以古玉求得周尺度數，多有實在證據，與憑空臆斷者不同。長安市上舊玉偽者亦不少，惟古玉藥鏟無人假造，價亦不甚昂貴，無

1　中國國家圖書館藏（編號 18862），葉 6。

論色澤之佳與不佳，兄願得之。乞於友人中代為訪求（只看一孔兩面打者，或一面大一面小、中有旋刀文者，皆三代古物），如有所得，交楊實齋專人送汴，價亦由實齋代付。此南田不畫山水之意也。[1]

在信中，吳大澂說起自己在青銅器方面無力與潘祖蔭等都下士大夫競爭，只得效仿惲壽平（南田）主攻花鳥之意，彙聚財力，專收古玉。[2]

六月初十日，吳大澂又給韓學伊發出一信，再次叮囑其代購玉器：

繼雲賢弟左右，前有覆令尊一函，託楊實齋代覓古玉各器，想關中舊家必有藏者，恐實齋不肯放手代購耳。大樑一隅之地，亦陸續收得數十種，且有精品寶器，最可貴者，牙璋及璿璣耳。敝藏各器之精者，遣周僕拓出寄覽。[3]

吳大澂擔心楊秉信不願放手收購玉器，所以囑咐韓學

---

1. 藏者不詳，稿本圖片取自網絡。以下所引致韓學伊信札皆同。給韓學伊的信應和給楊秉信的信同時寄出，都是寄到韓學伊的父親韓惠洵處。吳大澂早在從陝西回到京城重回翰林院後，就已無力在京師收購青銅器。他在 1877 年八月十八日致陳介祺的信中就說：「大澂入都後，力不能得彝器，亦惟日求拓本，為古人傳此不絕之一脈。」《吳大澂書信四種》，45 頁。

2. 晚清早於吳大澂而注意蒐集古玉的是景其浚（劍泉），惜其去世甚早。吳大澂在 1878 年五月五日致陳介祺的信中說：「聞景劍翁所收舊玉甚富，亦未見。秦中尚易得，都下則無佳者。」《吳大澂書信四種》，61 頁。

3. 藏者不詳。

下篇·吳大　的收支與收藏 | 255

伊也在陝西代為購買。此信還告訴我們，吳大澂還就近在其為官的河南購買玉器。

韓學伊很快便在陝西為吳大澂物色到一些古玉。吳大澂在 1889 年八月二十一日致韓學伊的信中說：

> 承示代購玉鏟十一種，既佳且廉，三十金之一鏟，從來未見此等色澤。無文拱璧，亦係三代物。玉奩一器，製作亦工。又二十四字之白玉佩，雖似唐宋時物，而製作精妙可喜，亦可繪入圖中，務乞代為購定。約計墊款已在百金以外，茲託西號匯寄銀一百五十兩，由楊實齋處轉交，乞察收。[1]

這年的十一月二十二日，吳大澂收到了楊秉信和韓學伊代購的古董。吳大澂在二十三日分別給楊和韓寫了覆信，覆楊的信尚未發現，覆韓的信尚存世：

> 昨日華友於回汴，帶到手書。承代購之大小圭十六器（小者非瑂即瑂，《相玉書》云：「瑂玉六寸，明自照。」見《考工記》鄭注。今以所得古瑂證之，有適合六寸者。天子執瑂四寸。見《周禮》）、玉環一器（制精似新莽物）、拱璧二、環三、合璧三件（即配璜）、玉奩一器，蒼玉宏璧一圜、元玉大瑂二器，均已點收。實齋所購各件，亦一一收明。圭璧之光，爛然斗室。……銀款仍屬票莊書券排遞任紫卿轉交，

1　藏者不詳。

當可速達。電局事已致周守矣。[1]

吳大澂這次得到韓學伊所購玉器 27 件。四天之後
（二十七日），吳大澂再次致書楊秉信：

> 廿二日華友于帶到古玉、古兵、銅印、封泥
> 一百四件，陳之斗室中，古色古香，心醉數日。曾於
> 廿三日泐覆一緘，交門人宋信卿帶陝，臘八日後當可
> 達覽。玉管確係律管，是漢、是周尚未考定。此物從
> 何處得來？是否長安故家所藏？如有續見玉管，在
> 三四寸以上者（二寸以下者非律管），仍乞代留。四
> 足玉爵、匜壺二器，皆可留。雙魚玉洗及虞庭十二章
> 之璧圭，製作太精，係近代物，在可得可不得之間。
> 如有三足爵與銅爵相類，古玉圭瓚與熨斗相似者，雖
> 價昂，亦必得之。……附上會券五百兩，乞以百兩交
> 繼雲，還尊處三百五十兩。餘存五十兩再算。[2]

值得注意的是購買古玉的銀兩。吳大澂請楊秉信轉交
給韓學伊的一百兩銀子是用來購買上面提到的 27 件玉器
嗎？如果是這樣的話，平均一件古玉不到四兩銀子，確實
便宜。吳大澂在 1889 年除夕寫給韓學伊的信中說：「九寸拱
璧以二金得之，至廉矣！」[3] 但是，在上引八月二十一日致

1　藏者不詳。
2　中國國家圖書館藏《名賢尺牘冊》（編號 3832），致楊秉信第二札。
3　藏者不詳。

韓學伊的信中，也有「三十金一鏟」之語，在當時玉圭常被稱為「玉鏟」，27 件玉器中僅圭就有 16 件。而且吳大澂在十一月二十三日致韓學伊的信中說：「銀款仍屬票莊書券排遞任紫卿，當可速達。」[1] 並沒有提到這筆錢由楊秉信轉，所以也不排除這一可能：託楊秉信轉交的一百兩，並非是用來支付十一月二十二日華友于帶回的 27 件玉器的。

不過，我們應該對古董交易的特殊性有所認識。和其他商品如大米、布匹、麻油之類的商品不同，古董價格有很強的操控性，文物商開價的空間很大，開得越高，並且能賣掉的話，利潤自然就越大。韓學伊並不是古董商，而是官宦子弟，其曾祖是韓克均（芸舫、芸昉，1766－1840），山西汾陽縣人，在嘉慶、道光年間曾先後任貴州、福建、雲南等省的巡撫。其父韓惠洵在陝西為官，他也因此定居陝西，並以祖蔭獲得監生資格。吳大澂任陝甘學政時，與韓氏父子結識，韓學伊也成為吳大澂的門生。吳大澂離開陝西後，和韓氏父子一直保持着聯繫，委託他們在陝西物色古董。吳大澂對這位門生也頗為照顧，1888 年任河道總督時，曾短暫地招韓學伊入幕，參與鄭州黃河決口合龍之事。1889 年，商辦西安電報局創設，由周少彝任總辦。韓學伊欲謀一職位，吳大澂為此向周推薦。這就是吳大澂在上引十一月二十三日所說的「電局事已致周守矣」。但周少彝不敢擅自做主，請吳大澂和掌管電報總局的盛宣懷溝通。吳大澂致盛宣懷書札今存香港中文大學文物館：

1　藏者不詳。

門生韓繼雲府經（名學伊）係芸舫中丞之曾孫，隨其父古琴大令游秦中。其為人精細有才，謹飭不浮，長於書算，可謂少年老成，前年曾調鄭工差委。去冬函薦周少彝太守，如西安電局需才，大可委用。前日又電懇吾弟轉告少彝。旋接少彝電，知蒙俯允派差，兄可力保該員，必不有負委任也。[1]

後來，韓學伊果然得到了這一職位。韓學伊在陝西為吳大澂代購的古玉，是為老師効力而非謀利，所以價格「至廉」，或屬特例。

吳大澂在陝西的門生不少，為何獨獨選韓學伊為其代購古董？這是因為數代為宦的韓氏家族有收藏的傳統。雖然我們今天對韓克均的收藏規模不詳，但可以肯定的是，他收藏青銅器。存世一件周代方鼎，著錄為韓克均所藏。[2]韓惠洵的收藏不詳，但從吳大澂不時將自己藏品的拓片寄給韓惠洵來看，韓應該有些收藏。至於韓學伊，在近年的拍賣會上，我們也能見到他經手過的金石書畫，如《書札集錦冊》（2016 年 6 月 8 日匡時拍賣）、《秦琅琊臺刻石》拓本（東京中央拍賣，2016 年春季）等。正因為韓學伊是玩古董的世家子弟，吳大澂囑其向長安故家蒐羅古玉。

吳大澂在委託陝西友人購買古玉之前的數個月，已經委託北京的古董商為他在京物色古玉。1889 年暮春，德寶

1 　王爾敏、陳善偉編：《近代名人手札真跡》，第六冊，3826－3827 頁。
2 　吳榮光：《筠清館金石文字》（1842），卷四，葉 9b－10a。此鼎現名為「亞矣方鼎」，2017 年在紐約拍賣市場亮相。

齋為吳大澂在京收得一些玉器。吳大澂在三月二十九日致
德寶齋李老闆的信中說：

> 如有大藥鏟、玉圭、玉斧等物，代為留意。廠中
> 有赤刀如五六十金（玻璃蓋上有御題詩），可得。[1]

四月二十三日，吳大澂收到了從京師返回的摺弁帶到
的玉器，他在覆信中寫道：

> 玉器四十三號已留三十七件。聞韻古有人在濟
> 南購得紅白玉大圭，約有尺許長，已帶進京。原價
> 百二十兩，望代為留之。[2]

一次所得玉器竟多達 37 件。而在濟南發現的紅白大
圭，吳大澂願出價 120 兩，這在古玉交易中屬於相當昂貴
的了。

六月十六日，吳大澂再次寫信囑咐德寶齋為其在京購
買古玉：

> 前承代購之大拱璧、大釘頭、大藥鏟，皆難得之
> 品，頗可愛玩。如有此等大件玉器，務乞代留；小件
> 有精品，亦所樂得。拱璧不論大小，皆為蒐羅得之；
> 藥鏟有大者，不妨稍寬其價，想此時都下尚無爭購之

1　顧廷龍：《吳愙齋先生年譜》，188 頁。
2　顧廷龍：《吳愙齋先生年譜》，188－189 頁。

人也。銅器則無從下手矣。十二日摺差回,收到大璧
一器,釭頭三件,玉虎一件,勒子銅印兩件。廠中各
舖如有舊玉藥鏟,無論貴賤,均乞代留。有玉色純黑
者更好,白玉藥鏟亦未見。釭頭、拱璧有極大者,皆
欲得之。[1]

值得注意的是,吳大澂在信中談到「想此時都下尚無
爭購之人」,比起玉器在上海不斷上漲的情況,北京市場上
的玉器由於無人爭購,價格不會太高。

在七月初六日、八月十四日、九月四日、九月二十二
日、十月二十九日,吳大澂又數次寫信給德寶齋老闆,[2] 請
其在京收購玉器,其中藥鏟依然是他最感興趣的玉器。這
些信中還提到了他通過票莊匯給德寶齋的銀兩:七月二十六
日匯京松銀 125 兩,九月二十二日匯 120 兩,九月二十九日
匯 170 兩。這三次匯款相加共 415 兩。由於不知當時吳大澂
和德寶齋的信札有多少倖存下來,加上顧廷龍先生所引並
非全信,我們對 1889 年吳大澂究竟匯往北京多少兩銀子用
來購買玉器並不是十分清楚。比如在六月,吳大澂一次就
收下德寶齋託弁帶回的 43 件玉器中的 37 件,花了多少銀
子不詳,但可能在一千兩上下。可以推測,這一年吳大澂
光是通過德寶齋購買玉器花的花費應在二千兩左右,甚或
更多,因為有些玉器的單件價格超過了一百兩。

1889 年,吳大澂給他的蘇州友人、也是他長期委託

1　顧廷龍:《吳愙齋先生年譜》,189－190 頁。

2　同上。

購買古董的徐熙寫了至少九封信，都是談買古董的。這些
信的日期如下：一月九日、五月七日、五月二十四日、七
月四日、七月十六日、八月初八日、八月二十五日、九月
二十五日、十二月十五日。這一年的二月，徐熙還帶着古
董專門到開封來看望吳大澂。吳大澂在 1889 年二月二十二
日致王懿榮的信中說：

> 徐翰卿自吳來汴，代購吉金十餘事，以方卣為
> 最，四面皆作象形，兩牙長出交互，疑象尊。……又
> 得一玉古鈢極大，係南潯顧子嘉舊藏……子嘉獲之十
> 數年，而兄竟不知，今翰卿以者女彝易之。[1]

1889 年五月初七日，吳大澂在致徐熙的信中寫道：

> 初六日接滬上來電，知從者抵申。《圖考》已與廣
> 庵商妥。揚得精品，計兩三日內郝弁亦必到矣。曆下
> 人歸，攜得二玉敦（百乳），與陝出一敦相類。出土
> 已久，盤工不少，價僅廿金。又得大黑琮尺二寸者，
> 價卅五金。一圭有陽文刻花，色滿紅，惜乎刻「嘉慶
> 鑒賞」圓印而倒其文耳。[2]

1889 年九月下旬，吳大澂在致吳雲之子吳承潞（慎思）
的長信中，談到了自己近來的古玉收藏：

1　中國國家圖書館藏《吳大澂書札》（編號 4803），第三冊，葉 15－17。
2　《吳大澂書信四種》，164 頁。

九月廿三日郝弁由津回汴，帶到八月七日手書，承寄代購三琮並翰卿寄來一環、一璧、畫冊、畫軸均已領到，至感至感！元玉大琮已得其五，有珇文者三，度皆尺有二寸，是琮稍長，除去上下射（即上下口）不計外，亦尺有二寸，何以色皆純黑？殆所謂宗後所守之內鎮，別於禮地之黃琮。或三代時以元玉為瑞玉，與白玉並珍。故禹得元玉，琢以為圭也（此亦漢儒說）。其一黃琮有琢飾者，確係古刻，非後人所能偽增（與三代彝器文相似，乃士大夫之所為，非出工匠手。蓋玉人必有刻玉之官）。敝藏六十餘琮，此其僅見。唯一小者，與此刻文相類，已繪入《古玉圖考》矣。珇琮製作雖精，尚有色澤紅黃勝於此者。所獲既多，覺此等已屬常品。然以後好古者識為駔琮，則鄙人考古之功也。滬上古玉聲價日長，而愙齋得圭已過七十，璧亦五十餘。胡富堂所索三四百金者，秦中皆不及十金（數寸之藥鏟，廉者只值四五金），以後尊處無須代購，寄亦不甚便也。《古玉圖考》印成後無便可寄，莫妙於寄津，交黃花農觀察轉寄柳門，由摺差往取。[1]

吳大澂此信有兩點值得注意。其一，寫此信時，吳大澂的《古玉圖考》已經完成，書中對玉器的尺寸和色澤皆有

1　上海圖書館藏《吳愙齋尺牘》（編號 3735）。此札沒有日期，但提到郝弁由津返汴時把信帶到，可知吳大澂此時在河南任河道總督時。又談到《古玉圖考》，可知作於 1889 年，應在九月底或十月初，亦即在九月二十三日收到吳承潞信後不久。

所討論，這時他正在撰寫的《權衡度量實驗考》一書，此書對古代器物的尺寸有了更為詳細的討論。這也是為甚麼他還在不斷收藏古玉的原因之一。其二，古玉在陝西等出土地的價格非常低廉，上海古董市場的古玉價格飛漲，竟能高出陝西幾倍甚至幾十倍。

1889 年十二月十五日，吳大澂在致徐熙的信中說：「關中友人寄到古玉百數十種。」[1] 他之所以能夠以如此規模來蒐羅古玉，是因為陝西出土玉器最多，價格也最為便宜。不過，北京、濟南、開封、上海等地玉器的價格要比陝西貴很多，但吳大澂還是積極地在這些地方收購。他已經從古玉價格在上海的變動中預感到，一些藏家可能不久將進入這個領域，導致市場價格迅速上漲。他已佔得先機，還將繼續擴大戰果。

1889 年除夕，吳大澂在致韓學伊的信中對自己的古玉收藏做了如下概括：

> 敝藏古玉至富，圭、璧、琮三者得二百餘，雜佩亦幾及二百，可云巨觀。若見圭、璧價在十金以內者，仍可代收，小品亦多可愛。關中所出，皆土中原物，價亦最廉。廣蒐博採，必有異品也。[2]

「至富」「巨觀」這些用語，彰顯出吳大澂在古玉收藏上志得意滿。他顯然不想就此甘休，還將繼續廣蒐博採，

---

1 《吳大澂書信四種》，172－173 頁。
2 藏者不詳。

相信其中必有出人意料之異品。

四年後（1893），吳大澂在湖南撰寫了《求賢館記》一文，對自己的收藏規模做了一個概述：

> 餘生平好古文字，廣求商周鐘鼎尊彝，積久得二百餘器，多前人著錄所未及。好收古玉，考其制度、尺寸，得圭、璋、璧、琮、琥、璜、雜佩之屬三百餘器，又得玉敦、玉瓠、璧、散璧、角及黃鐘律管，皆漢、唐諸儒所未見。好藏古銅、玉印，得周鉨千餘鈕，漢官、私印三千餘鈕。好收古泉、刀，採其文以補古籀之缺，亦集至千數百種。[1]

以藏玉而論，吳大澂毫無疑問是晚清第一人，而他的絕大部分古玉藏品在 1889 年購得。正是他的學術眼光和先見之明，使得他在一年之內，利用敏銳的鑒賞眼力和廣泛的人脈，以有限的資源購入大量玉器（圖 3-9）。[2]

1889 年，吳大澂還積極地購買古鉨印和隋唐墓誌原石。此時，晚清印章收藏第一人陳介祺已經謝世六年，印章收藏重鎮濰縣的一些舊家想出手的鉨印，多被吳大澂收入囊中。王懿榮 1889 年八月初一日致裴儀卿的信札云：

> 七月初間，吳河督寄來信一封，並匯到京平松

1　吳大澂：《求賢館藏古器記》（1893 年撰）。

2　吳大澂去世後，他的玉器流散情況，參見沈辰：《故人似玉由來重：吳大澂舊藏玉璧流傳軼事》，《美成在久》第 7 期（2015 年 9 月），6—25 頁。

圖
3-9

蒼璧　良渚文化（西元前 3300 －前 2400 年）
吳大澂舊藏，加拿大皇家安大略博物館藏

江銀一百捌拾兩正。原信並奉上一覽。他意不欲收古錢，專要印鉢。此次咱要價二百，他只給一百八十兩，有原信可知。[1]

後來吳大澂和裴儀卿建立了直接的聯繫。1889 年八月二十二日他在致裴儀卿的信中說：

> 昨得手書，承示秦漢印八十方，又「袁未央」玉印一方，並寄各種拓本，至為欣慰。千金之價即照來書定議，後添之玉印一併在內，不再增價矣。[2]

除了託裴儀卿買印章，吳大澂還託他買墓誌原石。1890 年正月十八日，吳大澂在致盛宣懷的信中說：

> 茲有濰縣裴儀卿代購唐《王府君墓誌》白石一方，屬其送至尊處。乞代付銀一百廿兩。[3]

吳大澂在 1889 年能夠大事收羅古董，應該和他這年的經濟情況較好有關。三月初十日，吳大澂在致宋春鰲的信中說：

---

1 中國國家圖書館藏《吳大澂書札》（編號 17737）。吳大澂致王懿榮請其轉寄裴儀卿 180 兩銀子的信，目前也收藏在中國國家圖書館（編號 4803），第三冊，葉 11。
2 中國國家圖書館藏《吳大澂書札》（編號 17737），第二冊，葉 3。
3 王爾敏、陳善偉編：《近代名人手札真跡》，第九冊，3810 頁。

鄭工之役，幸於去臘趕催竣事，節省工款六十餘萬，尚可留辦善後事宜。若稍一鬆手，蕩然盡矣。今年春夏，從容佈置豫境河防，不致再出險工。下游山左河身逼窄，民埝甚鬆，處處可慮也。[1]

去冬堵住了黃河在鄭州段的決口，沒有發生大的災害，讓吳大澂鬆了一口氣，有了閒心來從事金石書畫的研究。去年九月十五日給吳大根信中所說的「近日道庫支絀耳，鄭工不提公費，一塵不染」的情況，因節省了一大筆工款，得到了很大的緩解，[2] 河道總督的金庫有了餘銀，他此時大概能夠按照慣例提取公費，手頭也自然比較寬裕了。由於治理黃河決口有功，1888 年年底，吳大澂被補授河東河道總督，加兵部尚書銜，賞頭品頂戴。光緒《清會典事例》記載，各級官員的養廉銀為：總督一萬三千至二萬兩，巡撫一萬至一萬五千兩。[3] 河道總督與巡撫同，加兵部尚書銜後，官階升為從一品。所以，1889 年吳大澂的養廉銀和公費應比以前高。

吳氏義莊的建設在這一年似乎也開始收尾。上引 1889

1　上海圖書館藏吳大澂致宋春鼇信札。

2　1888 年七月二十一日吳大澂給宋春鼇寫了一封信：信中說「（木）月之十一口欽奉電旨，蒙恩調署總河。聞命之下，莫名恐慌，似此艱巨之任，關係東河江皖四省大局，惴惴焉惟恐不勝。但願新築之壩工不致潰敗決裂，霜清以後補築較易措手，合龍尚有可望。若此兩月中不能固守，則前功盡棄，何從籌此巨款耶？」（同上）也就是說，吳大澂接此任時，對能否治好決口，並無把握。而一旦新壩決裂，將耗費更多的人力和工料來搶救。所以，他才會在九月寫給吳大根的信中說「道庫支絀」。1888 年十二月下旬，鄭工順利合龍，吳大澂不辱使命，而且省下了一大筆銀子。

3　參見耿茂華：《清代養廉銀制度》，92－94 頁。

年二月二十五日信札中，吳大澂談及他在春暮（三月）可以寄一千兩用於義莊。這一年的家書存世很少，雖有五月份的一通長信，但沒有談及匯款建義莊之事。這一年的臘月十五日，吳大澂在致徐熙的信中說：

> 前接來電，知阮鑄《散盤》已承購定，移置義莊，至為心感。[1]

吳大澂購買阮元翻鑄的《散氏盤》，用於裝點義莊。當然，由於家書存世太少，這一推測也可能不夠準確。如果義莊完工了，他每年可以省下幾千兩銀子。從目前已知的材料來看，1889 年吳大澂的經濟狀況似較先前更好，所以購買古董自然是相當積極。

由於資料較為豐富，以下將 1889 年有明確記錄的吳大澂購買古董的支出列表：

吳大澂 1889 年購買古董支出詳表（已知價格）

日　期	出　處	事　件	價　格	備　註
一月十八日	致盛宣懷信	請其代付從裴儀卿處購買的唐《王府君墓誌》白石一方	120 兩	
一月二十三日	麓齋藏致吳大衡信	支付向含英閣購買髙之款	80 兩	
四月二十三日	《吳愙齋先生年譜》引致德寶齋信	請德寶齋代買紅白玉大圭	120 兩以上	

1　《吳大澂書信四種》，172 頁。

（續上表）

日　期	出　處	事　件	價　格	備　注
五月七日	致徐熙信	玉敦兩個（購於濟南）	20兩	
		大黑琮（購於濟南）	35兩	
五月十一日	致楊秉信	匯出專備代收古玉的費用	400兩	
五月二十四日	致徐熙信	購買《金剛經》（署款蘇軾，宋紙，但書風似董其昌）	15兩	
七月六日	《吳憲齋先生年譜》引致德寶齋信	得到德寶齋代購的古玉斧、白玉釭頭、黃玉釭頭，匯款京松平銀	125兩	
八月初一日	致王懿榮信	請王懿榮轉交濰縣裴儀卿代購鈢印款	180兩	
八月二十二日	《吳憲齋先生年譜》引致德寶齋信	從濰縣購買銅印五百餘，古鈢百數十。	1000兩	六月初七日致盛宣懷信即提到此事。又，七月初四日致徐熙函：「買濰縣銅印五百餘，古鈢百數十。」
八月二十一日	致韓學伊信	寄韓學伊買玉器款項	150兩	
九月二十二日	《吳憲齋先生年譜》引致德寶齋信	摺差帶回德寶齋帶回玉器一件	120兩	
九月二十五日	致徐熙信	代買玉圜、玉璧	60兩	附信中提及。
		金鈢	價不及20兩（權算18兩）	
		購買隋碑	150兩	
九月二十九日	《吳憲齋先生年譜》引致德寶齋信	匯款致德寶齋買玉器	170兩	
十一月二十七日	致楊秉信	寄買古玉、古兵器、銅印、封泥一百四件用款	300兩	
		轉交韓學伊	100兩	
		供楊秉信備用	50兩	
十二月十五日	致徐熙信	購買阮元複製的《散氏盤》	144兩	

（續上表）

日　期	出　處	事　件	價格	備　注
除夕	致裴儀卿信	寄裴儀卿代購古印、漢印、爵、秦詔殘字、錢幣、瓦當、漢磚范、唐墓誌石三方、磚文、漢洗等用款	1000 兩	先寄 300 兩，餘下 700 兩，貨到後再寄。

從現存材料已知的購買古董的花費是：4347 兩。

　　從吳大澂 1889 年的書札中，我們還知道其他一些購買活動，由於沒有留下具體的價格，我們只能根據已知當時的古董價格，綜合考慮各種可能影響價格的因素（包括交易地點等），做一些估測。以下是估測支出列表：

吳大澂 1889 年購買古董支出詳表（估測價格）

日　期	出　處	事　件	價　格	備　注
二月	致吳大根信	徐熙帶古董到開封去見吳大澂，帶去一方大玉印、楊繼盛書法、惲壽平與王翬繪畫等	暫定為 500 兩	徐熙所攜的玉印是以一個青銅器和顧子嘉換得，後來成為吳大澂的藏印之冠，所以價格當不菲。又，1880 年代四王吳惲畫作的市場價格相當昂貴。
三月十四日	《吳愙齋先生年譜》引致德寶齋信	從德寶齋購入漢玉釘頭、大拱璧、玉盌、汝窯瓷器等 21 件	暫定為 200 兩	
四月二十三日	《吳愙齋先生年譜》引致德寶齋信	摺弁帶到北京德寶齋 43 件玉器，吳大澂留下其中的 37 件	暫定為 400 兩	
五月七日	致徐熙信	除從濟南買兩個玉敦、大黑琮的價格已知（見上表），其他的花費不知	暫定為 30 兩	

（續上表）

日　期	出　處	事　件	價　格	備　注
五月二十四日	致徐熙信	由徐代買很多書畫、玉器。其中包括戴熙山水，黃道周楷書，文徵明蘭竹，沈周山水，華嵒花鳥，王宸山水，張賜寧山水，王學浩山水，王素立軸，李育蟬柳，戴熙、陳鴻壽、王澍對聯凡 13 件書畫，以及近 20 件玉器（包括大璧、圭、琮精品）。	至少 500 兩	吳大澂在數件玉器後注明「精而廉」「真而廉」，但其價值仍應不菲。
六月四日	致韓學伊信	「大樕一隅之地，亦陸續收得數十種，且有精品寶器」。	暫定為 400 兩	
七月四日	致徐熙信	得岳武穆書七絕小軸。	暫定為 100 兩	岳齡題跋，畢沅同觀。
八月二十五日	致徐熙信	徐熙寄來大批書畫、玉器，其中有唐寅、戴熙、改琦、湯貽芬、奚岡、陳鴻壽、方薰、王鑒等畫作，伊秉綬、湯貽汾、高鳳翰、劉墉對聯，19 件玉器（包括一些精品）和一件琉璃珠。	600 至 800 兩	九月二十五日致徐熙信云：「前次電匯之款，計早收到。」應該指的是八月二十五日收到的那批東西的款。
		購買三方唐墓誌	暫定為 300 兩	九月二十五日致徐熙信應經提到「唐石三方，已由濰縣徑送煙臺，託杏孫轉運上海，存沈子梅處」。
九月二十五日	致徐熙信	得徐熙八月五日所寄大璧、玉環、倪冊、任軸。	倪冊、任軸暫定為 100 兩	大璧、玉圜前面已經提及。
九月底	致吳承潞信	收到吳承潞託摺弁帶到的三個大琮，其中有一件特異之品。	暫定為 200 兩	由於琮在玉器中比較昂貴，且在上海購買，其價格當不菲。
十一月二日	《吳愙齋先生年譜》	丁艮善代購玉刀柄	暫定為 10 兩	
十二月十五日	致徐熙信	「關中友人寄到古玉百數十種」，其中有特異之品。		不知此處所指是否即十一月二十二日華友于帶到的那批古董。

以上估算為：3750 兩。

　　當然肯定還會有一些我們不知道的零星購買行為。所以保守地說，1889 年這一年吳大澂花在購買古董上的銀子在 8500 至 1 萬兩。

　　1889 年是吳大澂仕宦生涯的高峰 —— 官至一品。這一年的收入也似乎較以往多，收藏活動非常活躍。1890 年正月，吳大澂的母親去世。守制二十七個月之後，吳大澂於 1892 年初秋出任湖南巡撫，由於湖南巡撫的養廉銀不高，1893 年又要扣去兩成以供慈禧大壽慶典，所以他的收藏活動就不那麼活躍了。1892 年立秋，吳大澂在致王懿榮的信札中寫道：

　　　　高翰生印選出七十九方，擬以二百金得之。其款約於八月內匯京，如須全售，以六百金為率，只可分期匯去，盡年底還清。乞向前途一問為感。茲將印本叫胡子英帶去，其印或即交子英帶湘最妥。近況竭蹶，未能從豐，捨之亦覺可惜。[1]

　　因為出京時剛剛送了別敬，吳大澂手頭甚緊，花六百兩銀子買古印，也得分期付款。兩年後，中日甲午戰爭爆發，吳大澂率領的軍隊在陸戰中失敗，境遇從此一落千丈。罷官後，吳大澂的經濟十分拮据，遑論收藏。

1　中國國家圖書館藏《阮元、俞樾等書札冊》。

吳大澂的收藏品類和規模

如果我們把吳大澂開始有規模的收藏定在他 1870 年返回翰林院任職，那麼到 1894 年甲午戰爭前停止收藏，吳大澂活躍的收藏活動差不多持續了二十五年。在這二十五年間，吳大澂收藏了哪些門類的古董呢？他的收藏規模又如何呢？[1]

吳大澂的收藏活動主要集中在金石書畫方面，門類甚是齊全，包括青銅器、古玉、璽印、錢幣、封泥、磚瓦、銅鏡、碑刻原石、陶器、碑帖拓本、書畫，此外尚有瓷器、古籍等。1894 年春，吳大澂在湖南巡撫任上撰寫了《求賢館藏古器記》一文，將他的金石收藏的主要部分做了一個非常簡略的概括：

> 余生平好古文字，廣求商周鐘鼎尊彝，積久得二百餘器，多前人著錄所未及；好收古玉，考其制度尺寸，得圭璋璧琮琥璜雜佩之屬三百餘器，又得玉敦、玉甒、璧、散璧、角及黃鐘律管，皆漢唐諸儒所未見。好藏古銅玉印，得周鉥千餘鈕，漢官私印三千

1　近年來，關於吳大澂收藏活動的研究漸多，如白謙慎：《晚清文物市場與官員收藏活動管窺——以吳大澂及其友人為中心》，載《故宮學術集刊》第 33 卷第 1 期（2015 年秋季），399－442 頁；白謙慎：《甲午戰爭後的吳大澂——兼論吳氏收藏的遞傳問題》，載上海博物館編：《吳湖帆的手與眼》，北京：北京大學出版社，2015 年，18－29 頁；蘇州博物館編：《梅景傳家——清代蘇州吳氏的收藏》（展覽圖錄），南京：譯林出版社，2017 年；蘇州博物館編：《梅景傳家——清代蘇州吳氏的收藏》（論文集），南京：譯林出版社，2017 年；白謙慎：《吳大澂古董收藏規模補議》，載《國際漢學研究通訊》（待刊）。

餘鈕；好收古泉刀，採其文以補古籀之缺，亦集至千
數百種。[1]

由於吳大澂在湖南巡撫任上收入大減，基本停止了收
藏活動，1894 年六月末又爆發了甲午戰爭，《求賢館藏古器
記》中的自述成了吳大澂對其收藏最後、也是頂峰時期金石
收藏的基本規模的概括。但是這一自述也有兩個短處：其
一，此記所列藏品的數目只是一個大概之數；其二，所列僅
為青銅器、玉器、璽印、錢幣，沒有包括書畫、瓷器、封
泥、磚瓦、銅鏡、碑刻原石、陶器、拓片等收藏。

《馬關條約》簽訂後，吳大澂於 1895 年五月二十五日，
為戰爭賠款一事給張之洞發了一通電報，提出以部分家藏
古董抵賠款：

　　　倭索償款太巨，國用不足，臣子當毀家紓難。
大澂廉俸所入，悉以購買古器，別無積蓄。擬以古銅
器百種、古玉器百種、古鏡五十圓、古瓷器五十種、
古磚瓦百種、古泥封百種、書畫百種、古泉幣千三百
種、古銅印千三百種，共三千二百種，抵與日本，請
減去賠款二十分之一。[2]

1　吳大澂：《求賢館藏古器記》（稿本）。
2　見《吳清卿中丞電稿附信稿》，上海圖書館藏稿本。又見《張之洞全集》第 8
　　冊，石家莊：河北人民出版社，1998 年，6456 頁。張之洞以為吳大澂的計劃過
　　於荒唐和不現實，沒有向李鴻章轉告這一計劃。

這一計劃雖未能付諸實踐，但它比《求賢館藏古器記》所述多了書畫、陶瓷、封泥、銅鏡、磚瓦，從另一個側面告訴了我們吳大澂收藏的種類，但是在數字上並不能反映吳大澂的收藏規模。因此，我們只能結合其他的資料來盡可能地補充相關的信息。

結合吳大澂存世的一些藏品草目及顧廷龍先生的一些記載，[1] 在甲午戰爭前，吳大澂的收藏規模大致如下：青銅器二百餘件，玉器約四百件，印章四千餘枚，錢幣約一千五百枚，瓷器約一百件，石刻原石二十餘件，書畫近二百件，封泥一百餘件，磚瓦、銅鏡、陶器的收藏應相當可觀，但數量不詳。在他的收藏中，也有一些珍稀碑帖拓本，但數量不多。吳大澂收藏的規模在晚清不算小，但缺乏重器。因此，在晚清，吳大澂是一個活躍的收藏名家，但談不上是當時的「收藏大家」。

雖然吳大澂的收藏興趣始於少年，數十年來從未間斷，但限於財力，他一直採取量力而行的策略，不與那些資金雄厚的藏家爭鋒。他利用自己宦游四方的地利之便和在文物出土密集地區的人脈，購買物美價廉的古董。而他敏銳的學術眼光，也使得他能夠發展出自己的收藏強項，1889 年棄吉金而取古玉即為一例。由於古玉在當時鮮有問津者，價格相對低廉，吳大澂在一年之內收購了三四百件玉器，一舉成為晚清藏玉第一人。

1　顧廷龍：《吳愙齋先生年譜》。

吳大澂的古器物研究與近代學術轉型

　　把收藏活動與學術研究緊密地結合起來，是晚清許多金石學家共同的特點，而吳大澂是其中最為傑出的一位。他的《愙齋集古錄》《說文古籀補》《字說》《古匋文字釋》《簠齋藏封泥考釋》等著作，都是古代金石遺物銘文的研究，所依靠的文獻資源便是各種古物上的銘文。青銅器、碑刻、錢幣、陶范、陶文、封泥等銘文的獲得可以依靠拓片，古璽印文字的獲得可以通過印譜或鈐蓋成單頁的印花，吳大澂不必擁有實物，即能對其進行研究。這也是為甚麼他頻繁地用自己的藏品拓片與友人交換拓片，直接向友人索取或購買拓片、印譜。[1] 在《說文古籀補》和《愙齋集古錄》中，吳大澂著錄的銘文有很多來自友人的藏品。

　　1888 年後，吳大澂開始投入古玉的研究。在前引吳大澂致友人信中所說的「藥鏟」和「釭頭」，均為當時古董界對圭和琮的誤稱，吳大澂在《古玉圖考》中都做了澄

1　陳介祺在晚清藏印最多，吳大澂在陳介祺還在世時，支付他三百兩銀子預訂《十鐘山房印舉》。參見中國國家圖書館藏《吳大澂書札》（編號 17733），第三冊，葉 2–3。又見《吳大澂書信四種》，101 頁。關於拓片的獲取，讀者可參見，白謙慎：《吳大澂和他的拓工》（北京：海豚出版社，2013）、《拓本的流通與晚清的藝術和學術》（《臺灣大學美術史集刊》第 42 輯 [2017]，157–202 頁）。

清。[1] 彼時古董界對圭和琮的誤稱，反映出其整體認識遠遠落後於吳大澂——不知道這類玉器乃古代的重要禮器。從前引信可以看出，吳大澂十分注重收集圭、琮、璧，正如他在前引致楊秉信的信中所說：

> 費神訪求玉藥鏟，無論大小，方首、圓首皆可得之（玉斧、玉刀大者皆可取）。又有兩頭似刀而中間有數孔（謙慎按：吳在此畫一圖像），不知其名，決無偽作者，皆為留之（藥爐、鏟有一孔，有二孔，一面大、一面小者的真古物。後世無仿造者，亦不能仿製），色澤不論，價值之貴賤亦不論（藥鏟有黑玉，色澤純黑，其光可鑒者，即重價亦可得）。

吳大澂對這類玉器的重視在其著作中也有所反映。成書於 1889 年四月的《古玉圖考》起始於對圭的討論，吳大澂在此書第一頁的左下方即鈐蓋了「十圭山房」一印（圖 4-1）。但是在同年七月初四日致徐熙的信箋上，吳大澂另鈐有一方「三十六圭草堂」白文印（圖 4-2）。據此可知，他收藏圭的數量在三個月內就翻了近兩倍。到了九月致信吳承潞時，他說自己收藏了七十多個圭、六十多個琮、五十多個璧。短短兩月，圭的數量又翻了一倍。琮的數量也從四月初的三十二個變為六十多個。[2] 十二月十五日致徐

---

1 參見鄧淑萍：《古玉圖考導讀》，臺北：藝術圖書公司，1992 年，12－22 頁。鄧淑萍還指出，吳大澂將許多新石器時期的玉器定為周代的禮器，以此與《周禮》互證，是錯誤的，而且在他的收藏中還有一些偽品。見同書，23－52 頁。

2 吳大澂在《古玉圖考》（1889 年刊本）中提到他有三十二個琮。

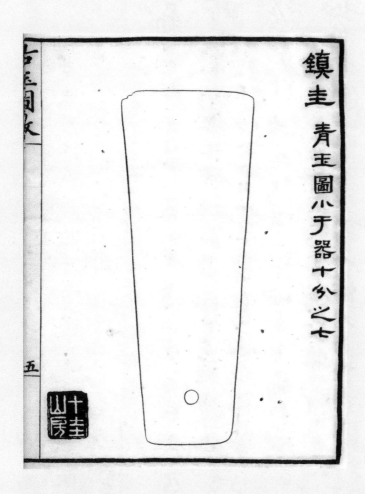

吳大澂撰《古玉圖考》
1889 年刊本　哈佛燕京圖書館藏

吳大澂 1889 年八月二十五日
致徐熙信札上海朵雲軒藏

吳大澂 1889 年八月二十五
日致徐熙信札上的印章

熙的信上，吳大澂蓋了一方朱文印——「五十八璧六十四佩七十二圭精舍」（圖4-3）。這方印所反映的玉器數量，或許還沒有包括他在信中提到的不久前從陝西新到的一批玉器。[1] 毫無疑問，吳大澂此時對自己的玉器（特別是重要的禮器）收藏感到十分自豪。

吳大澂在 1889 年出版的《古玉圖考》的序中說：「餘得一玉，必考其源流，證以經傳。歲月既久，探討益廣。」[2] 在《古玉圖考》撰寫完成之後，吳大澂並沒有停止古玉的收藏，因為他開始了另一部著作《權衡度量實驗考》的撰寫，這部著作所討論的藏品雖非全是古玉，但古玉佔了其中相當大的篇幅。也就在 1889 年十二月十五日致徐熙的信中，吳大澂與友人分享自己研究玉器的心得：

> 關中友人寄到古玉百數十種，內有白玉律管（微帶黃暈），長一尺二寸，適與搢圭、駔琮、宏璧相符，毫釐不爽，因取黑秬黍穀子實之（即高粱），適容千二百黍，遍考《漢書·律曆志》、《周禮》鄭注，皆云「黃鐘九寸」，乃知班、鄭實沿劉歆之誤，與古樂不合也（九寸之管，圍九分徑三分，實不能容千二百黍，非得此玉管，不知其誤）。[3]（圖4-4）

1　而吳大澂在九月的時候就已有七十件圭。

2　吳大澂：《古玉圖考序》，序作於 1889 年。

3　《吳大澂書信四種》，172－173 頁。吳大澂在此後完成的《權衡度量實驗考》一書中，對此也有詳細的考證。參見此書葉 22a－31b。

書不堪宋孝宗一行有墨釘數條未刻

惟太祖御押正与敝藏區字白玉押相符

此押已編入古玉圖攷亦屬玉寶矣芑懷

太史庼如有舊板癸辛襍識乞將宋十五

帝御押一段抄示為感手復敬頌

歲祺 弟大澂

盤庚押值百四十四金已屬松生電滙矣 臘月朔堂

吳大澂 1889 年十二月十五日致徐熙信札
上海朵雲軒藏

吳大澂 1889 年十二月十五
日致徐熙信札上的印章

關中友人寄到古玉百數十種內有
白玉律琯微帶黃暈長一尺二寸適与搢圭
駔琮宏璧相符豪釐不爽因取黑柜
黍穀子實之即寫適容千二百黍編玫漢
書律歷志周禮鄭注皆云黃鐘九寸迴
知斑鄭實沿劉歆之誤与古樂不合也
九寸文琯圓九分徑三分實石粒大黍千二百秦作此玉琯不知其誤

吳大澂 1889 年十二月十五日致徐熙信札
上海朵雲軒藏

為了驗證律管的容量，細心的吳大澂居然將管內裝滿高粱米，然後倒出來數其數。而且他專門指出，如果不是用實物來進行具體的測量，便不可能發現文獻記載的錯誤。在這裏，實物的史學價值已經超越了傳世文獻。吳大澂以實物本身的物質屬性而不是僅僅依賴銘文和傳世文獻來研究古代名物制度，無疑是具有方法意義的嘗試，儘管它的結果可能有誤。

　　1889 年專注古玉收藏堪稱吳大澂收藏生涯的完美收官之筆。《古玉圖考》和《權衡度量實驗考》也是他最後的兩部重要著作。[1] 十一年後便是 20 世紀了，中國學術在這個世紀裏發生了巨大變化。如果我們從以後的學術發展趨勢來審視吳大澂的收藏與學術活動，或許能對其承前啟後的角色有所認識。

　　雖然玉器也可製作拓片，購藏者可以在購買前以拓片來對尺寸和紋飾做出基本的判斷，玉器拓片還可以裝裱賞玩（圖 4–5）。但是，絕大多數的古玉沒有銘文，古玉研究不屬於銘文研究。拓片在複製銘文時，只要文字可以辨認，傳錄便不成問題。但是拓片在研究權衡度量時，往往不夠準確。吳大澂在《權衡度量實驗考》一書中指出：「近驗拓本，往往與原器不符。蓋紙潮則贏，乾則縮。」[2] 由於拓片不能解決許多問題，研究者必須有實物，觀其色澤，核其形狀，量其尺寸。吳大澂對古玉這個「物」的觀察，

1　此時吳大澂有些著作（如《愙齋集古錄》）雖未出版，但開始寫作和主要部分的完成都早於《古玉圖考》和《權衡度量實驗考》。

2　吳大澂：《權衡度量實驗考》，上虞羅氏刊本，1906 年，葉 26a。

涉及了尺寸的長短、內徑的大小、容量的多寡、使用的功能。收藏之於研究的重要性，充分體現在這裏。這也就是為甚麼《古玉圖考》中的玉器絕大多數是吳大澂自己的收藏，只有少數就近借自收藏古玉的友人如劉鶚（毅吉，1848－1898）等，[1] 因為繪圖必須依據實物。

《古玉圖考》中的繪圖，「雖然是描線勾勒，但相當精確，若未注明尺寸比例者，多為原大。若器的兩面花紋不同，必繪二圖表示。即或光素，若兩面的製作遺跡，如有鋸痕或圓穿的大小不同等，亦仔細繪圖表示。……不少外國博物館的藏品，原屬吳氏舊藏。將實物與繪圖比對，便知《古玉圖考》一書的圖繪正確，對色澤的描述，亦稱中肯」。[2] 此書的圖由吳大澂的族弟吳大楨所繪，但如何畫，包括哪些細節，必定得到吳大澂的指示。而且，吳大楨的畫學正是在吳大澂的指導下不斷提高的。吳大澂在 1889 年二月二十五日致吳大根的信中說：

> 棟臣弟（謙慎按：「棟臣」為吳大楨字）留之幕中，令其學畫，他日必可有成。[3]

三個月後，亦即五月二十四日，吳大澂在致吳大根的信中再次提到了吳大楨的畫學：

1　吳大澂在河南治水時，劉鶚任（河南）水利局總辦。劉鶚的堂兄劉錦堂（1844－1894）是吳大澂的結拜兄弟。

2　鄧淑萍：《古玉圖考導讀》，6－7頁。

3　《愙齋家書》第二冊，葉 48。

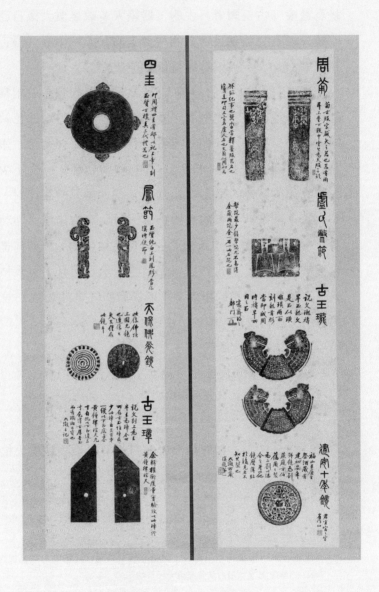

吳大澂據所藏金石做成的拓片條幅
私人收藏　雅昌網提供圖片

*
圖
4-5b

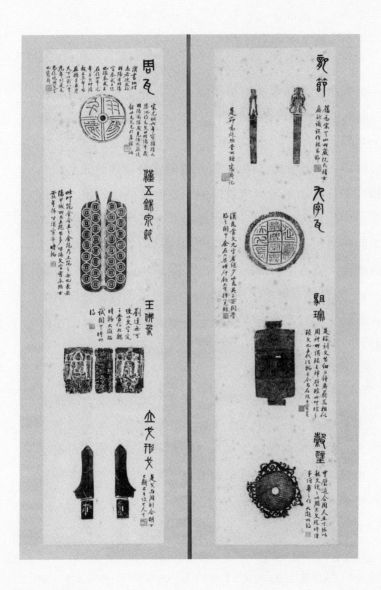

棟臣來此畫學大進，恰好為弟繪成《古玉圖》一
書，近又繪就孔門七十二弟子像一本（衍聖公處借來
手卷，改成冊頁），亦可寄滬付之石印。現為捐一從
九銜，將來成就小功名亦不難矣。[1]

吳大澂能夠指導吳大楨繪圖，因為他本人就是晚清畫
器物圖的頂尖高手。他曾為潘祖蔭的《攀古樓彝器款識》畫
圖，他的《恆軒所見所藏吉金錄》一書中的圖也出己手，皆
比例協調，準確細緻（圖 4-6）。青銅器是鑄造而成，其形
狀和紋飾通常比玉器要複雜得多，要繪製精確的圖，就必
須從不同的角度對一個三維物體的形、部件、紋飾做極其
細微的觀察，這已經超越了許多傳統的金石學家僅僅對銘
文的關注。這為中國傳統的金石學向 20 世紀新的學科分類
「器物」的轉變，邁出了十分重要的一步。裘錫圭在為吳大
澂作傳時，這樣評價他在傳統金石學向現代學術轉變中的
貢獻：

以今天的水準來衡量，此書（謙慎按：指《權衡
度量實驗考》）和《古玉圖考》的考證大部分價值不
大。但是吳氏比較系統地根據古器物來考定古代制度
的研究方法，在金石學的近代化方面，還是起了很積
極的作用。[2]

1　《愙齋家書》第二冊，葉 52。
2　裘錫圭：《吳大澂》，載吉常宏、王佩增主編：《中國古代語言學家評傳》，濟
　　南：山東教育出版社，1992 年，656 頁。

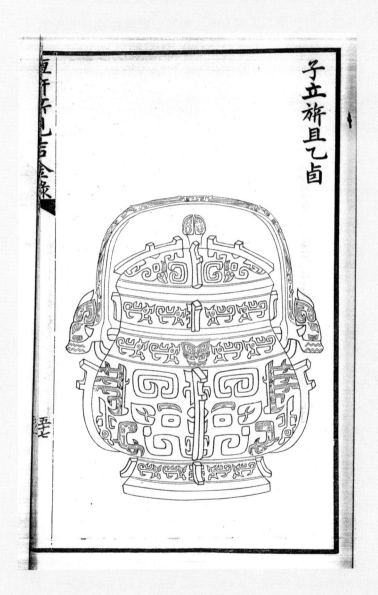

子立卡且乙卣

今天的學者在評價吳大澂的學術成就時，皆認為他的文字學成就最高，無論是清末民初的大儒王國維（1877－1927），還是當代學者裘錫圭等，都對他讚揚有加。[1] 但是對吳大澂在金石學的近代化方面的貢獻，缺少具體的論述。要了解吳大澂的貢獻，有必要得知當時金石學家對沒有銘文的器物的一般態度。陳介祺在致鮑康（1810－1875）的信札中曾表述了這一看法：

> 我輩之好古文字，以補秦燔之憾，自不至同玩物，而異於珠玉之侈矣。始皇之暴，無如天地之藏，但出則已是將毀，唯在早傳其文字耳。愛文字之心，必須勝愛器之念，所望海內君子，日有以相畀耳。同志共從事於斯，則自無世俗之見。[2]

值得注意的是，在陳介祺的銘文與器物的二分法中，一個帶有銘文的器，只不過是銘文的物質載體而已，只有「愛文字之心」勝過了「愛器之念」，方可區隔於世俗的「玩物喪志」。

那麼，沒有銘文的古董該怎麼辦？在陳介祺看來，那只不過就是「器」或「物」而已，如同珠玉。吳雲的態度似乎比陳介祺要更積極些，他在致吳大澂的信中說：「金器無文字者，僅與廢銅同價。鄙意倘得式樣奇古，朱綠燦然

1　王國維對吳大澂文字學的評價，見王國維致繆荃孫信札，載顧廷龍校閱：《藝風堂友朋書札》下冊，1017－1018頁。裘錫圭對吳大澂文字學成就的評價，見上引《吳大澂》，656－660頁。

2　陳介祺：《簠齋尺牘》，812頁。

者，亦大可收羅，作為案頭陳設，饒有古致。」[1] 在吳雲看來，沒有銘文的器物雖「與廢銅同價」，但因有觀賞價值，還值得收藏。如何利用沒有銘文的古物來研究經史，陳介祺和吳雲這兩位晚清重要的金石學家似乎並沒有認真思考過，即便偶爾念及於此，大概也是束手無策。

吳大澂的貢獻正在於，他結合《周禮》《考工記》《漢書》等傳世文獻，用沒有銘文的古玉考訂古代制度。他的《古玉圖考敍》開宗明義：

> 古之君子比德於玉，非以為玩物也。典章制度於是乎存焉，宗廟會同祼獻之禮於是乎備，冠冕佩服刀劍之飾，君臣上下等威之辨於是乎明焉。（附圖 4-7）

吳大澂指出，玉器在古代並非「玩物」，而收藏沒有銘文的玉器，可以研究古代的典章制度。推而廣之，沒有銘文的青銅禮器又何嘗不是如此？儘管後世的學者指出了吳大澂的古器物考訂中的一些牽強附會之處，但卻是他開啟（或者說重新開啟）了一條研究古代文物新的路徑。

近年來，傳統金石學向現代學術的轉變引起了學界的關注，其中羅振玉（1866－1940）提出的「器物」概念，受到了不少學者的重視，羅因此被認為是這一轉變的關鍵性

1　吳雲：《兩罍軒尺牘》卷十，葉 5b。

圖
4-7

吳大澂《古玉圖考敍》，
哈佛燕京圖書館藏

人物。[1] 然而，需要指出的是，羅振玉本人不但積極重印吳大澂的著作，並且認為是吳大澂重新開啟了以古器物來考證典籍的風氣。[2] 1906 年，羅振玉重印吳大澂的《權衡度量實驗考》，他在序中說：

> 考古禮器百物制度，蓋肇於天水之世。至國朝一變而為彝器款識之學，專力於三古文字，不復措意於器物制度，其塗徑轉隘於宋人。逮程易疇先生作《考工創物小記》，始據實物以資考驗，其學識乃駕諸儒而上之，百餘年來寂無嗣音。光緒朝吳憲齋中丞作《古玉圖考》，根據《禮經》，證以實物，復據古圭璧以求古尺度，其精密殆與易疇先生匹。……據傳世古器物以考訂前籍，此學實至中丞而中興，所造乃愈精也。[3]

1　王正華：《羅振玉的收藏與出版：「器物」與「器物學」在民國初年的成立》，載《臺灣大學美術史研究集刊》第 31 期（2011），277－320 頁；Shana J. Brown, Pastimes: *From Art and Antiquarianism to Modern Chinese Historiography* (Honolulu: University of Hawai'i Press, 2011), p. 108。其實，收藏三維的雕像（如佛教造像碑）可以追溯到相當早，至遲在乾嘉時期就已開始（如黃易），而且還頗具規模，而非偶爾為之。此後從未間斷過（如張廷濟），在吳大澂時期，陳介祺、潘祖蔭、吳大澂、王懿榮等都收藏小型的造像碑。吳大澂也收藏碑刻原石（如墓誌原石），陳介祺和吳大澂等都收藏陶範、陶量之類的器物，吳大澂還出版過陶範。而這些收藏活動都被上述二位學者引為羅振玉開風氣之舉。至於羅振玉不避所謂墓中陪葬品之不祥，收藏「明器」云云，也有可商榷之處。因為墓誌原石通常都是置於墓中之物，吳大澂等也積極收藏。

2　相關的論述，也可參見 Shana J. Brown, Pastimes, pp. 80－86。

3　載吳大澂：《權衡度量實驗考》。

如果說晚清的金石學在 19 世紀末已經開始向現代學術轉變，書畫領域卻依然停留在「小技」的觀念中。在美術史作為一個現代學科被引進中國之前，書畫雖為文人士大夫的主要收藏物件，但是對其研究卻停留在著錄、鑒賞、技法、品評的範圍之內。雖說文人收藏家熟悉筆墨，對各種流派的遭遞也了然於心，但對書畫風格歷史演變的細緻描述和外在社會文化環境的分析卻往往闕如。與之相比，自北宋以來，金石學就是中國學術的重要組成部分，許多傑出的學者參與其中。這也就是為甚麼顧文彬這一晚清的書畫收藏大家只能留下一本著錄──《過雲樓書畫記》，而吳大澂卻能完成數部影響深遠的金石學專著。

　　至此，我們可以這樣概括：在晚清的收藏界，吳大澂以有限的資源做出了繼往開來的工作。以此觀之，我們或許可以這樣說，吳大澂雖然不是那個時代最大的收藏家，卻是對後世影響最深遠的收藏家，他的金石學研究與中國近現代的學術轉型有着直接的關聯。

參考文獻

基本史料

未刊稿本

北京故宮博物院藏《吳大澂手札》，編號 00081529。

北京故宮博物院藏《吳大澂手札冊》，編號新 00071309。

北京故宮博物院藏吳大澂手札，編號 00071315。

北京故宮博物院藏吳大澂致潘祖蔭信札。

北京故宮博物院藏吳大澂致楊秉信書札，編號新 00180785。

國家圖書館藏《名賢尺牘冊》，編號 3832。

國家圖書館藏《吳大澂書札》，編號 17678。

國家圖書館藏《吳大澂書札》，編號 17733。

國家圖書館藏《吳大澂書札》，編號 18862。

國家圖書館藏《吳大澂書札》，編號 4803。

江標：《笘誃日記》，中國國家圖書館藏。

上海圖書館藏《愙齋公手書金石書畫草目不分卷》，編號
　　859762。

上海圖書館藏《愙齋公遺墨》。

上海圖書館藏《愙齋家書》。

上海圖書館藏《潘文勤公書札》。

上海圖書館藏《清人手札》之四《吳大澂信札》。

上海圖書館藏《銅器聞見錄；張叔未書札》，潘祖蔭抄本。

上海圖書館藏《王懿榮書札》。

上海圖書館藏《吳愙齋尺牘》，編號 3735。

上海圖書館藏《吳清卿中丞電稿附信稿》。

沈樹鏞：《漢石經室金石跋尾》。

蘇州博物館藏《潘文勤公與愙齋尚書手札》，顧廷龍抄本。

蘇州圖書館藏《顧肇熙日記》。

吳大澂致潘祖蔭手札，蘇州私人收藏。

影印本、刻本

《吉林省圖書館藏名人手札》，西泠印社，2013 年。

陳介祺：《簠齋尺牘》，臺北：文海出版社，1973 年。

王爾敏、陳善偉編：《近代名人手札真跡：盛宣懷珍藏書牘初
　　編》，香港：中文大學出版社，1987 年。

陳善偉、王爾敏編：《近代名人手札精選》，香港：中文大學
　　出版社 ，1992 年。

吳大澂：《恆軒所見所藏吉金錄》，吳縣吳氏刻本，1885 年。

吳大澂：《愙齋尺牘》，上海：上海商務印書館，1923 年。

吳大澂：《權衡度量實驗考》，上虞羅氏刊本，1906 年。

吳大澂：《吳愙齋尺牘》，上海：商務印書館，1923 年（影印
　　本），原札現藏上海圖書館。。

吳榮光：《筠清館金石文字》，1842 年。

吳雲：《兩罍軒尺牘》，臺北：文海出版社，1974 年（影印光
　　緒甲申刊本）。

謝國楨編：《吳愙齋（大澂）尺牘》，臺北：文海出版社，
　　1972 年。

葉昌熾：《緣督廬日記》，南京：江蘇古籍出版社，2002 年。

俞樾：《春在堂雜文》，《春在堂全書》刻本，1899 年。

趙之謙：《趙之謙信札墨跡書法選》，北京：榮寶齋出版社，
　　2003 年。

上海朵雲軒春季藝術品拍賣會圖錄，2010 年。

吳大澂信札冊，Christie's 紐約分公司拍賣，1996 年 3 月 27
　　日。

鍾佩賢致吳雲信札，西泠拍賣公司秋拍，2014 年 12 月 14
　　日，編號 1133。

朱彝尊：《曝書亭集》，上海：中華書局，1936 年。

點校本

郭嵩燾：《郭嵩燾日記》，長沙：湖南人民出版社，1982 年。

王同愈著，顧廷龍編：《王同愈集》，上海：上海古籍出版社，
　　1998 年。

張佩綸著，謝海林整理：《張佩綸日記》上冊，南京：鳳凰出
　　版社，2015 年。

張之洞：《張之洞全集》，石家莊：河北人民出版社，1998 年。

葛士浚輯：《皇朝經世文續編》，臺北：文海出版社，1972 年。

顧廷龍校閱：《藝風堂友朋書札》，上海：上海古籍出版社，
　　1981 年。

顧文彬著，蘇州市檔案局、蘇州市過雲樓文化研究會編：《過
　　雲樓家書》，上海：文匯出版社，2016 年。

顧文彬著、李軍整理：《過雲樓日記》，載蘇州市地方志辦公
　　室編：《蘇州史志資料選輯》第 37 輯，2011 年。

何剛德：《春明夢錄》，北京：北京古籍出版社，1995 年。

李鴻章：《李鴻章全集》，合肥：安徽教育出版社，2007 年。

利瑪竇、金尼閣：《利瑪竇中國札記》，北京：中華書局，
　　1983 年。

劉志惠點校輯注：《曾紀澤日記》，長沙：岳麓書社，1998 年。

陸德富、張小川整理：《吳大澂書信四種》，南京：鳳凰出版
　　社，2016 年。

呂偉達主編：《王懿榮集》，濟南：齊魯書社，1999 年。

翁同龢：《翁同龢日記》，上海：中西書局，2011 年。

吳大澂：《愙齋日記》，北京：中華書局，2007 年。

吳大澂著、丁佛言批注：《丁佛言手批愙齋集古錄》，天津：
　　天津古籍出版社，1990 年。

謝俊美編：《翁同龢集》，北京：中華書局，2005 年。

徐珂編撰：《清稗類鈔》，北京：中華書局，1986 年。

楊葆光著、嚴文儒等校點：《訂頑日程》，上海：上海古籍出
　　版社，2010 年。

葉昌熾著、柯昌泗評：《語石　語石異同評》，北京：中華書
　　局，1994 年。

論著

著作

白謙慎：《傅山的世界 —— 十七世紀中國書法的嬗變》，北
　　京：生活·讀書·新知三聯書店，2015 年。

白謙慎：《吳大澂和他的拓工》，北京：海豚出版社，2013 年。

陳智超：《美國哈佛大學哈佛燕京圖書館藏明代徽州方氏親友
　　手札七百通考釋》，合肥：安徽大學出版社，2001 年。

鄧淑萍：《古玉圖考導讀》，臺北：藝術圖書公司，1992 年。

封治國：《與古同遊：項元汴書畫鑒藏研究》，杭州：中國美
　　術學院出版社，2013 年

顧廷龍：《吳愙齋先生年譜》，臺北：文海出版社，1965 年。

李軍：《吳大澂交遊新證》，復旦大學博士論文，2011 年。

李軍：《訪古與傳古 —— 吳大澂的金石生活考論》，濟南：
山東畫報出版社，2014 年。

李萬康：《編號與價格：項元汴舊藏書畫二釋》，南京：南京
大學出版社，2012 年。

李萬康：《中國古代繪畫價格論稿》，北京：人民出版社，
2012 年。

梁元生著、陳同譯：《上海道臺研究 —— 轉變社會中之連絡
人物，1843 – 1890》，上海：上海古籍出版社，2003 年。

陸明君撰：《簠齋研究》，北京：榮寶齋出版社，2004 年。

莫家良主編：《北山汲古 —— 中國書法》別冊，香港：香港
中文大學文物館、藝術系，2014 年。

錢實甫：《清代職官年表》，北京：中華書局，1990 年。

瞿同祖著，范忠信、晏鋒譯：《清代地方政府》，北京：法律
出版社，2003 年。

容希白：《商周彝器通考》，《燕京學報》專號之十七，1941 年。

邵義：《過去的錢值多少錢？ —— 細讀 19 世紀北京人、巴
黎人、倫敦人的經濟生活》，上海：上海人民出版社，
2010 年。

沈紅梅：《項元汴書畫典籍收藏研究》，北京：國家圖書館出
版社，2012 年。

施安昌編著：《漢華山碑題跋年表》，北京：文物出版社，
1997 年。

蘇州博物館編《梅景傳家 —— 清代蘇州吳氏的收藏》（論文
集），南京：譯林出版社，2017 年。

蘇州博物館編：《梅景傳家 —— 清代蘇州吳氏的收藏》（展覽

　　圖錄），南京：譯林出版社，2017 年。

西泠印社編著：《清代金石家書畫集粹》，上海：上海書畫出
　　版社，2013 年。

薛龍春：《鄭簠研究》，北京：榮寶齋出版社，2007 年。

楊端六編著：《清代貨幣金融史稿》，武漢：武漢大學出版社，
　　2007 年。

楊洪升：《繆荃孫研究》，上海：上海古籍出版社，2008 年。

楊麗麗：《天籟傳翰：明代嘉興項元汴家族的鑒藏與藝術》，
　　臺北：石頭出版社，2012 年。

葉梅：《晚明嘉興項氏法書鑒藏研究》，首都師範大學博士論
　　文，2006 年。

曾小萍著、董建中譯：《州縣官的銀兩 —— 18 世紀中國的合
　　理化財政改革》，北京：中國人民大學出版社，2005 年。

張德昌：《清季一個京官的生活》，香港：香港中文大學出版
　　社，1970 年。

張宏傑：《給曾國藩算算帳：一個清代高官的收與支（湘軍和
　　總督時期）》，北京：中華書局，2015 年。

張宏傑：《給曾國藩算算帳：一個清代高官的收與支（京官時
　　期）》，北京：中華書局，2015 年。

張仲禮著，費成康、王寅通譯：《中國紳士的收入 ——〈中國
　　紳士〉續篇》，上海：上海社會科學院出版社，2001 年。

中國第一歷史檔案館編：《圓明園》，上海：上海古籍出版社，
　　1991 年。

仲威：《碑帖鑒定概論》，上海：上海書畫出版社，2014 年。

Shana J. Brown, Pastimes: *From Art and Antiquarianism to Modern
　　Chinese Historiography*, Honolulu: University of Hawai'i

Press, 2011.

Stephen W. Busehll, *Chinese Art*, Second Edition, London: The Board of Education, 1924.

Thomas Lawton and Thomas W. Lentz, *Beyond the Legacy: Anniversary Acquisitions for the Freer Gallery of Art and the Arthur M. Sackler Gallery*, Washington D.C.: The Freer Gallery of Art and the Arthur M. Sackler Gallery, 1998.

論文

艾俊川:《顧道臺的十萬雪花銀》,《文匯報·學人》2017 年 3 月 3 日。

白謙慎:《晚清官員日常生活中的書法》,載《浙江大學藝術與考古研究》第 1 輯(2014 年),219－251 頁。

白謙慎:《甲午戰爭後的吳大澂 —— 兼論吳氏收藏的遞傳問題》,載上海博物館編:《吳湖帆的手與眼》,北京:北京大學出版社,2015 年,18－29 頁。

白謙慎:《晚清文物市場與官員收藏活動管窺 —— 以吳大澂及其友人為中心》,載《故宮學術集刊》第 33 卷第 1 期(2015 年秋季),399－442 頁。

白謙慎:《拓本的流通與晚清的藝術和學術》,《臺灣大學美術史集刊》第 42 輯(2017),157－202 頁。

白謙慎:《吳大澂古董收藏規模補議》,載《國際漢學研究通訊》,待刊。

陳霄:《一個被遺忘的晚清大收藏 —— 關於景其浚的初步研究》,《海外漢學研究通訊》第 11 輯,北京:北京大學出版社,2015 年,235－279 頁。

耿茂華：《清代養廉銀制度》，載《中國近代史史料學會學術
　　會議論文集之七 —— 中國近現代史及史料研究》，2007
　　年。

關曉紅：《晚清直省「公費」與吏治整頓》，《歷史研究》
　　2010 年第 2 期，65 − 80 頁。

洪再新：《藝術鑒賞、收藏與近代中外文化交流史 —— 以居
　　廉、伍德彝繪潘飛聲〈獨立山人圖〉為例》，載《故宮
　　博物院院刊》2010 年第 2 期，6 − 25 頁。

黃小峰：《「隔世繁華」：清初「四王」繪畫與晚清北京古書
　　畫市場》，載中山大學藝術史研究中心編：《藝術史研究》
　　第九輯（2007）。

李娜：《清代京官的「養廉銀」》，《中國文化報》2016 年 9
　　月 27 日第 6 版。

李文傑：《總理衙門章京的日常生活與仕宦生涯 ——〈懲齋日
　　記〉與楊宜治其人》，《中央研究院近代史研究所集刊》
　　第 70 期（2010），65 − 71 頁。

李玉棻：《甌缽羅室書畫過目考》，收入盧輔聖主編：《中國
　　書畫全書》第十二冊，

上海：上海書畫出版社，1998 年。

梁章鉅：《退庵所藏金石書畫跋尾》，收入盧輔聖等編：《中
　　國書畫全書》第九冊，

上海：上海書畫出版社，1998 年。

林梢青：《張之萬書畫與鑒藏活動述略》，載《國際漢學研究
　　通訊》第 15 期，224 − 252 頁。

盧慧紋：《略談卜世禮（Stephen W. Bushell, 1844 − 1908）——
　　西方研究中國藝術史的先驅》，未刊稿。

茅海建：《張之洞的別敬、禮物與貢品》，《中華文史論叢》，
　　2011 年第 2 期，1－100 頁。

陸德富：《對〈張之洞的別敬、禮物與貢品〉的一點補充》，
　　《中華文史論叢》2015 年第 1 期，391－395 頁。

裘錫圭：《吳大澂》，載吉常宏、王佩增主編：《中國古代語
　　言學家評傳》，濟南：山東教育出版社，1992 年。

沈辰：《故人似玉由來重：吳大澂舊藏玉璧流傳軼事》，《美
　　成在久》第 7 期（2015 年 9 月），6－25 頁。

松丸道雄：《陳介祺與蘇氏兄弟 ── 關於陳氏的古董收集》，
　　載孫慰祖等編著：《陳介祺學術思想及成就研討會論文
　　集》，杭州：西泠印社，2005 年。

王正華：《羅振玉的收藏與出版：「器物」與「器物學」在民
　　國初年的成立》，載《臺灣大學美術史研究集刊》第 31
　　期（2011），277－320 頁。

吳湖帆：《吳乘》，載《古今》48 期。

徐雪梅：《清朝丁憂制度中的滿漢畛域》，《歷史教學》2014
　　年第 22 期。

薛龍春：《上圖藏阮元致陳文述十四札考述》，載《國際漢學
　　研究通訊》第 15 期，北京：北京大學出版社，2017 年，
　　185－223 頁。

俞珊瑛：《跋〈虢叔旅鐘拓片軸〉》，《文博》2017 年第 1 期，
　　103－107 頁。

鄭民德：《略論清代河東河道總督》，《遼寧教育行政學院學
　　報》第 2011 年第 3 期。

鄒綿綿：《晚清學者、湖南巡撫吳大澂故居逸事》，《中國文
　　物報》2014 年 2 月 12 日。

Wong, Aida Yuen Wong, "Naitō Konan's History of Chinese Painting," in Joshua A. Fogel, ed., *Crossing the Yellow Sea: Sino−Japanese Cultural Contacts, 1600−1950* (Connecticut: EastBridge, 2007), pp. 281-304.

白謙慎 —— 著

晚清官員收藏活動研究

以吳大澂及其友人為中心

責任編輯　許　穎
裝幀設計　林曉娜
排　　版　楊舜君
印　　務　劉漢舉

出版　中華書局（香港）有限公司
　　　香港北角英皇道 499 號北角工業大廈一樓 B
　　　電話：（852）2137 2338　傳真：（852）2713 8202
　　　電子郵件：info@chunghwabook.com.hk
　　　網址：http://www.chunghwabook.com.hk

發行　香港聯合書刊物流有限公司
　　　香港新界大埔汀麗路 36 號
　　　中華商務印刷大廈 3 字樓
　　　電話：（852）2150 2100　傳真：（852）2407 3062
　　　電子郵件：info@suplogistics.com.hk

印刷　美雅印刷製本有限公司
　　　香港觀塘榮業街 6 號 海濱工業大廈 4 樓 A 室

版次　2020 年 6 月初版
　　　© 2020 中華書局（香港）有限公司

規格　16 開（230mm×152mm）

ISBN　978-988-8675-67-8